JUTTA SPEIDEL
AMARYLLIS

Für meine Töchter
Franziska und Antonia
und für meine Enkel
Yannis und Sophie

MIX
Papier | Fördert
gute Waldnutzung
FSC® C014889

2. Auflage 2024

© 2024 Langen Müller Verlag GmbH, München
Alle Rechte vorbehalten
Umschlaggestaltung: Sabine Schröder
Umschlagmotiv: duncan1890 / iStock Images
Innengestaltung und Satz: Sibylle Schug, München
Druck und Binden: Friedrich Pustet GmbH & Co. KG, Regensburg
Printed in Germany
ISBN: 978-3-7844-3700-2

www.langenmueller.de

JUTTA SPEIDEL

AMARYLLIS

ROMAN

LANGENMÜLLER

SE NON È VERO
È MOLTO BEN TROVATO

»Alles was nicht wahr ist,
ist gut erfunden.«

Giordano Bruno,
1548–1600

1

1954
Das bin ich, Valerie,
soeben geboren!

Es ist ein Freitagmorgen, um genau zu sein, 8.03 Uhr. Heute ist der erste Frühlingstag laut Kalender. Wir schreiben das Jahr 1954. In diesem Moment spitzt die sanfte Frühlingsmorgensonne durch die noch blattlosen Bäume gegenüber von unserem Haus, in dem ich geboren wurde.

In wenigen Stunden wird mein Vater im Standesamt meinen Vornamen eintragen lassen. Auf dem kleinen Nachttisch neben dem Bett, in dem meine Mutter sich von meiner Geburt erholt, steht eine Amaryllis. Sie ist leuchtend rot und hat drei große Blüten.

Sie ist ein Winterblüher, jetzt jedoch blüht sie zu meiner Ankunft.

Es läutet mein Telefon. Man sei absolut untröstlich, verehrte Frau Valerie, heißt es vonseiten der Chefredaktion der Züricher Allgemeinen Zeitung. Nein, wirklich, so etwas hätte es noch nie gegeben! Gut, in den letzten beiden Jahren der Pandemie war schon der ein oder andere betroffen. Jedoch sei immer Ersatz zur Stelle gewesen, und man hätte es auffangen können. Aber jetzt im dritten Jahr! Mit diesen hirnrissigen Lockerungen, die ja jedem, wirklich jedem die Möglichkeiten gäben, privat in unzählige Massenveranstaltungen zu gehen. Gewiss, um Vorsicht wurde immer gebeten, aber natürlich ohne jede Kontrolle. Disziplin wäre Voraussetzung in Redaktionen, Rücksichtnahme eine Selbstverständlichkeit! Jedoch, wie jetzt, wo zwei Drittel des gesamten Feuilletons innerhalb eines Wochenendes schlichtweg ausgeknockt wurden.

Seit gestern nun auch noch der Feuilletonchef, der sogar schon seinen zweiten Booster hätte und so erpicht darauf sei, das Interview persönlich zu führen! Das wäre doch ein Schlag ins Gesicht. Und nun sei guter Rat teuer.

So schnell würde sich die Situation sicher nicht entspannen.

Vorsichtig wolle man mich fragen, ob eine nochmalige Verlegung des lang geplanten Interviews überhaupt anzudenken wäre? Ließe sich dies mit seinen privaten Plänen denn überhaupt vereinbaren? Man hoffe doch sehr, dass er, wenn auch etwas später, noch dazu bereit wäre. Der Respekt vor ihm und seiner einzigartigen Virtuosität sei derart groß, dass man ihn nicht unbegleitet in seinen Lebensabend gehen lassen möchte. Man baue auf meine Solidarität und meinen Einfluss.

Es gäbe noch eine Variante, die man jedoch nur im äußersten Notfall in Erwägung ziehen wollte, jedoch müsse man sie zur Sprache bringen. Sozusagen als Notnagel. Ein Freelancer, Autor einiger sehr interessanter Sachbücher mit Bestsellerambition, kompetent, äußerst gebildet und bewandert und mit großem Einfühlungsvermögen ausgestattet. Er schreibe regelmäßig die Sonntagsglosse.

6

Man könne ihn guten Gewissens als Gesprächspartner empfehlen. Aber natürlich liegt alles in unserem Ermessen. Die Entscheidung muss nicht heute fallen. Wenn es jedoch ginge, wäre es schön, wenn die Antwort noch diese Woche überbracht werden könne.

Nun wolle man mich nicht länger behelligen, beende nun das Telefonat, nicht ohne beste Wünsche und Grüße an ihn auszurichten und natürlich in der Hoffnung auf baldige und vor allem positive Antwort.

Zwei Minuten später stehe ich unter der Dusche, um mir den Schleim abzuwaschen.

2

Das bin ich, Valerie, 4 Jahre

Ich wohne mit meiner Oma Emilie und meinen Eltern in einer kleinen Wohnung mit verglaster Veranda. Von dort kann ich auf den Bodensee schauen, wenn ich mir den kleinen Holzschemel aus dem Bad hole. Ich darf das nur, wenn ich verspreche, nicht das Fenster zu öffnen. Wir wohnen im dritten Stock. Doch ich würde gerne immer das Fenster öffnen, wenn ich hinausschaue, weil ich dann den Wind und die Geräusche besser hören könnte. Meine kleine Welt würde um ein Vielfaches größer. Wehen dann noch Düfte aus der Umgebung herein, kann ich abtauchen in meine Fantasiewelt. Die mag ich nicht teilen. Jedenfalls nicht sofort. Vielleicht später, wenn ich wieder aufgetaucht bin und die Gegenwart mir erlaubt, daraus ein richtig großes Paket zu schnüren, das ich dann verschenke.

Meistens ist die Beschenkte meine Oma Emilie. Sie hat's aber nicht so mit meinen Flunkergeschichten. Sie ist sehr katholisch und auch ein bisschen streng und der Meinung, dass Flunkern eine Sünde ist, die man beichten muss. Aber um zum Beichten in die Kirche zu gehen, bin ich ja noch zu klein. Ich soll deshalb lieber bei der Wahrheit bleiben. Das verstehe ich nicht, denn alles, was ich bei meinen Ausflügen auf die Veranda erlebe, ist für mich wahr.

Trotzdem liebe ich meine Oma, sie hört mir zu, nimmt mich in den Arm und gibt mir das Gefühl, dass ich mich immer auf sie verlassen kann. Außerdem hat sie eine große Schublade in ihrem Schrank, die darf ich herausziehen. Sie ist schwer und voller kleiner Stoffrollen. Jedes Fitzelchen Stoff hat meine Großmutter seit Ende des Krieges 1945 aufgehoben und zusammengerollt, um es mit einem Gummiband oder einer Stecknadel zusammenzuhalten. Sie wird nie müde zu behaupten, dass man alles wiederverwenden kann. Und dann gibt es in der Schublade noch kostbare, leicht abgegriffene Blechdosen mit Bildchen darauf und Buchstaben. Darin verwahrt sie Knöpfe. Knöpfe in wunderbaren Farben und Formen. Edelweißknöpfe, Marienkäferknöpfe, kleine weiße Perlmuttkügelchen, große flache knallrote Scheibenknöpfe, Hirschhornknöpfe oder Holzrollen mit einem winzigen Metallring zum Annähen. Oma lässt mich alles betrachten, ich darf sogar Stoffrollen öffnen, und sie zeigt mir, wie ich sie wieder zusammenrollen und mit einer Stecknadel befestigt an ihren Platz zurücklegen kann. Diese Stunden, die ich alleine mit diesen Kostbarkeiten verbringen darf, sind mir heilig. Die Knöpfchen wandern zu geblümtem Stoff, aus dem ein kleines lustiges Festtagskleid für eines meiner vielen Puppenkinder entsteht. Vielleicht bekomme ich ja bald einmal so eine schöne Puppe. Sie sollte Arme und Beine bewegen können, lange Haare haben, dann würde mir meine Oma beibringen, wie man Zöpfe flicht, und ich dürfte mir aus den Stoffrollen schmale Bänder schneiden, die ich dann um die Zöpfe wickeln kann.

Währenddessen klappert es in der Küche, manchmal höre ich auch, wie der Fleischklopfer auf Fleisch gehauen wird. Ich mag kein Fleisch, es ekelt mich, und ich schiebe dann die Stückchen stundenlang von einer Backe in die andere, bis ich von meiner Oma erlöst werde und sie ins Klo spucken darf. Dann werden meine Eltern immer sehr sauer auf mich, weil die armen Kinder in Indien sich so freuen würden, wenn sie mal Fleisch bekämen, und ich undankbar sei. Das mag ich nicht hören. Ich weiß doch gar nicht, wo Indien liegt. Holländische Kartoffeln mit Käse überbacken ist auch so eine Sache, bei der es mich schüttelt.

Mein Papa gerät regelrecht in Verzückung, wenn er am Holländischen Kartoffeltag eine Portion davon auf dem Teller hat. Meistens gibt es dazu Gurkensalat mit etwas Essig und Öl. Das versöhnt mich, und ich darf später in der Küche die Salatsoße trinken. Also stopfe ich mir ein paar Kartoffeln in den Mund, von denen ich vorher in einem unbeobachteten Moment Käse und Kümmel heruntergepopelt habe, schiebe einige Scheiben Gurke hinterher, und wenn sich alles gut vermischt hat, schlucke ich es schnell herunter. »Fertig!«, rufe ich dann und habe mir somit die Salatsoße garantiert. Später in der Küche, wenn ich meiner Großmutter beim Abwasch helfe, nickt sie in Richtung Salatschüssel und lächelt milde. Ihre hellblauen klugen Augen blitzen dabei, wir beide haben ein Geheimnis.

Meine Großmutter führt bei uns den Haushalt. Sie ist umhüllt von den unterschiedlichsten Düften. Morgens, wenn einer nach dem anderen aus den Federn schlüpft, duftet sie im Gesicht nach warmen Träumen, etwas tiefer zwischen Brust und Schoß nach frisch gemahlenem Kaffee, und von unten hoch, wo ihre bloßen Füße in den alten Pantoffeln stecken, müffelt es ein klein wenig nach Käse. Das alles zusammen ergibt meine Morgenoma. Über den Tag verteilt umweht sie je nach Tagesplan der Geruch von frisch gebügelter Wäsche, altem Staubsaugerbeutel, salzigem Nudelwasser, vollem Mülleimer, 4711 Kölnisch Wasser und manchmal Ei. Meistens samstags. Dann war ich mit ihr am Tag zuvor auf dem Markt. Am Freitagabend ist Badetag. Da heizt sie den Warmwasserboiler tüchtig ein. Ich werde als Erste in die Badewanne gesetzt. Sie ist dann halb voll, und um mich herum schwimmen ein paar gelbe Badeenten, ein Plastikschäufelchen, ein kleiner Eimer und ein rosafarbiger Waschlappen. Auf den Badewannenrand stellt sie mir ein Glas Hacker-Kindernährbier und einen Teller mit klein geschnittenem Schnittlauchbrot. Sie sagt, wenn ich davon etwas ins Wasser plumpsen lasse, muss ich das ganze Badewasser ausschlürfen. Dann kippt sie noch ein bisschen Badesalz ins Wasser, zwinkert mir zu und sagt: »Schiff ahoi.«

Als Nächstes ist dann meine Oma dran. Sie betritt das Badezimmer mit einem Ei in der einen Hand und ihrem Nachthemd in der anderen. Dann ruft sie nach meiner Mutter. Sie wickelt mich in ein frisches, leicht kratziges Handtuch und trägt mich unter vielem mütterlichem Gebussel und Gekicher ins Wohnzimmer. Im Badezimmer wird der Wasserhahn aufgedreht, und aus dem Schlitz unter der Türe dampft es gewaltig hervor. Wenig später dampft es dann nach Ei. Noch etwas später verlässt sie das Badezimmer in einem langen meist hellblauen Nachthemd mit bunten Streublümchen. Ihr dunkelblonder, dünner Zopf, der ihr fast bis zu den Knien reicht, baumelt glänzend und nach Ei duftend an ihrem Rücken herunter. Sie wünscht allen eine gesegnete Nacht und huscht geschwind in ihr kleines Schlafzimmer.

Nun sind meine Eltern dran. Sie haben das Privileg auf frisches Wasser. Bis der Boiler sich wieder aufgeheizt hat, sitzt mein Vater an seinem Arbeitstisch. Ich werde in meinen Schlafanzug gepackt und sitze mit meiner Mama auf dem Schlafsofa, wo noch nichts für die Nacht hergerichtet ist. Meine Eltern schlafen im Wohnzimmer, und das Sofa lässt sich jeden Abend mit wenigen Handgriffen in ein Doppelbett verwandeln. Mein abendliches Lieblingsspiel ist: Mama holt die Sachen raus, Valerie schlüpft in die Lade, Mama schiebt sie zu und ruft: »Valerie, Valerie, ja wo steckt denn mein Kind, mach mal piep.«

Ich rufe mit gedämpfter Stimme aus der Kiste »piiep«.

Das geht so lange hin und her, bis Zeit für ihr Bad ist.

Dann werde ich in mein Gitterbettchen gehievt, es gibt noch mütterväterliche Gutenachtküsschen, mein Papa sagt: »Klappe zu, Affe tot«!, löscht das Licht und schließt die Türe.

Ich konzentriere mich nun ausschließlich auf Geräusche, sehen kann ich ja nur wenig. Gerade mal den schmalen Lichtstreifen, der nun vom Badezimmer übers Wohnzimmer zu meinem Zimmer unter den Türen durchkriecht. Das macht mir manchmal Angst und regt meine Fantasie an. Dankbar nehme ich das leise Kichern und Gegluckse aus der Wannengegend an. Schwippschwapp macht es hin und wieder, dem folgt zweistimmiges Geraune, kurze Stille und dann ein Pssst. Diese Abläufe höre ich noch ein paarmal, und ich überlege mir, ob meine Eltern mit meinen Enten spielen. Jedenfalls stelle ich es mir ungemütlich vor, so lange im immer kälter werdenden Badewasser zu sitzen.

Mein Gitterbettchen, das nicht wirklich eines ist, da es keine Gitterstäbe hat, steht an einer Wand. Diese Wand trennt mich von Herrn und Frau Gumrum. Sie trennt uns nicht wirklich, denn wir sind befreundet und haben eine Verabredung. Sie sind meine Nachbarn, und ich habe sie gerne. In ihre Wohnung trage ich ein- bis zweimal in der Woche meine kleinen Fantasiepäckchen. Diese Wohnung und ihre Bewohner sind so ganz anders als die unsrige. Sie duftet auch ganz anders. Hier wabert stets ein würziger, süßlicher Duft durch die Luft. Er kommt aus den weißbraunen Wölkchen, die aus einer dunkelbraunen Blätterrolle strömen, an deren Ende es gefährlich glüht und die Herr Gumrum zwischen den Lippen oder dem Mittelfinger und Daumen hält. Fasziniert betrachte ich jedes Mal, wie nahe dieses glühende Ende Herrn Gumrums Nase kommt. Man muss sich das so vorstellen: Herr Gumrum ist eine rundliche Lokomotive, die in einem dunkelgrünen schweren Ledersessel sitzt, die Füße liegen auf einem lederbezogenen Schemel, und in der linken Hand hält er eine Zeitung. Auf dem rechten Sesselarm thront ein Messingtöpfchen für die Asche. Wenn es voll ist, setze ich es mir als Krone auf, die Lederlappen hängen über meine Ohren, wandere hoheitsvoll in die Küche und leere es in die Aschentonne.

In der Küche ist alles weiß, bis auf die Messingknöpfe der Schubladen und Küchenschrankfächer. Es sieht so edel aus, dass ich sofort fühle, wie meine Krone mit mir verwächst und ich mich in eine Prinzessin verwandle.

Ich nehme die beiden steifen Geschirrtücher vom Messinghaken. Eines binde ich mir als Rock um den Bauch, das andere lege ich als Umhang um die Schultern. So verlasse ich hoch erhobenen Hauptes die Küche. Man empfängt mich im Thronsaal. »Na, Prinzesschen, magst du ein Gelbwurstbrot?«, fragt mich Frau Gumrum freundlich. Ich nicke huldvoll, denn Prinzessinnen sprechen nicht mit Untertanen.

Die beiden sitzen an dem großen Esstisch. Eine lange weiße Tischdecke mit dicken Trotteln reicht fast bis zum Boden. Es gibt alles, was ich mir nur wünschen kann. Bauernbrot, Essiggurken, Silberzwiebeln, Leberwurst, und ich bekomme immer in einem kleinen Silberbecher ein Hacker-Nährbier, weil ich so dünn bin, und alle meinen, das wäre gut für mich. Es ist das Notfallprogramm, weil ich meinen Mund nicht mehr geöffnet habe, wenn sie mir Lebertran einflößen wollten. Ich habe die Zähne so fest aufeinandergebissen, dass es knirschte. Das Nährbier mag ich, aber ich darf es nur abends trinken, und auch nur ein Glas vor dem Schlafengehen. Wenn es also Abend ist, darf die Prinzessin unter das große Tischtuch kriechen und findet dort einen Teller mit Köstlichkeiten und den vollen Silberbecher vor. Dazu ein kleines, rosenbesticktes Kissen und eine kuschelige Decke aus Hasenfell, die innen mit Seide gefüttert ist. Das ist mein Himmelbett. Das Licht wird bis auf eine kleine Stehlampe gelöscht, und der Fernseher wird angestellt. Wir haben keinen. Wir haben auch keinen Mercedes wie Herr Gumrum, aber hier habe ich alles. Einen Fernseher, eine Krone und ein Auto. Ich darf, nachdem ich aufgegessen habe, noch ein bisschen in den Fernseher schauen, aber leider schlafe ich immer ein und wache dann in meinem Kinderbett auf. Wie das vor sich geht, verstehe ich nicht, aber es ist so. Vielleicht trägt mich ein Prinz hinüber.

Heute jedoch stehe ich in meinem Bettchen und horche mit einem Ohr an der Wand. Ich klopfe mit meinen Fingern dagegen. Fünfmal, dann horche ich wieder. Ganz leise höre ich Stimmen und klopfe erneut. Schritte kommen auf der anderen Seite der Wand auf mich zu. Fünf Mal Klopfen erfolgt darauf. Ich höre, wie eine Stimme sagt: »Schlaf wohl, mein Prinzesschen, bis morgen früh.« Dann wird eine Spieluhr aufgezogen, und durch die Wand höre ich ihr Lied.

>»Guten Abend, gute Nacht,
von Englein bewacht,
von Rosen bedeckt,
schlüpf unter die Deck'.
Morgen früh, wenn Gott will,
wirst du wieder geweckt.«

Ich lege mich unter meine Bettdecke und steige auf mein weißes Pferd. Fest um meine Taille gegürtet steht ein weißes Tutu mit Glitzersteinchen ab, und goldene Spitzenschuhe zieren meine Füße. Ich stehe auf dem Rücken des Pferdes und reite unter dem Jubel der Menschen, die in einer Zirkusarena sitzen, in die Manege. Ich winke und stehe kerzengerade auf den Zehenspitzen. Ich bewege mich unaufhörlich im Kreis, bis ich immer leichter werde und durchsichtiger und schließlich mit den Sternen in der Kuppel verschmelze.

3

Das bin ich, Valerie, 6 Jahre

Meine Mutter hat es eilig. Sie kniet vor mir auf dem Boden, krempelt das linke Bein einer knallroten Wollstrumpfhose auf, sagt »Fuß her«, und zieht sie mir bis zum Knie hinauf. Danach folgt das andere Bein. Nun muss ich mich an ihr festhalten, um in die kratzige, zu kurze Strumpfhose zu springen. Sie hält sie dabei am Bund fest. Es gelingt, und sie passt dann auch für ein paar Minuten, bis die gedehnte Wolle sich wieder zusammenzieht und der obere Teil der Hose bei jedem Schritt ein Stück nach unten rutscht. Ich bin immer noch so dünn und habe einen winzigen flachen Popo. Die Hose kann ja so nicht halten. Außerdem hat meine Oma sie zu warm gewaschen, und nun ist sie auch noch verfilzt.

Meine Mutter hat mit mir einen Termin. Wir fahren mit der Straßenbahn zu einer Kinderballettschule. Ich soll endlich schöner gehen lernen.

Vielleicht denken meine Eltern ja, dass es lustig für mich ist, wenn sie mich »Storch im Salat« rufen, oder »Deine Knie schlagen ja Funken beim Gehen«. Ich weiß dann gar nicht mehr, wie ich laufen soll, und gerate ins Stolpern. Wenn mein Papa dabei ist, lacht er und meint: »Na, Gott sei Dank sind ja deine abstehenden Ohren groß genug, dann fällst du nicht so schnell hin, mein kleiner Dumbo.« Ja, er meint es wirklich liebevoll, und ich darf ihm auch gar nicht böse sein. Ich heiße Dumbo, bin ein Storch im Salat und schlage Funken mit den Knien. Deshalb soll ich jetzt ins Ballett.

Als sich die Türe der Ballettschule öffnet, strömt mir ein intensiver Geruch aus Fußkäse mit Schweiß entgegen. Es würgt mich. Schon stürmen in Begleitung einer schwarz gekleideten älteren Dame jede Menge Kinder laut schreiend und lachend aus einem Saal. Das gefällt mir. Zum Teil tragen sie schwarze Turntrikots mit schwarzen Strumpfhosen, die Größeren das gleiche Ensemble in Rosa, und einige haben dazu noch kleine weit abstehende rosa Tüllröckchen darüber. Zierliche Schläppchen an den Füßen ergänzen das Bild. Ich bin total hingerissen. Sofort fällt mir auf, dass sie in einer ganz bestimmten Art und Weise alle gleich gehen. Sie machen kleine, schnelle Schritte, indem sie die Füße nach außen stellen. Dazu muss man sicher die Pobacken zusammenkneifen. Ich stelle mich heimlich genauso hin und spüre die Wirkung. Wenn ich von nun an immer meine Pobacken zusammenklemme, wird schon bald die Strumpfhose nicht mehr runterrutschen. Vielleicht bekomme ich auch dickere Waden. Adieu Storch, adieu Funken schlagende Knie. Willkommen Muskelkater.

Selbst meine Mutter steht plötzlich in einer eleganteren Haltung vor der schwarzen Dame, während sie die Formulare für meine Aufnahme in die Ballettschule unterzeichnet. Sie redet auch gestelzter, so als ob sie vom Theater kommt.

Erstaunt stelle ich fest, dass ich ein paar Zentimeter größer werde, vor allem wird mein Hals länger. Der kleine Kugelbauch, den ich mir als Ausgleich zum flachen Hintern angeeignet habe, zieht sich nach innen, zugleich stellt sich ein dringendes Bedürfnis ein, sofort Pipi machen zu müssen, und ich schlage einen Fuß über den anderen, ohne zu wissen, dass ich mich bereits in dritten Position des klassischen Balletts befinde.

Zur Ballettschule gehört ein kleines Geschäft, dahin gehen wir im Anschluss. Sprachlos betrachte ich all die herrlichen Dinge. Flache Schuhe, weiche Schuhe mit Absatz, harte mit Metallspitze, ganz besonders auffallende mit Glitzersteinen. Trikots in allen Größen und Farben mit langen oder kurzen Armen, tief dekolletierte und hochgeschlossene. Hosen mit weiten oder ganz engen Beinen. Tüllröcke, so schön, dass ich weinen könnte. Meine Knie werden weich, und ich möchte mich einfach nur in diese schönen Sachen legen, mich darin wälzen und nie mehr aufstehen. Wie durch ein dichtes Wattepaket höre ich meine Mutter sprechen. Bling, Blang, Bling klingelt in meinem Kopf eine Triangel. Eine unsichtbare Hand wirft mich hoch und fängt mich in einer Pirouette wieder auf. Ich möchte mich verbeugen, ein huldvolles Lächeln liegt auf meinen Lippen, möchte Küsschen werfen, Dankbarkeit zeigen.

»Jetzt stell dich mal richtig hin, ich möchte sehen, ob das schwarze Trikot passt«, holt meine Mutter mich zurück auf den Boden der Tatsachen. Ernüchtert betrachte ich das schmucklose, schwarze kurzärmelige Trikot, das meine Mama vom Schritt bis zur Schulter dehnt, um dann doch das Größere zu nehmen, damit ich nicht gleich rauswachse. Dann soll ich noch in die Schläppchen steigen, die nähme sie auch ein bisschen größer, mir könne man ja beim Wachsen zuschauen, ruft sie gunstheischend der Verkäuferin zu. Die hätten hinten an der Ferse ein Gummiband, so rutschten sie bestimmt nicht. Dass mir dieses Gummiband aber wehtut, registriert und ignoriert sie zugleich. Mit ihrem Lieblingssatz »Jetzt stell dich nicht so an.« schleift sie mich zur Straßenbahn. Die ist voll. Wir müssen stehen. Zwischen dem Gesicht meiner Mama und dem meinigen liegt bestimmt ein Meter, trotzdem redet sie unaufhörlich. Sie beteuert mir, was das jetzt für eine große Chance für mich wäre, meine Haltung und meinen Gang verbessern zu können, bevor ich im Herbst in die Schule käme. Papa und sie würden viel Geld dafür bezahlen. Auch, dass ich immer die Arme so baumeln ließe, als ob sie nicht zu mir gehören würden, könnte man doch endlich in den Griff kriegen. An meiner Aussprache soll ich auch noch arbeiten, dieses SCH könne man ja nicht verstehen,

17

es hieße Schwein und schwer und nicht Slein und sler. Damit solle sich die Oma oder Frau Gumrum beschäftigen, bei ihr, meiner Mutter, wäre ich ein hoffnungsloser Fall. Sie liebe mich wirklich ganz, ganz tief und freue sich für mich, dass ich nun ins Ballett ginge. Um ihre Liebe noch zu bekräftigen, drückt sie mich mit dem Arm, an dem ihre schwere Handtasche hängt, fest an ihren Oberschenkel. Mir kommen die Tränen, auch ein bisschen vor Rührung, und ich nehme mir ganz fest vor, sie nicht zu enttäuschen.

Seit einiger Zeit gibt es im Leben meines Vaters und dadurch auch für uns ein neues Ritual.

Er steht morgens sehr zeitig auf, macht Katzenwäsche, nimmt sich die von meiner Oma am Abend vorbereitete Jause inklusive Thermoskanne aus der Küche und schleicht sich aus dem Haus. Am Nachmittag, wenn die Sonne schon ein bisschen tiefer am Himmel steht, macht sich dann meine Mutter zu Fuß auf den Weg zum Bahnhof, um ihn abzuholen. Sehr oft fragt sie mich, ob ich sie begleite. Das tue ich gerne, nicht unbedingt, weil ich so scharf darauf bin, raus an die frische Luft zu kommen, sondern, weil sich oft für mich in der Aktentasche meines Vaters etwas versteckt hat. Der andere Grund ist Kurt. Meine Mutter nennt ihn Kurt.

Ich bin mir gar nicht so sicher, ob mein Vater das weiß. Sie grüßt Kurt nämlich immer nur auf dem Hinweg. Auf dem Rückweg tut sie so, als sei sie ins Gespräch mit meinem Vater verwickelt, wenn wir an Kurt vorbeigehen. Ich bemerke, dass er dann immer ein wenig verwirrt ist und ihr heimlich hinterherblickt.

Kurt ist Schutzmann und sieht sehr gut aus. Bei seinem Anblick pocht mein Herz immer ein wenig schneller. Er steht auf einer kleinen rot-weiß gestreiften Insel. Die Insel befindet sich auf einer Kreuzung, und in der Mitte fährt die Straßenbahn. Elegant steht Kurt in seiner weißen Uniform mit Mütze und schwarzem Gürtel, an dem ein Schlagstock hängt, auf seiner Insel. Am Revers eine Trillerpfeife, und in den weiß behandschuhten Händen hält er eine weiße Kelle mit einem roten Licht in der Mitte. Er dirigiert geschmeidig alles, was auf ihn zukommt. Ich bestehe immer darauf, eine Weile zuzugucken. Er pfeift und winkt mit schneller Hand herannahende Autos, stoppt den Verkehr, indem er sich elegant einmal um die Achse dreht, breitet dann die Arme seitlich aus, um sich Sekunden später einer neuen Straße zuzuwenden. Kurz darauf nähert sich die Straßenbahn mit Gebimmel, Kurt stoppt den Verkehr, winkt uns Fußgängern zu, dass wir die Straße überqueren sollen, um eventuell noch rechtzeitig zur Trambahnhaltestelle zu kommen. Meine Mutter nimmt diese Gelegenheit wahr, um laut »Danke, Kurt!« zu rufen, und er schafft es doch tatsächlich, ihr noch freundlich zuzuwinken, ohne dabei Auslöser für ein plötzliches Losfahren verschiedener Autos zu sein. Ich zähle stumm: Eins, zwei, drei! Eins, zwei, drei! Ja, er dirigiert einen Walzer! Ich versinke vor Bewunderung und Liebe und beschließe, lieber Schutzfrau als Prinzessin zu werden. Oder beides: Schutzfrau im Tutu und mit Spitzenschuhen.

Beim seitlichen Eingang des Bahnhofes gibt es eine Rampe. Am Ende der Rampe steht meist ein Bus. Dieser Bus hat winzig kleine Fenster, und der Einstieg ist hinten. An solchen Tagen bin ich sehr aufgeregt. Ich bete darum, dass der Zug meines Vaters Verspätung hat, damit ich die Ankunft der Reisenden, die in den Bus steigen, beobachten kann. Der Ablauf ist immer gleich. Einige Minuten vor der Ankunft steigen zwei bewaffnete Polizisten aus dem hinteren Ausgang. Ebenso vorne aus der Beifahrertür, am Steuer sitzt ein grün gekleideter Fahrer. Alle drei positionieren sich am Bus. Nach ein paar Minuten kommen an einer langen Kette, die am Handgelenk eines weiteren

Polizisten befestigt ist, Männer in schlabbrigen grauen Monteuranzügen aus dem Bahnhof. Sie sind an einem Bein und am Handgelenk an die Kette gefesselt. Keiner der Männer spricht ein Wort. Ich höre nur die kurzen Befehle der Polizisten. »Einsteigen, schneller, schneller, na los jetzt. Tür zu! Abfahrt!« Dann setzt sich der Bus in Bewegung und fährt rasch weg.

Jedes Mal löchere ich meine Mama, wer die Männer denn sind. Woher sie kommen und wohin sie fahren. Ob sie böse sind oder einfach nur arme Leute. Wo ihre Familien sind … Und jedes Mal bekomme ich dann auch die unbefriedigende Antwort meiner Mutter: »Schatz, das weiß ich alles nicht, aber die sind in jedem Fall böse und kommen von irgendeiner Arbeit, meistens vom Straßenbau, und nun fahren sie in der GRÜNEN MINNA wieder zurück ins Gefängnis.«

Wie aufregend, wie gruselig, ich will da mitfahren und mir die Gesichter dieser bösen Männer anschauen. Will sie fragen, was sie angestellt haben, will sie weinen sehen, vielleicht will ich den einen oder anderen auch trösten und ihm ein Stück Schokolade geben, ein Film läuft in meinem Kopf ab, ich muss es wissen!

Seit einigen Tagen gilt mein sehnsüchtiger Blick durch die Glasscheiben unserer Veranda einem geschäftigen Treiben auf der Schäferwiese, die unweit unseres Wohnblocks liegt. Von hier aus, wenn ich mich auf die Fußspitzen stelle, das Fenster öffne und mich verbotenerweise etwas hinauslehne, kann ich genau verfolgen, was da vor sich geht.

Erst kamen sechs Traktoren, die je einen bunten Waggon zogen. Sie stellten sich in einem großen Halbkreis mitten auf die Wiese, koppelten die Waggons ab und fuhren wieder weg. Nach einer Weile kamen sie wieder mit Anhängern, die jedoch unterschiedlich groß und auch nicht bunt waren, dafür bis auf kleine Fenster geschlossen. Diesem Tross folgten Autos, aus denen Männer stiegen. Die hatten sich anscheinend jede Menge zu erzählen. Immer, wenn ich nachschaute, standen sie noch beieinander oder liefen herum, um irgendetwas auszumessen. Gegen Abend fuhren sie wieder weg. Im Laufe des heutigen Tages kamen alle wieder zurück. Einige Waggons wurden ausgeladen. Lange Stangen, sicher Hunderte, die ineinandergesteckt und in Bodenplatten verankert wurden. Auf einem Handwagen ziehen zwei Männer etwas schweres Rundes genau in die Mitte des entstandenen Zwölfecks. An dem Ding hängt ein schwarzer Schlauch. Das Geschrei der arbeitenden Männer dringt bis zu mir hinauf, wenngleich ich nicht verstehen kann, was sie sagen. Es sieht so aus, als hätten einige von ihnen mehr zu bestimmen als andere, und zwei, die immer wieder laute Kommandos brüllen, scheinen die Häuptlinge zu sein. Mittlerweile sieht die Konstruktion wie ein großer hölzerner Weihnachtsstern mit einem Loch in der Mitte aus. Jetzt tragen vier Männer einen weiteren kleineren Stern zu diesem Ungetüm. Daran hängen zwölf lange, schwere Taue. Schließlich schließen sie den Schlauch an ein Gerät, das plötzlich sehr laut wird und seltsame Geräusche macht.

Wie von Geisterhand hebt sich der Stern mit den langen Stangen in die Höhe. Dann senkt er sich wieder hinab. Die Männer palavern noch eine Weile, steigen in ihr Auto und fahren weg. Mich zerreißt es vor Neugierde. Meine Oma, die in der Küche werkelt und von all dem nichts mitbekommen hat, tut meinen Fragenschwall lapidar ab.

»Spätzchen, die bauen doch den Zirkus auf, hast du denn die Plakate nicht gesehen?«

»Klar habe ich Plakate gesehen, aber ich kann doch nicht lesen, was draufsteht, Oma!« Das sieht sie ein und reicht mir die Schüssel mit Teigresten. Während ich genüsslich den süßen Teig schlecke, stellt sie den Ofen ein, schiebt den Kuchen ins Rohr, nimmt die Schürze ab und mir die Schüssel und schaut auf ihre Armbanduhr. »So, jetzt haben wir eine halbe Stunde

Zeit, zieh dir schnell ein Jackerl über und Schuhe an, wir schauen uns jetzt den Zirkus an.«

Na ja, so viel gibt's da nicht zu sehen, das Zelt liegt ja platt am Boden. Da jedoch das Gelände nicht abgesperrt ist und ich unbedingt die bunten Wagen sehen will, gehen wir einfach hin. Sie sind wunderschön bemalt, einer davon ganz besonders, und meine Oma liest mir die Aufschrift vor, die daraufsteht. »ZIRKUS BARANI, DIREKTION«.

Diese Aufschrift halten zwei Clowns wie ein Banner. Die Clowns haben rote Nasen und weiße Gesichter mit roten Wangen und einem riesigen lachenden Mund. Der eine trägt einen verbeulten schwarzen Hut, und bei dem anderen stehen gelbe Haare wirr vom Kopf ab. Beide haben viel zu große Schuhe an und weite pludrige Hosen, über die sie entweder ein geringeltes Unterhemd tragen oder ein ausgebeultes löchriges Jackett. Ich kriege sofort richtig gute Laune bei ihrem Anblick und ziehe meine Oma zum nächsten Zirkuswagen.

Darauf ist ein gepunktetes Pferdchen gemalt, auf dessen Rücken eine blonde Zirkusprinzessin in Spitzenschuhen steht. Sie trägt ein hellblaues Trikot mit einem halblangen golden glitzernden Röckchen, das vom Körper absteht. In der einen Hand hält sie ein zierliches weißes Schirmchen hoch. Der andere Arm ist zur Seite ausgestreckt. Auch sie lächelt bezaubernd.

Auf dem nächsten Wagen ist ein Löwe mit weit aufgerissenem Maul und gefährlichen Zähnen zu sehen. Ein Mann mit langem Stock in der einen und einem roten Reifen in der anderen Hand steht vor ihm. Auch er ist hübsch gekleidet, mit schwarzen Hosen und schwarzem Frack, wie meine Großmutter diese lange merkwürdig aussehende Jacke nennt. Auf den drei weiteren bunt bemalten Waggons sieht man fliegende Menschen am Trapez und auf dem anderen eine Frau, die eine Flöte an ihre Lippen hält und sich zu einer grün schillernden und bestimmt sehr gefährlichen Schlange hinunterbeugt. Sie ist ihr mit dem

Gesicht so nahe, dass ich mich ernsthaft fürchte. Der letzte und von allen Waggons der längste ist mit einem Elefanten bemalt. Natürlich hält er den Rüssel hoch, denn, so behauptet meine Oma, das bringt Glück. Er steht inmitten einer bunten Blumenwiese auf einem runden rot-blau-weiß gestreiften Ponton. Er sieht glücklich und zufrieden aus. Ich will unbedingt in diesen Zirkus. Jeden Tag wünsche ich es mir lautstark. Meine Oma verspricht es mir. Erst aber soll ich mich noch ein paar Tage gedulden, denn die Vorstellungen beginnen erst am Wochenende. Das dauert mir viel zu lange. Ich will jetzt dorthin, nicht morgen oder übermorgen. Ich kann ja den Männern helfen, damit es schneller geht. Sobald ich wieder Menschen auf dem Platz sehe, werde ich hinunterlaufen und meine Hilfe anbieten. Meine Großmutter findet das eine super Idee, aber jetzt muss ich ihr erst mal helfen, den Kuchen aus dem Rohr zu holen, und ein großes Stück davon zu essen.

Der Rest der Woche ist ein Graus. Immer wenn ich nach den Arbeitern auf der Wiese sehe, soll ich irgendetwas tun. Einkaufen mit Oma, mit Mama zur Schneiderin, weil ich für die Sommerferien ein neues dünnes Kleidchen brauche.

»Du wächst wie der Spargel im Frühjahr so schnell«, sagt die Schneiderin, während sie Maß nimmt. Na toll, jetzt bin ich auch noch ein Spargel, denke ich und kann sie gleich noch weniger leiden. Sie ist dicklich, hat Stecknadeln im Mund, wenn sie spricht, schnauft ordentlich, wenn sie sich zu mir runterbücken muss, und hat schrecklichen Mundgeruch. Mama hält große Stücke auf sie, sie wäre einfach die Beste und könne aus allem etwas zaubern. Na, dann soll sie mal mich möglichst schnell von hier wegzaubern, hinein ins Zirkuszelt.

***

23

Und dann darf ich auch noch ins Ballett. Sie hoffen, dass aus dem x-beinigen Dumbo ein hoheitsvoller Schwan wird. Wir dürfen zwar zur Musik von Schwanensee unsere un, deux, trois, plié – grand plié – premier position machen, aber ich hasse es, wenn Madame mir mit ihrem Stöckchen in die Kniekehlen sticht. Wenn ich Pech habe, haut sie mir damit auch auf die Schultern. Insbesondere, wenn ich gerade mit allergrößter Eleganz einen Arm im Rundbogen über meinen Kopf halte. »Runter mit den Schultern«, brüllt sie dann, und schon drückt sie mir das Stöckchen auf das Schulterblatt.

Ich kann sie dann gar nicht leiden, die Madame. Sie hat ihre Lieblinge. So einen kleinen runden Knödel lobt sie immer über den grünen Klee. Ich gebe mir wirklich die allergrößte Mühe, und auch Frau Gumrum meint, meine Arme baumeln überhaupt nicht herunter. Also es bringt doch was. Außerdem darf ich bei der Ballettaufführung, die vor der Sommerpause für die Eltern stattfindet, bei der Polonaise mittanzen. Für den Schwanensee im Tutu reicht's noch nicht, behauptet die Madame bei meiner Mutter, aber für die Polonaise. Dafür jedoch benötige ich ein Dirndl. Ich besitze aber kein Dirndl, also muss ich wieder zur Dampfwalze, die mir ein Dirndl auf den Leib zaubert. Dort krieg ich richtig Ärger, weil ich mindestens zehn Lagen Tüll unter dem Rock haben möchte, damit das blöde Dirndl wenigstens von der Taille absteht. Wenn ich das nicht kriege, mach ich nicht mit. Ich zetere so lange und drücke Krokodilstränen, bis sowohl meine Mutter als auch die Schneiderin entnervt aufgeben. Tutu, wird mir streng versichert, ginge absolut nicht, jedoch würde sie mir ein kleines Höschen nähen, an das sie drei Reihen Spitze näht. Die Zuschauer würden bestimmt begeistert sein und mich für einen Schwan im Dirndl halten. Okay, das versöhnt mich ein bisschen.

**

Dann ist es endlich Freitag. Das herrliche Zelt steht, und meine Großmutter hält ihr Versprechen und geht mit mir in den Zirkus. Ich bin unsagbar aufgeregt. Noch nie war ich so gespannt. Es ist Nachmittag, und viele Kinder an der Hand ihrer Eltern oder Großeltern strömen auf die Wiese zu, aber ich habe keine Angst, nicht ins Zelt zu kommen, denn wir waren so schlau und haben gleich nach dem Mittagessen die Karten gekauft. Sicherheitshalber gab's Pfannkuchen mit Apfelmus, ein Garant, dass ich esse. Jeder Bissen verströmte trotz der Aufregung mittägliche Harmonie anstelle ständiger Ermahnungen, doch endlich aufzuessen.

Wir haben zwei Plätze in der Mitte, und ich habe über die beiden vorderen Reihen freie Sicht. Zum Glück setzt sich vor mich niemand Großes oder Dickes, sonst klettere ich auf den Schoß meiner Oma, denn ich will nichts versäumen.

Es ist so weit. Vier Scheinwerfer erhellen die Manege. Über Lautsprecher ertönt eine Fanfare und dann Musik. Di-de-de-da-de-de-deradedade-di-de-de-da-de-de-deredere, der rote Vorhang teilt sich, und ein vornehmer Herr mit schwarzem Zylinder betritt die Arena. Ich klatsche vor Begeisterung. Er lüpft den Hut, verbeugt sich und begrüßt uns Kinder, Mamas und Omas, Papas und Opas und wird jäh unterbrochen von zwei rotnasigen Tollpatschen, die unter viel Getöse hereinstolpern. Der feine Herr ist irritiert, verbeugt sich erneut, nochmals ertönt die Fanfare, wieder werden wir Kinder begrüßt, und bevor er weitersprechen kann, lüpft es seinen Zylinder vom Kopf. Die beiden Clowns haben versucht, ein Seil von einem der Balken zum gegenüberliegenden Balken zu spannen, und dabei den Zylinder in hohem Bogen in die Luft katapultiert. Einer der Clowns fängt ihn und stolpert mit seinen riesigen Latschen auf der erhöhten Bande, die die Arena säumt, im Kreis. Unter Johlen der Zuschauer rennt nun der zweite Clown, gefolgt vom feinen Herrn, hinter ihm her, bis durch abruptes Stehenbleiben alle drei zu einem Knäuel zusammenpurzeln. Die Menge kugelt sich vor Lachen. Nachdem sich Beine und Köpfe entwirrt haben, fallen sich die drei unter schier nicht enden wollenden Entschuldigungsbezeugungen mehrmals in die Arme. Der Zylinder sitzt jetzt wieder auf dem Kopf des feinen Herrn, er verbeugt sich erneut, begrüßt uns Kinder, während sich die beiden Clowns unter Verbeugungen rückwärts schlurfend zum Ausgang bewegen. Nur hat sich irgendwie der Gürtel der Hose des feinen Herrn im Ärmel des einen Clowns verfangen. Gerade begrüßt er mit eleganter Geste die erwachsenen weiblichen Zuschauerinnen, als seine schwarze Hose zu Boden fällt und er in grauen Knickerbockershorts dasteht. Brüllendes Gelächter lässt die Manege erbeben. Natürlich muss auch ich laut lachen, meiner Oma entfährt ein lautes »Oh Gott!«. Bei dem Versuch, die Hose wieder hochzuziehen, stolpert er über seine eigenen Füße und verliert erneut den Zylinder. Für Sekunden verschwindet der feine Herr hinterm Vorhang. Dann streckt er seinen Kopf durch den roten Samt, begrüßt uns Kinder und die Omas und Opas und Mamas und Papas und wünscht uns allen eine schöne Vorstellung.

Kurz hatte ich überlegt, ob ich aufstehen und dem armen Tropf zu Hilfe kommen soll. Jedoch hält mich instinktiv meine Oma an der Hand fest, flüstert »Hiergeblieben!«. Sie kennt mich halt zu gut. Die nächste Stunde verbringe ich im Schwindel. Mal sehe ich mich mit zwei Akrobaten durch die Lüfte fliegen, dann stehe ich im Tutu auf einem Pony, verknote mich, lande im Maul des gefährlichen Tigers, der sich am Ende als die beiden Clowns im Tigerkostüm entpuppt, bin das Sitzkissen unter dem Hintern des Elefanten und werde vom Zauberer in eine Kiste gesperrt und zersägt. Gibt es etwas Schöneres?

Es ging eigentlich ganz schnell. Ich will es ja auch endlich hinter mich bringen. Im Grunde hatte ich mich bereits während des Gesäusels am anderen Ende der Leitung entschieden. Taktisch finde ich es jedoch sinnvoll, dass ich die Redaktion zwei Tage auf eine Antwort habe warten lassen. Zwei Tage sind die Schallgrenze. Mehr könnte einem als Desinteresse ausgelegt werden, weniger, als ob man so ein Interview dringend notwendig hätte.

Ja, ich habe mich schnell entschieden. Die Variante ist eine Chance. Chefredakteure neigen zur Arroganz und Selbstüberschätzung. Am liebsten hören sie sich reden. Ein Autor jedoch ist neugierig, kann zuhören und hat Fantasie. Das Gespräch würde nicht einfach werden.

Ich habe sowohl den Tag, die Uhrzeit sowie den Ort vorgegeben. Die Untröstlichkeit der Sekretärin war offensichtlich. Umso mehr wolle sie alles daransetzen, unverzüglich den Autor, den man natürlich bereits kontaktiert hatte und der seinerseits auf eine schnelle Antwort dringt, da er mitten in seinem ersten Roman steckt, zu erreichen.

Das ist gut, denke ich mir. Sogar sehr gut. Somit wird er sich gut vorbereiten, um keine Zeit zu vergeuden. Er lebt am Westufer des Zürichsees, eine halbe Stunde vom Züricher Hauptbahnhof entfernt. Dies zur Info, falls wir mit dem Zug kämen. Einen Besuch seinerseits in unserer Tessiner Heimat habe ich sofort abgelehnt. Nein, nein, habe ich gesagt, eine Reise ist immer belebend und erfrischend. Im Alter tut man es sowieso viel zu selten. Die Bequemlichkeit spielt einem einen Streich. Der Zürichsee ist ein guter Platz für ein Gespräch.

Ich werde einen Tag früher hinfahren, habe ich mir vorgenommen. Ich werde mich in diesem Landgasthof in Herrliberg für zwei Nächte einmieten. Der Blick von dort oben ist fantastisch, genau wie die Küche. Man kann fast den ganzen See überblicken. Bei guter Sicht bis ins Berner Oberland schauen. Jetzt im Mai

wird der Eiger noch tief verschneit sein. Wenn dort im Westen die
Sonne hinter diesem unbezwingbaren Massiv blutrot untergeht,
werde ich wieder gläubig, nehme ich mir vor.
Die Mandel-, Kirsch- und Apfelbäume werden in voller Blüte
stehen. Würzig und saftig duftet das Gras, und, wer weiß, viel-
leicht nehme ich meinen Badeanzug mit und schwimme im See.
Ich habe mir die Mittagszeit für unser Treffen ausbedungen. Bei
Erwähnung der Lokalität registrierte ich Erstaunen bei der Sekre-
tärin; sie legte eine Kunstpause ein, in der sie sich offensichtlich
sammeln musste. Danach lachte sie souverän und beteuerte, die-
ser Ort sei zwar ungewöhnlich, jedoch wenn man sich dort wohl-
fühle durchaus akzeptabel. Ich habe die Badeanstalt in Küsnacht
vorgeschlagen. Bei schönem Wetter sitzt man an kleinen Tischen
direkt am See. Kann sogar die Beine im Wasser baumeln lassen.
Der Wirt ist italienischer Schweizer, es gibt immer frischen Fisch
und Pasta und dazu köstlichen Wein, zuvor einen Apero, und
so wir Lust auf sein selbst gemachtes Eis hätten, wäre das doch
eine runde Sache, füge ich beruhigend hinzu. Der Wetterbericht
für die nächsten Tage ist vielversprechend. Morgen fahre ich los.
Übermorgen sitze ich mit dem Autor am See.
Danach wird es mir gut gehen.

4

Das bin ich, Valerie, 10 Jahre

Ich gehe in die dritte Klasse Grundschule. Meine Familie und ich sind umgezogen. Weg von der Schäferwiese, weg von meiner geliebten Loggia, wo ich so ganz für mich sein konnte, und weg von meinen Freunden Gumrum. Ich war traurig, ich mag meine Gewohnheiten, auch wenn ich in der letzten Zeit abends nicht mehr so oft an die Wand geklopft habe. Ins Ballett gehe ich auch schon lange nicht mehr. Irgendwann hat meine Mutter eingesehen, dass meine Begabungen eindeutig woanders liegen müssen. Wo genau, habe ich ihr noch nicht verraten.
In der Schule zeichnet sich auch keine echte Begabung ab, wenn man von Turnen und Handarbeit absieht. Deutsch mag ich wirklich richtig gerne, weil ich da Geschichten schreiben muss. Jedoch werden meine Aufsätze von der Lehrerin durch ihren Rotstift so schlimm verunstaltet, dass man meine Geschichte gar nicht mehr richtig lesen kann. Ich muss die Korrektur leider zu Hause abzeichnen lassen. Das Resultat sind tiefe Seufzer und ein sehr besorgtes Gesicht meines Vaters. Als Belohnung darf ich dann immer den Nachmittag an seinem Schreibtisch sitzen und stundenlang Hunderte von Wörtern abschreiben. Ich kann nicht garantieren, dass ich sie beim nächsten Mal nicht wieder falsch schreibe. Sie gehen nicht in meinen sonst so kreativen Kopf hinein. Ich kann auch mein Geschriebenes x-mal durchlesen, für mich ist alles richtig. Ich mag es vor allem, wenn die Geschichte fliegt, Purzelbäume schlägt und Juhu schreit. Was sind dagegen so ein paar dumme Rechtschreibfehler. Wozu

braucht man Kommas und Punkte, ist doch egal. Fesseln muss das Geschriebene. Doch meine Lehrerin fesselt es nicht, und ich bekomme regelmäßig eine schlechte Note wegen Themaverfehlung. Um dieses grundsätzlich einmal zu besprechen, hat sie meine Mutter zu sich diktiert. Da hat sie sich aber geschnitten, denn mittlerweile lieben meine Eltern und vor allem die Oma meine Fantasie. Sie begegnen dem Unverständnis der Lehrerin mit Humor und unterstützen mich, indem sie mir ein wunderschönes blau gebundenes Buch schenken, in das ich hineinschreiben soll, was immer mir gerade so in den Sinn kommt. Zum Abschied von Gumrums bekomme ich den edlen schwarz-goldenen Füllfederhalter mit Tintenfass von Herrn Gumrum. Da Herr Gumrum es an der Lunge hat und seine dicken Zigarren nicht mehr raucht, wird mir auch noch das Messingkrönchen verliehen, für den Fall, dass ich doch noch einmal im Leben mit Spitzenschuhen und Tutu auf einem Pony reiten sollte. Man weiß ja nie. So bin ich jedenfalls gerüstet.

***

Ich habe zwar meine Veranda verloren, dafür aber einen Garten gewonnen.
Wir sind raus aus unserer schönen Stadt am Bodensee aufs hügelige Land gezogen. Meine Eltern wollten für uns alle mehr Platz. Nun hat jeder ein Schlafzimmer, meine Eltern noch ein Arbeitszimmer, ein riesiges Wohnzimmer zum Garten hinaus und eine richtige geräumige Küche. Das Beste jedoch ist, dass wir zwei Klos haben und ein Badezimmer.

Dem Umzug folgte kurz darauf ein VW Käfer. Die Farbe ist scheußlich graubraun, aber da er gebraucht gekauft wurde, konnte man sich keine andere Farbe wünschen. Meine Oma und ich sitzen bei den Ausflügen auf der Rückbank. Wenn wir nicht viel Geraffel dabeihaben und ich meine langen Beine abknicke, passe ich sogar hinten in die Gepäckablage. Ich liebe die kleine Badewanne ohne Wasser. Hier kann ich mich reinkuscheln, ein Buch mitnehmen und meine Pausenbrote mampfen, während sich meine Eltern vorne bei offenem Schiebedach und schönem Wetter ungestört unterhalten. Die Oma schläft meistens nach fünf Minuten ein. Das Auto schaukelt sie sofort in den Tiefschlaf. Die Landschaft betrachtet sie dann beim Picknick oder auf den meist unvermeidlichen, stinklangweiligen Spaziergängen. Jeden Sonntag wird nun aufs Land gefahren und auch weiter über die Grenzen nach Österreich oder in die Schweiz. Denn weit ist das ja nicht.

Wenn ich im Garten auf die große Kiefer klettere, ganz nach oben, kann ich sowohl die Berge der Schweiz wie auch die von Österreich sehen. Den Bodensee sehe ich ebenso, zumindest einen kleinen Zipfel davon.

Mein Vater hat sich das Auto zugelegt, weil er von unserem neuen Zuhause aus nicht mehr Zug fahren kann. Er sagt, seine Arbeit wäre so wichtig, dass man ihm nun auch mehr Geld zahlen würde, ergo könnten wir uns jetzt ein Automobil leisten. Ich bin stolz auf ihn, was auch immer er da arbeitet. Leider verbringt meine Mutter nun viel Zeit sowohl alleine als auch mit ihm im Arbeitszimmer. Während er laut dozierend durchs Zimmer geht, haut sie auf ihrer Schreibmaschine in die Tasten. Stundenlang, egal ob die Sonne draußen scheint oder nicht. Wenn ich zu ihnen will, muss ich mit einer barschen Reaktion rechnen. »Was willst du denn schon wieder?« Also bleib ich besser weg und warte, bis sie eine Pause machen. Sie riechen dann immer beide gewaltig nach Zigarettenrauch und lüften sich erst mal aus.

Besonders glücklich scheint meine Mutter über diese Schreiberei nicht zu sein, jedoch, so sagt sie, verdiene sie nun auch ein bisschen eigenes Geld, und das sei schön. Das bleibt aber nie lange in ihrem Geldbeutel, denn sie macht sich mindestens einmal im Monat richtig hübsch, schnappt sich das Auto und ist dann für den Rest des Tages verschwunden – alleine! Wenn sie zurückkommt, berichtet sie, dass sie eine Pizzeria entdeckt hat oder eine Eisdiele mit dem besten Eis, wie in Italien, und dann zieht sie entweder neue Schuhe oder eine Handtasche aus einer Einkaufstüte, manchmal auch etwas zum Anziehen. Immer hat sie auch eine klitzekleine Sache für mich. Ich gönne ihr diese Ausflüge. Sie ist danach immer so glücklich und stolz über das, was sie erlebt und ergattert hat, und sie sieht dann noch viel hübscher aus, als sie eh schon ist. Irgendwie profitiert unsere ganze Familie davon, denn an diesen Tagen macht jeder, was er will oder muss.

Meine Oma liegt auf der Récamiere und liest, mein Vater ist entweder im Arbeitszimmer oder unterwegs, und ich schmiere mir, kaum bin ich aus der Schule zurück, ungeachtet der Hausaufgaben, bei schönem Wetter zwei dicke Griebenschmalzbrote, setze den Wanderrucksack auf, in dem ein Kissen, eine Flasche Wasser, die Brote, ein Apfel und mein schönes blaues Schreibbuch plus Stift verstaut sind, und klettere bis fast zur Spitze meiner Kiefer. Dort oben gabelt sich der Baum noch einmal. Ich kann das Kissen genau in die Mulde der Gabelung legen, lehne mich an einen starken Ast, stütze mich mit den Füßen an dem gegenüberliegenden ab und habe sogar noch eine kleine Astgabelung, an die ich den Rucksack hängen kann. Hier verbringe ich gemütlich den Nachmittag. Von hier oben habe ich wie in einem Adlerhorst einen fantastischen Ausblick über unser kleines Dorf. Und ich sehe nicht nur vieles, sondern höre auch so einiges. Kaum einer blickt hinauf zu meinem Versteck, und so kriege ich nicht nur allerlei Dorfklatsch mit, sondern kann alle, die da kommen und gehen, beobachten. Ich gebe ihnen Namen, denn noch kenne ich von den fast 2000 Einwohnern unseres Dorfes kaum einen persönlich. Es gibt Bewohner, die

offensichtlich lieber auf der Straße sind und ratschen, anstatt sich jemanden nach Hause einzuladen. Es gibt den alten Mann, der alles Mögliche mit seinem Leiterwagen transportiert. Reich scheint er nicht zu sein, denn er wechselt selten seine Garderobe. Er hat Mühe, den Wagen zu ziehen. Da er gebückt geht, gehe ich davon aus, dass er Rückenschmerzen hat. Wenn man genau hinsieht, zieht er auch das eine Bein ein bisschen nach, als wenn er damit nicht richtig auftreten mag. Jedoch ist er freundlich, wenn er angesprochen wird, und bereit, sich auf ein Gespräch einzulassen. Mal wird ihm eine Zigarette angeboten, die er mit dem Gegenüber dann gemütlich raucht, mal wühlt er in seinem Leiterwagen, um etwas herauszufischen, was der andere offensichtlich dringend gebrauchen kann. Dann fließt schon mal ein bisschen Geld von einer Hand in die andere.
Der kläffende Dorfköter, vor dem ich ein bisschen Schiss habe, scheint ihn zu lieben. Wedelnd stellt er sich ihm in den Weg, bis der alte Mann ihm ein Würstel oder etwas anderes Essbares zuwirft. Dann gibt es diejenigen, die mit gesenktem Blick herumschleichen, als ob sie ein Geheimnis zu verbergen hätten. Oder der vornehme Herr, der immer seinen Hut zieht, sobald ihm eine bekannte Person begegnet. Die fahrradschiebenden Klatschtanten, die mehr stehen als gehen und meistens dicke Hintern haben und mächtige Brüste. Dicke Freundinnen halt. Manchmal sehe ich auch sehr traurige Menschen, die verschämt Tränen aus ihren Augen wischen, und ich beobachte Pärchen, die sich verstohlen küssen. Und lange Blicke tauschen. Das macht mir dann immer so ein Kribbeln und Krabbeln im Bauch. Ich sehe Kinder, die von ihren genervten Müttern den Hintern versohlt bekommen und dann noch lauter schreien als zuvor, und auch fröhliche Kinder, die mit Springseil oder Hula-Hoop-Reifen auf der wenig befahrenen Dorfstraße spielen. Manche kenne ich aus der Grundschule, dann überlege ich kurz, ob ich mein Versteck verlassen soll und mich zu ihnen ge-

sellen, aber meistens lasse ich das, denn ich liebe diese Stunden zu sehr. Das ist meine Fernsehzeit aus dem Baumquartier. Alles Wichtige notiere ich in meinem blauen Buch.

Da ich nun regelmäßig schreibe, fallen mir auch immer öfter flüchtige Schreibfehler auf. Früher bei den Schulaufsätzen trieb mich meine Fantasie so sehr an, dass ich nie Zeit hatte, das Geschriebene vor der Abgabe nochmals durchzulesen. Da oben auf meinem Baum oder im Bett unter der Decke nachts mit Taschenlampe habe ich Zeit. Es drängt mich, immer wieder nachzulesen. Ich möchte mich nicht wiederholen, jede Beobachtung soll auf die Person, ihr Aussehen und ihre Gemütsverfassung zugeschnitten sein. Ich gebe ihnen Bezeichnungen, wie Die Wehleidige oder Der Schmuser, Der Dieb, Die Dröge. Somit kann ich all diese vielen Figuren sofort in meinem Gedächtnis abrufen. Zudem ertappe ich mich dabei, wie ich in unbeobachteten Momenten Gangarten und Haltungen nachspiele. Möglichst geräuschlos! Jedoch mit Grimassen, die viel aussagen.

Neulich hat mich meine Schulkameradin dabei erwischt und beschimpft. Sie hatte nach dem Turnen ihren Turnbeutel so umständlich in den Schulranzen gestopft, dass sie ihn beim Laufen verloren hat. Sie lief zurück und wollte ihn aufheben, stolperte dabei über den Schnürsenkel ihres Schuhs und fiel der Länge nach hin. Ich ging gerade hinter ihr und war total beeindruckt. Ohne viel nachzudenken, machte ich sie nach. Da schmiss sie mir wütend den Turnbeutel an den Kopf. »Du blöde Kuh, ich hab mir wehgetan, das ist nicht lustig.«

Doch, dachte ich mir, sehr lustig! Aber ich hielt die Klappe, entschuldigte mich und bedauerte ihre blutenden Schrammen. Immer öfter musste ich spontan lachen, wenn ich irgendein Missgeschick beobachtete. Je nach Charakter reagierten die Menschen völlig unterschiedlich. Der eine schrie laut auf, um kurz darauf in Gelächter auszubrechen, ein anderer blieb stumm, klopfte sich ab und ging verschämt weiter. Sehr lustig fand ich auch, wenn einer stinkwütend wurde und sich umdrehte, um einen Schuldigen zu suchen. Ich kann mich gar nicht sattsehen an solchen Momenten. Mich zerreißt es fast vor Lachen.

Gleichzeitig beschlich mich ein schlechtes Gewissen, weil ich mich so darüber freute. Ich wollte ja nicht, dass sich andere Menschen verletzten oder etwas kaputt machten, was für sie wertvoll war. Ich spürte auch keine Schadenfreude, lieber hätte ich sie getröstet. Aber ich guckte ihnen einfach gern zu, wenn etwas passierte, als ob ich dabei etwas lernen würde.

Alles aufzuschreiben ist für mich die beste Lösung. Wenn ich hin und wieder gegenüber meiner Oma Andeutungen über eine besonders ulkige Situation mache, muss sie zwar auch lachen, macht mir aber sofort ein schlechtes Gewissen, weil man sich ja über andere nicht lustig machen darf. Ich finde das blöd, denn das bemerken diejenigen doch gar nicht, und deshalb tut es ihnen ja auch nicht weh.

5

Ferien

Es ist Sommer. Gleich zu Ferienbeginn, am letzten Schultag, stehen meine Eltern mit vollgepacktem VW Käfer bereits vor der Schule, um mich abzuholen. Am frühen Morgen habe ich mich noch tränenreich von meiner Oma verabschiedet. Sie kommt nicht mit. Zum einen hat sie in dem Auto eh keinen Platz mehr, und zum anderen denkt sie im Traum nicht daran, drei volle Wochen auf einem Campingplatz mit uns in einem Zelt mit unbequemen Liegen zu verbringen. Sie wird die Zeit zu Hause genießen. Den Gemüsegarten plündern und Neues anpflanzen. Abwechselnd werden ihre zahlreichen Schwestern zu Besuch kommen, und sie kann morgens so lange im Bett liegen, wie sie will. Insgeheim sind meine Eltern bestimmt heilfroh über ihre Entscheidung.

Wir fahren nach Italien, an den Lido di Jesolo. Ich sitze hinten in der Gepäckablage, und vor mir türmen sich Taschen, kleine Koffer, ein zusammengelegtes Schlauchboot mit Paddel, Schwimmflossen mit Taucherbrille, Schnorchel für meinen Vater und ein kleineres Schnorchelset für mich. Das Schiebedach können meine Eltern nicht öffnen, denn darauf thront ein Turm mit Gepäckträger, auf dem sich das Zelt mit Liegen und Zubehör befinden. Den Spirituskocher hat meine Mutter vorne zwischen den Beinen, darauf steht eine Tiefkühlbox für die Picknicks auf unserer Reise. Bequem scheint es nicht für meine Mama zu sein, aber sie ist bester Laune, hat das Radio laut aufgedreht, die Fensterscheibe runtergekurbelt und singt und pfeift jedes Lied mit. Mit ihren roten Lippen und den vollen, kurzen blonden Haaren, die im Fahrtwind flattern, sieht sie umwerfend aus. Im Gesicht meines Vaters meine ich Stolz zu erkennen. Ich kann ihn gut verstehen. Wenn ich nur annähernd so hübsch werde wie sie, würde es schon reichen, hoffe ich.

Wir fahren über die Schweizer Berge, am Lago Maggiore entlang, über Genua und Mailand Richtung Venedig auf der Autobahn. Die Autobahn kostet Maut, und so schaut meine Mutter ständig auf eine Landkarte, wo man abfahren kann, um eine Strecke auf der Landstraße zurückzulegen.

Bei den vielen Kurven wird mir da hinten immer schlecht. Damit wir nicht so viele Pausen machen müssen, bekomme ich außer Mitleidsbekundungen Kotztüten gereicht. Außerdem altes, hartes Brot, das gut für den Magen sein soll, und ein Petersiliensträußchen, an dem ich riechen kann, wenn mir richtig übel ist. Ich weiß nicht, wovon mir mehr übel wird, von den Kurven oder der Petersilie. Irgendwie überstehe ich die Fahrt, und bei Sonnenuntergang erreichen wir Jesolo.

Lange schon hat uns mein Vater auf dem Campingplatz angemeldet. Er spricht Italienisch, da er seine Kindheit in Südtirol verbracht hat.

Es dauert eine Weile, bis uns der Campingwart den Stellplatz zuweist, und dabei wird es dunkler und dunkler. Wir landen schlussendlich in einem Wäldchen, wo es nach Harz duftet. Ich hatte mir so sehr gewünscht, dass wir genau am Meer unser Zelt aufschlagen, aber meine Eltern sagen, hier wäre es viel leiser und auch trockener, und es gäbe zwischen den Pinien wesentlich weniger Schnaken als am Wasser. Zudem wäre es auch kühler und dunkler, man könnte viel besser schlafen. Da es eh müßig ist, dagegen zu protestieren, füge ich mich und ringe meinen Eltern das Versprechen ab, noch heute Nacht mit mir ans Meer zu gehen. Ich muss wenigstens einmal kurz meine Füße reinstecken und das Salzwasser probieren, sonst kann ich nicht schlafen.

Bis wir alles ausgeräumt haben und unser dunkelgrünes Zelt steht, ist es stockdunkel. Mit Taschenlampe und im Schein des diffusen Lichts einer Laterne in der Nähe ein Zelt aufzubauen, ist ein größeres Unterfangen. Ich darf Heringe anreichen, Stangen festhalten, an Leinen ziehen und mir das laute Fluchen meines Papas anhören. Wehe, wenn meine Mutter ihm Ratschläge gibt. Geduld war noch nie seine Stärke, ebenso wenig die meiner Mama. Zur Freude aller habe ich diese Eigenschaft geerbt, und so wird es ziemlich laut, bis das elende Ding endlich steht. Kein Drandenken an einen gemütlichen Meeresspaziergang. Wir sitzen dann am Klapptisch, auf dem unsere restlichen Fressalien liegen, meine Eltern öffnen eine riesige Korbflasche mit Rotwein, Lambrusco steht auf dem Etikett, und spülen erst mal die vergangenen zwei Stunden hinunter. Danach sind sie sehr fröhlich. Als sie dann so richtig fröhlich sind, darf ich ganz schnell ins Bett.

Bett ist ein wenig übertrieben, es ist eine wabernde aufgeblasene Luftmatratze, auf der ein Schlafsack liegt. Zumindest liegen im Schlafsack mein kleines Kopfkissen und das Schäfi. Schäfi und ich sind gleich alt, und es ist mein wirklich allerbester Freund. Schnell noch Pipi hinterm Zelt, Zähneputzen fällt aus, Gutenachtkuss, und dann wird das Moskitonetz im Eingang hinter mir zugezogen. Während ich noch mal ans Zeltaufbauen denke und es einfach nur großartig finde, dass der Urlaub nun anfangen kann, schlafe ich selig ein und habe meine Eltern von Herzen lieb.

Ich bin am Schwäbischen Meer, wie man den Bodensee nennt, aufgewachsen und konnte bereits mit fünf Jahren schwimmen. Meine Großmutter hat sich schlicht geweigert, mit mir an den

See zu gehen, bevor ich nicht das Seepferdchen gemacht hatte. Also lernte ich innerhalb kürzester Zeit beim Schwimmlehrer Todd, dass man nicht nur unter Wasser, wie ich es immer in der Badewanne tat, schwimmen konnte, sondern auch darauf. Ich lag von Anfang an flach auf dem Wasser. Somit schwamm ich schnell, nicht wie andere Kinder, die als bleierne Ente nur mit der Nasenspitze aus dem Wasser rausguckten. Dafür bekam ich bei der kleinsten Welle den Mund voll Chlorwasser. Ich lernte, schwimmend auf dem Rücken zu liegen und mich dabei auszuruhen. Da ich ein Hohlkreuz habe, konnte ich rückwärts paddeln und dabei in den Himmel schauen.

Seit drei Tagen sind wir nun schon am Meer. Stundenlang bin ich mit anderen Kindern im Wasser. Auf beiden Ohren taub, überhöre ich die Rufe meiner Mutter rauszukommen und mich einzucremen. Dementsprechend sehen meine Nasenspitze und Schultern aus. Aber das ist mir egal. Ich komme nur raus, wenn es Spaghetti oder Pizza gibt und wenn abends die Sonne untergeht. Meine Mutter liegt den ganzen Tag auf einer Klappliege unter einem gestreiften Sonnenschirm und liest Krimis. Sie hat eine ganze Batterie Krimis mitgenommen, in die sie so versunken ist, dass nur ihr hin und wieder aufkeimendes schlechtes Gewissen sie nach meinem Papa oder mir schauen lässt.

Ich bin im Wasser. Mein Vater jedoch ist nicht so einfach zu finden. Manchmal sieht man von ihm nur einen Schnorchel, dahinter zwei in eine blaue Badehose gepackte Pobacken, die zwischen den Wellen auftauchen und hinter denen ein leeres, aufgeblasenes Schlauchboot tänzelt, das er an sein rechtes Fußgelenk gebunden hat. Seine Füße stecken in schwarzen Schwimmflossen, und wenn er etwas entdeckt hat, schnellen sie plötzlich kerzengerade aus dem Wasser, um dann pfeilartig nach unten zu verschwinden. Kurz darauf taucht er mit seiner Beute wieder auf und legt sie in sein Boot. Abends präsentiert er uns stolz seine Schätze. Mal ist es eine besonders schöne

Muschel oder ein meergrüner stinkender Seeigelpanzer, ein Seestern oder ein Seepferdchen. Letztere leben noch, und er legt sie zum Trocknen auf sein Badetuch. Ich finde das grausam, aber er meint, das wären Einzeller, und die haben keine Nerven. Ich glaube ihm nicht und halte das für eine Ausrede. Mein Vater isst auch voller Begeisterung Muscheln und Seeigel, die er vom Felsen kratzt. Lebendig! Es schüttelt mich, wenn ich sie nur rieche. Ebenso sammelt er Miesmuscheln, eimerweise, die er dann in der öffentlichen Dusche und für jedermann ersichtlich im Waschbecken säubert. Offensichtlich ist das nicht verboten, denn andere Männer tun es ihm gleich.

Am Abend kocht dann meine Mutter einen Sud. Sie schneidet Zwiebeln und brät sie in der Pfanne auf unserem Spirituskocher in Butter an, löscht mit ordentlich viel Weißwein ab, salzt und pfeffert nach, und dann kommen alle Miesmuscheln so lange in den kochenden Sud, bis sie sich öffnen. Die Geschlossenen wirft sie in den Müll. Ich kann so was nicht essen. Mir graust es beim puren Anblick. Alle Überredungskünste meiner Eltern, wenigstens eine zu probieren, scheitern. Kaum habe ich sie im Mund, würgt es mich, und ich spucke sie in hohem Bogen wieder aus. So gibt es für mich nur Weißbrot mit ein paar Stückchen Salami.

Heute, an unserem vierten Tag, will mein Vater mir Schnorcheln beibringen. Ich lege mich im Schlauchboot auf den Bauch und schaue mit der Taucherbrille und dem Schnorchel im Mund ins Wasser. Mein Vater zieht mich mit dem Seil um seinen Bauch hinaus zu einer Felseninsel. Dort ist es flacher, und er kann auf seinen Flossen stehen, ohne dass er von den vielen Seeigeln gestochen wird.

Ich bin sehr aufgeregt und habe auch ein bisschen Angst. Diese Schwerelosigkeit im Salzwasser, diese vielen bunten Fische, die scheinbar so gar keine Angst vor uns haben und neugierig ganz nah an mich heranschwimmen. Wir haben ein paar Scheiben Weißbrot dabei und bröseln sie ins Wasser. Gierig schnappen die Fischlein danach. Das ist einerseits faszinierend und zugleich Furcht einflößend.

Mein Papa nimmt meine Hand und schwimmt mit mir ganz langsam um die kleine Insel. Wie schön die Felsen unter Wasser aussehen. Das habe ich noch nie gesehen. Unter uns, ganz weiß, breitet sich der Sandboden aus. Mal fällt er steil ab, dann ist er wieder so nahe, dass sogar ich stehen könnte. Das traue ich mich aber nicht. Lieber klammere ich mich ganz fest an meinen Papa, der mir unter der Maske undeutlich zuruft »einatmen und Luft anhalten.« Dann tauchen wir ab. Hell ist es, wenn ich von unten an die Wasseroberfläche schaue. Sie glitzert in der Sonne. Für Sekunden sind meine Ohren komplett zu, und der Druck verursacht mir einen kleinen Schmerz. Wir haben auf dem Boden eine große Schneckenmuschel gefunden und paddeln wieder an die Wasseroberfläche. Alles ging so schnell. Ich japse nach Luft und reiße mir die Taucherbrille vom Kopf. Tränen schießen mir in die Augen, und aus meinem Inneren kommt ein tiefer Schluchzer.

Das Erlebnis war irgendwie auch ein kleiner Schock, auf den ich nicht vorbereitet war. Ich zittere vor Aufregung. Trotzdem, es war großartig!

Mein Vater hievt mich ins Boot. Eingemummelt in ein Handtuch zieht er mich an Land. Ich lege mich zähneklappernd in den heißen Sand neben meine Krimi lesende Mutter. Sie streichelt mechanisch meinen Kopf. Ich will ihr unbedingt alles erzählen. »Pssst, gleich, Schätzchen, gleich, es ist grad so spannend«, bringt sie mich zum Schweigen.

Mein Papa ist zur Dusche gegangen. Ich drehe mich auf den Bauch und schaue verträumt Richtung Strand hinunter. Etwas weiter entfernt entdecke ich einen Jungen in Badehose, der drei Bälle abwechselnd in die Luft wirft und wieder auffängt.

Manchmal verliert er einen Ball, dann beginnt er von Neuem. Ich schaue ihm eine ganze Weile zu, und nachdem meine Mama mich scheinbar nicht vermisst und mein Papa verschollen ist, stehe ich auf und gehe zu dem Jungen hin.

In angemessener Entfernung bleibe ich stehen, um ihn besser beobachten zu können. Offensichtlich hat er mich entdeckt, denn plötzlich verändert er seine Haltung. Etwas breitbeiniger und auch breitschultriger. Er gefällt mir mit seinen semmelblonden Haaren, nett und freundlich sieht er aus. Ich riskiere ein Lächeln.

»He du, willscht du's auch mal probieren?«

»Ja«, antworte ich, »aber ich kann das nicht!«

»Eh klar kannscht du das nicht, das muss man ja lange üben, aberr wenn du magscht, bring ich es dir bei.«

Huch, denke ich mir, der spricht ja komisch. Ich finde ihn aber nett und gehe zu ihm hin. Er ist einen halben Kopf größer und heißt Lorenzo und kommt aus dem Tessin. Dort spricht man hauptsächlich Italienisch.

Ich muss lachen, so lustig finde ich ihn. Da er mich so lieb anguckt, stelle ich mich auch vor. »I bin die Valerie aus`m Allgäu, und mia schwäätzed Ällgäuisch, voschtohscht du dös?«

Jetzt muss er auch lachen und schlägt vor, doch erst mal schwimmen zu gehen, bevor er mir das Jonglieren beibringt. Lachend rennt er ins Wasser und krault ein paar Züge. Ich bin beeindruckt. Kraulen kann ich nicht, aber ich schwimme schnell hinter ihm her. Er schüttelt seine blonden Haare und schaut mich mit blitzblauen Augen an. Mir wird ein wenig schwindelig.

Plötzlich taucht er unter mir durch und schnellt hinter meinem Rücken heraus. Hah, das kann ich auch! Also tue ich es ihm gleich und tauche ebenso unter ihm durch. Nun ist auch er beeindruckt. Wir spritzen uns gegenseitig Meerwasser ins Gesicht und toben wie zwei Delfine im Kindergarten. Es ist herrlich. Es scheint so, als hätte ich für die Ferien einen Kameraden gefunden.

Später, als wir im Sand sitzen, erzählen wir uns, wo er mit seinen Eltern campiert und wo unser Zelt steht. Genau wie ich ist Lorenzo Einzelkind, und das Beste ist, er bleibt noch zwei volle Wochen hier. Na, da ist mein Urlaub doch gerettet und der meiner Eltern auch. Nichts kann jetzt noch die Krimistunden stören oder stundenlanges Geschnorchel und Muschelgemampfe.

Da die Sonne bereits eine rote Farbe annimmt, verabschiede ich mich schnell von Lorenzo, bevor es Ärger gibt und ich zu Miesmuschelessen verdonnert werde. Wir sehen uns am nächsten Morgen wieder hier am Strand, das ist fest ausgemacht. Das Jonglieren vertagen wir.

Beim Zelt erwartet mich ein Vulkanausbruch. Heiße Lava in Form von Unzumutbarkeit, Verantwortungslosigkeit, Egoismus, Gedankenlosigkeit, gepaart mit Angstszenarien ergießt sich über mein kleines, doch eigentlich vor Freude hüpfendes Herz, bis ich gekrümmt wie ein Regenwurm im Trocknen voller Besserungsbeteuerungen platt am Boden liege. Dann reicht man mir die Hand, fragt, ob ich alles verstanden habe und einsehe, fahrlässig gehandelt zu haben. Während ich demütig nicken möchte, drückt mich meine Mutter an ihren großen weichen Busen.

Komischerweise hat mich diese Schimpftirade gar nicht wirklich erschüttert. Ich habe sicherheitshalber mein schlechtes Gewissen herausgespielt, habe theatralisch die Hände vors Gesicht geschlagen, dicke Krokodilstränen die Wangen herunterkullern lassen und leise »Mami, Mami, sei mir nicht mehr böse« geflüstert. Mir wird verziehen, und ich werde auch nie mehr einfach am Strand verschwinden, selbst auf die Gefahr hin, dass mir keiner zuhört, wenn ich sage, wohin ich gehe, weil mir stinklangweilig ist.

Anschließend trabe ich, ausgestattet mit einem Zehnlirestück, Handtuch und Seife, folgsam zu den Duschen.

Am nächsten Morgen ist es noch frisch. Meine Eltern wundern sich, als ich ihnen direkt nach dem Frühstück eröffne, gleich schwimmen gehen zu wollen. Bevor sie eine Bemerkung über die Gänsehaut, die meinen Körper überzieht, machen können, schnappe ich mir mein Badetuch von der Wäscheleine, verabschiede mich betont fröhlich und renne los. Hoffentlich bleiben sie noch lange beim Zelt.

Am Strand ist noch wenig los, und so entdecke ich Lorenzo bereits von Weitem. Er steht kopf beziehungsweise auf seinen Händen. Ein ganzes Stück läuft er so am Meer entlang. Danach landet er wieder auf den Füßen, um gleich darauf ein Rad zu schlagen und einen Handstandüberschlag zu machen. Ich trau mich fast nicht zu ihm hin. Was kann ich ihm den bieten? Gerade mal einen Purzelbaum! Noch nicht mal auf zwei Fingern kann ich pfeifen, und ich möchte ihn doch so gerne beeindrucken.

Also tue ich so, als fände ich seine Kunststücke ganz normal, und wünsche ihm schüchtern einen guten Morgen. Er lacht fröhlich zurück, ruft: »Häsch usgschloffe, du Bettzipfli?«

Ich pruste vor Lachen, und meine Befangenheit verschwindet. Plötzlich fällt es mir gar nicht schwer, ihm zu sagen, wie toll ich es finde, dass er auf den Händen gehen kann, und dass ich wenigstens ein halbwegs gutes Rad schlagen kann, aber alles lernen will, und weil wir grad schon dabei sind, wir auch sofort mit dem Jonglieren anfangen könnten. Nichts lieber als das, meint er, es sei ihm »eh zum Schnarcha langwielig«.

Lorenzo drückt mir einen blau-rot-gelb gestreiften Lederball in die Hand, und ich bin erstaunt über sein Gewicht. Die Bälle seien mit Sand gefüllt und deshalb so schwer, erklärt er mir. Wir stellen uns nebeneinander in den feuchten Sand. Die Füße stehen hüftbreit auseinander, und der rechte Arm ist im

90-Grad-Winkel nach vorne gebeugt. Der Ellbogen soll die Taille berühren und so einen stabilen Winkel bilden. Der Ball liegt in der Hand, und wir werfen unsere Bälle bis ungefähr auf Nasenhöhe einfach nach oben und blicken dabei geradeaus. Nicht besonders schwer, meine ich. Nachdem ich das einige Male gemacht und den Ball auch nie fallen gelassen habe, erklärt Lorenzo, ich soll mir vorstellen, dass um mich herum ein Bilderrahmen von der Taille aufwärts bis ungefähr eine Handbreit über meinen Kopf gespannt ist und ich den Ball nun nicht mehr bloß senkrecht nach oben werfe, sondern in die linke Ecke des Rahmens. Meinen linken Arm soll ich nun gleichfalls anwinkeln, und wenn ich das richtig mache, würde mein Ball direkt in meine linke Hand fallen. Das tut er aber nicht. Er schießt viel zu hoch und viel zu schräg über den imaginären Rahmen hinaus. Lorenzo lobt mein Temperament, aber meint, es wäre besser, das käme später zum Einsatz, wenn ich meine Rahmenbedingungen besser einschätzen könne. Aha, na hoffentlich habe ich verstanden, was er damit meint.

Die nächsten gefühlten dreißig Minuten werfe ich mal rechts, mal links in meine Rahmenbedingungen, bis mir Arme und Hände wehtun und meine Oberarme vor Anstrengung zittern. Ich muss mich total konzentrieren und werde sofort bestraft, wenn ich aus dem Rhythmus gerate und der Ball in den Sand fällt. Meine Geduld wird auf eine harte Probe gestellt, aber ich will mir ja keine Blöße geben. Ich will das lernen und mir beweisen, dass ich nicht gleich aufgebe, wenn etwas nicht klappt. »Äs Liechte isch äs Schwäärste«, sagt mein Tessiner Freund und grinst dabei. Wahrscheinlich ist ihm meine Verbissenheit aufgefallen. Ich soll ihm, während ich den Ball werfe, erzählen, was ich gefrühstückt hätte, und weil es ja schon so gut geht, gibt er mir einen zweiten Ball in die andere Hand. Nun ist das Chaos perfekt. Reden und gleichzeitig werfen geht gar nicht. Lorenzo lacht sich schepps. Das finde ich gemein und werfe ihm einen

Ball an den Kopf. Er aber fängt ihn kurz auf und wirft ihn genau in meine linke Rahmenecke, sodass der Ball von dort oben direkt in meine Hand plumpst. Verblüfft werfe ich ihn automatisch in die andere Ecke, von wo aus er in die rechte Hand fällt. Mit einem Mal ist das Eis gebrochen. Meine Angst, die Bälle zu verfehlen, lässt nach, und eine noch kaum spürbare Leichtigkeit stellt sich ein. Wenn der Ball runterfällt, hebe ich ihn schnell auf, ohne aus dem Rhythmus zu kommen. Von Mal zu Mal geht es besser, bis ich mich schließlich erschöpft in den Sand fallen lasse.

Lorenzo legt sich neben mich und ist mit seiner Unterrichtsstunde ganz zufrieden. Während die Sonne immer höher steigt und immer mehr Menschen den Strand bevölkern, Sonnenschirme aufgespannt werden, Kinder johlend ins Wasser rennen und sich allgemeine Betriebsamkeit breitmacht, schwelgen wir beide in Erinnerungen gleichzeitig fliegender Bälle. Lorenzo sagt, dass er es an manchen Tagen schon bis zu fünf fliegenden Bällen gebracht habe. Aber das sei ein weiter Weg und bedürfe enorm viel Übens.

In den verbleibenden zwei Wochen unserer gemeinsamen Ferienzeit verbringen wir jeden Tag mehrere Stunden zusammen. Wir lachen viel und üben uns in Akrobatik und Jonglieren, ich lerne richtig gut Schnorcheln und Kraulen, kann irgendwann auch auf den Händen stehen und mich sogar ein paar Meter vorwärtsbewegen. Ich lerne, aus dem Stand Purzelbäume zu machen und im Spagat zu landen, und ich vergöttere meinen Freund Lorenzo. Ich finde ihn wunderschön, und wenn ich ihn morgens sehe, bekomme ich Herzklopfen.

Meine Eltern haben anscheinend bemerkt, dass ich für ihn schwärme, denn wenn sie uns angeblich zufällig am Strand begegnen, zwinkert mir meine Mutter immer so komisch zu. Das ärgert mich und ist mir peinlich. Ich hoffe sehr, dass es Lorenzo nicht sieht und mich nicht anspricht und fragt, ob meine Mutter ein Nervenleiden hat. Um dem Ganzen den Wind aus den Segeln zu nehmen, frage ich Lorenzo, ob wir nicht mal mit unseren Eltern gemeinsam Eis essen gehen könnten. Das machen wir dann auch, und außer der Tatsache, dass ich kein Wort verstehe von dem, was sie sagen, finde ich die beiden nett. Ich vermute, dass meine Eltern nicht viel mehr verstanden haben, denn meine Mutter sagte auffallend oft »Wie bitte?«.

Da unsere unschuldige Freundschaft jetzt sozusagen legitim ist, lässt man uns in Frieden. Meine Mama vergräbt sich wieder in ihre Krimis, und mein Papa verwandelt sich mehr und mehr in einen Neptun.

Wir liegen manchmal stundenlang im Sand und erzählen uns Geheimnisse und Sehnsüchte. Zum ersten Mal rede ich mit jemandem über mein blaues Buch, ohne dass ich Angst habe, ausgelacht zu werden. Von Lorenzo erfahre ich, dass er zwölf Jahre alt ist und spätestens in sechs Jahren auf eine Artistenschule in der Schweiz gehen möchte. Seine Eltern, die beide Lehrer sind, hätten, solange er noch was Ordentliches dazulernt, nichts dagegen. In mir wächst von Tag zu Tag der Wunsch, es ihm gleichzutun. Aber das ist noch ein langer Weg. Davon zu träumen kann mir jedoch niemand verbieten, und ich verspreche Lorenzo, zu Hause zu üben, bis ich ihm zu unserem Wiedersehen mit Keulen den Kopf verdrehen kann.

Noch nie habe ich ein eigenes Auto besessen. Vor drei Jahren war es dann so weit. Er stand in der ersten Reihe bei einem Autohändler und hat auf mich gewartet. Volare Blue, mit hellgrauem Verdeck und sandfarbener Innenausstattung, ohne Beulen oder Kratzer, mit gerade mal 7000 Kilometern auf dem Tacho. Ich habe ihn Wicki genannt wie das Hustenbonbon derselben Farbe, so sah er aus, mein Fiat 500, und lächelte mich an.

Die Haare raspelkurz, blondgrau meliert, ein rotes Käppi auf dem Kopf, dunkle Sonnenbrille, die knabenhafte Figur in Jeans und Windjacke, so sitze ich am Steuer meines Autos. Wir fahren über den Gotthardpass. Das Verdeck offen wie eine aufgerollte Sardinenbüchse. Es ist wenig Verkehr, da keine Schulferien sind. Wohnmobile, in denen ältere Semester sitzen, prägen das Straßenbild. Sie stehen in den Parkbuchten und machen Picknick.

Ich habe keine Eile. Lange habe ich keine Reise mehr unternommen. Nichts zog mich hinaus in die weite Welt. Zwei Jahre lang durfte man nur unter Ausschluss der Öffentlichkeit künstlerischen Berufen nachgehen. Wir fanden nicht mehr statt. Man hatte uns vergessen.

Ich habe die Zeit genutzt. Ich musste aufräumen und viel nachdenken. Unfassbar viele Schubladen habe ich in mir aufgezogen, kurz hineingeschaut und meistens wieder verschlossen. Die Zeit war für sie noch nicht reif. Ich nahm mir die leichteren zuerst vor. Die, deren Inhalt geordneter waren, nicht so ein Durcheinander aufwiesen. Deren Farben mich nicht bedrückten oder verwirrten. Wo ich den Duft noch in der Nase hatte und die Dinge berühren konnte, wo Verletzungen schon fast geheilt waren oder milde belächelt werden konnten.

Es sind die Geschichten meiner Kindheit.

6

Das bin ich, Valerie, 14 Jahre

Trotz aller Unkenrufe habe ich vor drei Jahren den Übertritt aufs Gymnasium geschafft und gehe nun in die siebte Klasse. Daran, dass mir Schule bis auf wenige Fächer nach wie vor keinen Spaß macht und ich mich von Note zu Note quäle, hat sich nichts geändert. Nichts sehne ich mehr herbei, als in spätestens drei weiteren Jahren diesen Albtraum hinter mir zu lassen. Dann gilt es, meinen Eltern gegenüber geschickt genug aufzutreten und sie davon zu überzeugen, mich meinen Herzenswunsch und, wie ich finde, meine Begabung ausleben zu lassen. Ich will Artistin werden.

Sehr früh schon fühlte ich mich von dieser Welt der Illusion, des Zaubers und der Schnelligkeit angezogen. Körperlich an Grenzen zu gehen, durch langes Üben der Perfektion näher zu rücken, ohne sie jemals wirklich zu erreichen. Täglich dadurch zu wachsen und immer wieder Grenzen zu verschieben, erschien mir im Gegensatz zu mathematischen Formeln geradezu wie ein Kinderspiel. Es war wie eine Sucht. Ich lernte Abläufe imaginär in meinem Kopf abzuspielen, dabei nach außen hin interessiert zu schauen, das Nötigste vom Unterricht zu speichern, um in meiner Freizeit sowohl Englischvokabeln als auch körperliche Herausforderungen abzurufen. Ich bin sozusagen eine einzige Mogelpackung. Nichts kann ich richtig, und das nervt. Besonders frustriert es mich, dass ich Zeit brauche, die ich nicht habe. Zudem bemerke ich, dass meine Oma älter wird und nicht mehr so einsatzfähig ist. Also wird von mir erwartet, dass ich ihr im Haushalt unter die Arme greife. Meine Mutter ist mittlerweile im Volleinsatz für meinen Vater, der untertags so gut wie nie mehr zu Hause ist. Unermüdlich tippt sie in ihre Schreibmaschine und hat meistens ziemlich schlechte Laune.

Das Gute an meinem Gymnasium ist, dass es in der Stadt liegt. Morgens fahre ich mit dem Bus eine halbe Stunde und erledige Hausaufgaben, die ich von zwei Streberfreundinnen, die ebenfalls den Bus nehmen, abschreibe. Ich habe dann zwar im schlimmsten Fall nichts kapiert, aber ich kriege keinen Eintrag, den ich dann von meiner Mutter abzeichnen lassen muss. Eigentlich interessieren sich meine Eltern gar nicht so sehr für meine Noten, ich denke mal, sie empfinden meine Schulzeit ebenso als Qual und haben die ständigen Ermahnungen, mich »endlich auf den Hosenboden zu setzen!«, satt. Sie erwarten, dass ich das Dilemma schnellstmöglich hinter mich bringe. Eine Akademikerkarriere für mich haben sie sich abgeschminkt, im besten Fall heirate ich einen vermögenden Mann, der mich versorgt.

Dass mittlerweile die Pille erfunden ist, junge Frauen ohne BH rumlaufen und Männern den Mittelfinger zeigen, wenn diese chauvinistische Sätze von sich geben, scheinen sie geflissentlich zu übersehen. Jedenfalls was mich betrifft. Zwar haben sie bemerkt, dass ich einen Busen kriege, verschämt lag auch eines Abends ein Büchlein mit dem Titel »Woher kommen die kleinen Kinder« auf meinem Kopfkissen. Jedoch gab sich in der Familie keiner die Mühe, mal mit mir ausführlich über das Frauwerden zu sprechen. Ich bin und bleibe der quirlige Kobold, irgendjemand wird mir schon meine Fragen beantworten. Davon gibt es aber jede Menge. Unter der Schulbank wird die *Bravo* herumgereicht, Pickel sprießen, und Haare sind fettig, Finger glitschig und die ersten Knutscher sacknass. Alles in allem eine saublöde Zeit. Nichts Halbes und nichts Ganzes. Die Werte meiner katholisch geprägten Erziehung, in die meine Oma so viel Hoffnung gesetzt hat, stehen im krassen Gegensatz zu meiner engen Jeans und den langen offenen Haaren. Ich habe zu Hause niemanden, der mich versteht, und gehe Diskussionen aus dem Weg. Die beiden Gumrums leben auf Teneriffa, ihrem Alterswohnsitz.

Mein Selbstmitleid hält sich die Waage mit meiner Sehnsucht nach Verständnis und echter Nähe. Im Zentrum steht eine Sehnsucht, die sich in meinem Höschen feucht anfühlt. Des Nachts versinke ich in Träume, die voller männlicher Lippen und tiefer Seufzer nur so triefen. Manchmal gelten diese Seufzer Lorenzo, jedoch verblasst er mehr und mehr und wird zu vager Erinnerung.

Die anfänglichen Briefe nach unserer Begegnung am Lido di Jesolo und den wunderbaren zwei Wochen Ferien werden immer seltener. Jedoch habe ich ein Foto von Lorenzo aus einem Feriencamp vor zwei Jahren. Er durfte, als er fünfzehn Jahre alt wurde, sechs Wochen in das Sommercamp der Artistenschule DIMITRI reisen. DIMITRI ist die Schweizer Artistenschule, benannt nach Clown Dimitri, der sie gegründet hat. Verwegen sieht Lorenzo auf dem Foto aus, mit langen Haaren, geringeltem Shirt, weiten Hochwasserhosen und bloßen Füßen. Wem er dort wohl den Kopf verdreht hat? Ich bin eifersüchtig! Sein Bild steckt in meinem vollgeschriebenen blauen Buch. Längst gibt es ein Neues. Seit einiger Zeit skizziere ich auch Bewegungen. Meine Beschreibungen sind detailversessen, aber es fehlen die Leichtigkeit und der Zauber, mit denen ich früher meine Beobachtungen niederschrieb. Es ist, als würde mir mein Ehrgeiz alles versauen. Wo ist bloß mein Humor geblieben? Ich brauche den Austausch, gemeinsames Üben, Lachen, und nicht dieses pubertäre Gegiggel meiner provinziellen Schulkameradinnen. Mir geht alles tierisch auf den Keks. Hinzu kommt, dass ich mich einmal im Monat mit Unterleibs- und Kopfschmerzen herumschlage, so schlimm, dass ich schon ein paarmal in der

Schule umgekippt bin. Wenigstens dann werde ich zu Hause gehätschelt und bedauert. An solchen Tagen lege ich mich mit Wärmflasche auf die Couch vor den Schwarz-Weiß-Fernseher, den, oh Wunder, mein Vater zur Mondlandung, die er um keinen Preis verpassen wollte, angeschafft hat. Meine absolute Lieblingsserie ist »Mit Schirm, Charme und Melone«. Ich will so sexy sein wie Emma Peel und Männer reihenweise aufs Kreuz legen. Also melde ich mich in einer Judo-Schule an. Das Geld dafür verdiene ich mir, indem ich im Garten Unkraut jäte für fünfzig Pfennig pro Stunde, am Wochenende Tennisbälle bei Turnieren aufhebe (1,00 DM/Std.) oder auf der Dorfstraße, die seit Neuestem eine Ampel hat, bei Rot jongliere. Mittlerweile mit fünf Bällen oder Keulen und wenn es sein soll auch mit Kochlöffeln (0,10 bis 0,50 Pf/pro Runde). Den Rest steuern dann noch meine Eltern dazu, nachdem ich beim ersten Showturnier, wo ich mir den gelben Gürtel erkämpfte, einen fetten, fast 1,80 m großen Kerl mit einem O-Goshi auf die Matte geknallt habe. Das hat mir Respekt eingebracht und auch ein bisschen mehr Freiheit. Ich darf bis 21 Uhr abends mit Freunden unterwegs sein und sogar von der Stadt mit dem Bus heimfahren. Meine Eltern sind überzeugt, dass ich die Zähne fletsche und einen Kampfschrei ausstoße, wenn mir einer an die Wäsche will.

Es ist Winter, und seit Tagen schneit es ununterbrochen, der Schulbus kommt mit regelmäßiger Verspätung, da er größte Mühe hat, die steilen Kurven zu uns hinaufzufahren, ohne dabei im Straßengraben zu landen. Also mittags nach der Schule heimzufahren, um nachmittags wieder mit dem Bus zum Judo- oder Klavierunterricht zurückzufahren – letzteres ist bei mir eh rausgeworfenes Geld, da ich stinkfaul und unbegabt bin –, ist bei der Wetterlage unsinnig, und so bleibe ich mit einem dicken Pausenbrot und Obst versorgt in der Schule. Gemeinsam mit anderen gemütlich in der Aula zu essen und Hausaufgaben zu machen ist lustig und äußerst kommunikativ. Schon seit Längerem versuche ich, mit einem supergut aussehenden dunkelhaarigen Jungen aus der Obersekunda ins Gespräch zu kommen, aber der sieht mich einfach nicht. Ständig hängen an ihm irgendwelche Mädels dran. Ich finde sie eitel und langweilig, ich aber bin besonders und lustig. Meine Segelohren sieht man unter den langen Haaren auch nicht mehr, und ich habe echt viel zu bieten an Wissen und Humor.

Ich drücke mich so lange in dieser Mittagspause in seiner Nähe herum, bis ich den geeigneten Moment abpasse. Ich gehe, ohne ihm Beachtung zu schenken, ganz nah an ihm vorbei, fädle, wie schon oft erfolgreich probiert, meinen rechten Fuß zwischen seine beiden leicht auseinanderstehenden Füße ein. Wie durch Zufall verfängt sich mein rechter Arm in seiner linken Jackentasche, und ich schaffe es, zuerst mich und dann ihn mitziehend zu Fall zu bekommen. Wir stürzen, ich zuunterst, und ich drehe mich so, dass sein Gesicht geradewegs neben meinem aufkommt. Ich spüre seinen Atem und stelle fest, dass ich ihn gut riechen kann. Ein dezenter Hauch von Rasierwasser oder Parfum gesellt sich zu seinem leicht nach Zigarette und Essen duftenden Atem. Fast hätten sich unsere Lippen im Fall berührt. Ich speichere unseren Sturz in Zeitlupe in meinem Gehirn ab. Überlege, ihn zu küssen, aber er ist sichtlich geschockt und völlig überrumpelt, sodass er sich so schnell es geht mit ehrlicher Betroffenheit entschuldigt und sich nach meinem werten Befinden erkundigt. Ich stöhne leise und sage, dass ich mir womöglich den Fuß verstaucht, wenn nicht sogar gebrochen hätte. Der Ellbogen täte mir auch sehr weh, und ich spürte auch einen Schmerz in einer Rippe, direkt unter meinem Herzen. Ob er mal tasten möchte? Er möchte nicht! Jedoch hilft er mir auf, dabei spüre ich seinen festen Griff am Arm und gleichzeitig die Sanftheit seiner Hände. Ich könnte hinsinken in seine Arme, möchte hochgehoben und in ein mit

Seide bezogenes Bett gelegt werden. Mit meinem Prinzen an der Seite in süße Innigkeit hinübergleiten. Stattdessen meint er, dass es auch irgendwie meine Schuld sei, ich hätte ja außen herum gehen können. Es sei ihm ein Rätsel, wie ich mich so in ihn verheddern habe können. Ich soll jetzt mal ein paar Schritte machen, dann wüsste man sicher, ob der Fuß verstaucht oder gebrochen sei. Mit gequältem Blick humple ich ein paar Schritte, und da es mir sinnlos erscheint, die Nummer mit dem gebrochenen Fuß weiterzuverfolgen, sage ich tapfer, dass es nicht so schlimm sei. »Kann ich mich bei dir unterhaken? Ich bin die Valerie, und du?« Und dann setze ich mein allerschönstes, erotischstes und natürlich intelligentestes Lächeln auf. Das Blau meiner Augen ist strahlender als ein heißer Sommerhimmel, da bin ich mir sicher.

Er bleibt eine Sekunde zu lang in diesem Blau hängen, und damit habe ich ihn geködert. Ich spiele meinen Trumpf aus, indem ich ihn bitte, mich doch zu meinem Judounterricht zu bringen, denn den könnte ich auf keinen Fall sausen lassen, trotz der Schmerzen. Ich müsse trainieren, denn ich sei Anwärterin für den orangefarbenen Gürtel. Er hört erstaunt zu und gibt sich größte Mühe, mir jeden Schritt zu erleichtern, indem er mich jedes Mal ein bisschen anlupft. Ich versichere ihm, dass meine Verstauchung von Lüpfer zu Lüpfer besser wird, und strahle ihn an. Im Nacken spüre ich förmlich die sabbernden Blicke meiner Mitschülerinnen, denen ich dieses Goldstück abspenstig gemacht habe.

Inzwischen weiß ich auch, wie er heißt. Mischa! Wie schön! Mischa meint, er könne es nicht verantworten, mich nach dem Training alleine nach Hause gehen zu lassen. Er würde in einem Café warten, bis ich fertig wäre. Und es schneit und schneit!

Wir gehen langsam durch die Gassen unserer Kleinstadt am Bodensee, bis er plötzlich stehen bleibt. »Valerie, schließe mal deine Augen!«, flüstert er leise. Meine Knie sind wie Wackelpudding und fangen an zu zittern. Er drückt mich sanft mit seinem Oberkörper gegen einen Alleebaum. Hält mich und den Baum umschlungen. Lockerer Schnee fällt von den Ästen über uns. Er bleibt als kleines Häufchen auf unseren Mützen liegen, tropft leicht auf Stirn und Nase, wo die Kristalle durch die Wärme schmelzen und auf meine Unterlippe rinnen. Ich spüre die Spitze seiner Zunge, die das Schmelzwasser ganz vorsichtig ableckt. Seine Zungenspitze bahnt sich den Weg zu einer kleinen Öffnung und tastet meine Vorderzähne ab. Ich wage nicht, zu atmen. Halte die Augen fest geschlossen und fürchte, ohnmächtig zu werden. Seine Zunge erforscht die Architektur meines Mundes, um ihn sodann mit seinem Lippenpaar zu umschließen und sich festzusaugen. Meine Beine geben nach. Als ob er darauf gefasst war, hält er mich unter den Armen fest und hebt mich mit einer Leichtigkeit hoch, als wäre ich eine Feder. Ich umarme ihn nun auch, spüre sein heftig schlagendes Herz. So stehen wir in einer gefühlten Ewigkeit, fest miteinander verschmolzen, da. Spüren weder Kälte noch Nässe, nur das feengleiche Gewicht der großen Schneeflocken, die auf uns herabschweben.

Irgendwann setzt er mich sanft ab, nimmt mein Gesicht in seine Hände, und ich traue mich, meine Lider zu öffnen, um in seine dunkelbraunen Augen zu blicken. Ich habe Angst, in ihnen Triumph zu erkennen oder Arroganz, aber sie sind warm und liebevoll. »Das war wunderschön, Valerie«, meint er lächelnd. »Musst du nun ganz schnell zum Judounterricht, oder können wir zusammen Kakao trinken, bevor wir hier noch einschneien?«

Ich habe den orangenen Gürtel nie gemacht. Den O-Goshi allerdings konnte ich noch einige Male anwenden. Jedoch bin ich diesen Winter regelmäßig zum Training gegangen und habe mein Diplom in »Küssen und Fummeln« gemacht. Der Unterricht, ich spreche von Judo, war ja bereits bezahlt, und ich wollte keinesfalls meine Eltern oder meine Oma enttäuschen. Einige Tage vor dem nächsten Turnier habe ich mir dann leider eine Erkältung zugelegt.

Der Winter war ja auch wirklich sehr nass und kalt.

Das Frühjahr naht. Mischa hat mir alles beigebracht, was ich bereit war zuzulassen, und da er sich unbedingt weiterbilden möchte und ringsherum hübsche Fohlen aus den Ställen in die laue Frühlingsluft hüpfen, muss er sich leider neuem Terrain zuwenden. Ich bin, wenn auch mit einem kleinen Stich in meinem heißen Herz, einverstanden, denn auch mich lockt es, Neues kennenzulernen. Wenn wir uns auf dem Pausenhof oder sonst irgendwo begegnen, sehen wir uns lieb an, denn wir haben ein Geheimnis, von dem niemand etwas weiß.

***

Gestern kam ein langer Brief von Lorenzo. Es tut ihm leid, dass er so lange nichts von sich hat hören lassen. Er brauchte Zeit. Vor einem Monat ist dann die Entscheidung gefallen, die Wohnung im Tessin wurde aufgegeben, und er ist mit seinem Hab und Gut und ein paar Möbeln und Andenken an den Lago Maggiore einige Kilometer oberhalb von Locarno in das Haus seiner Großeltern gezogen. Da er noch nicht volljährig ist, wurde das so entschieden. Er liebt seine Großeltern, aber so weit ab vom Schuss in der Abgeschiedenheit inmitten landschaftlicher Schönheit mit zwei alten Menschen zu leben, ist echt hart. Er ist sehr traurig und auch einsam. Die beiden geben sich die allergrößte Mühe mit ihm, aber auch sie bedürfen oftmals einer Aufmunterung. So lebt er jetzt mit sich und einer großen Unsicherheit, was seine Zukunft betrifft. Falls ich einmal Lust hätte, ihn zu besuchen, würde er sich sehr freuen. Vielleicht gibt es ja eine Chance, wieder einmal ein paar gemeinsame Tage zu verbringen. Zur Sicherheit schickt er mir jetzt schon seine Telefonnummer und Adresse, und ich bin jederzeit willkommen, das sagen auch die Großeltern.

Es folgte noch eine Beschreibung eines enormen Unwetters mit Hagelgewitter nach einem extrem schwülheißen Tag. Die Eltern waren mit ihrem kleinen Auto in dieses Unwetter geraten, nachdem sie für den Garten große Büsche gekauft und auf einen Anhänger geladen und festgeschnallt hatten. Einer der Büsche löste sich, deshalb hielten sie unter einer Brücke, um ihn wieder festzuschnallen. Gerade als seine Eltern wieder einsteigen wollten, kam ein Laster, der sie samt Auto erfasst und mitgeschleift hat. Beide Eltern sind noch am Unfallort verstorben.

Weil er zu diesem Zeitpunkt zum Zelten mit zwei Freunden an einem See war, hat er erst mehr als einen Tag später von dem Unglück erfahren und hatte keine Möglichkeit, sich von den Eltern zu verabschieden.

Während mir die Tränen herunterlaufen, schreibt Lorenzo, dass er es gut verstehen würde, wenn ich auf seinen Brief nicht antworte. Natürlich kommt das nicht infrage. Ich muss so schnell wie möglich zu Lorenzo.

Nach einer unruhigen Nacht, in der mir die schrecklichsten Horrorszenarien dieses Unfalls durch den Kopf jagen, beschließe ich, meine Eltern einzuweihen und sie zu bitten, mich in den kommenden Herbstferien für ein paar Tage zu ihm fahren zu lassen.

*Dieses kleine Land. Taschenkalenderland. Man schlägt
die erste Seite auf, und schon eröffnen sich einem mehr
Höhenmeter als Fläche. Ständig schraubt man sich
kurvenreich hinauf, um auf der anderen Seite in Serpentinen hinunter zu einem See zu gelangen. Der bietet Fläche und rundherum, wenn auch nur wenig, Lebensraum. Die kleinen Spielzeug-
häuschen kleben jedoch bereits in Schräglage an den nächsten
Höhenmetern. Dazwischen Straßen, verstopft mit Autos, alle bereit, den nächsten Berg zu erklimmen.
Ich lechze nach einer Pause.
Die Straße entlang des Vierwaldstättersees ist schmal und von hohen Leitplanken gesäumt. Ständig fahre ich durch kurze dunkle
Tunnel und kann keine Abfahrt zum See entdecken.
Plötzlich kündigt ein Schild einen Campingplatz an. Eine Tasse
und ein Gedeck sind auch darauf und erhöhen meine Freude
auf eine kleine Rast. Ich biege ab. Kurvenreich geht es zum See
hinunter. Ich erkenne gelbe Sonnenschirme und eine Liegewiese
mit Sonnenliegen. Ich habe Lust auf einen Kaffee und ein Stück
Kuchen. Vielleicht lasse ich mich auf eine Sonnenliege fallen und
nehme einen kleinen Powernap. Den habe ich verdient. Nichts
läuft mir weg, ich habe Zeit.
Ich suche mir eine freie Liege mit Blick auf das schier unerträglich
kitschige Panorama, und mir wird stilvoll auf einem silbernen
Tablett meine kleine Pause serviert. Ich habe mich für einen Cappuccino und ein Erdbeertörtchen entschieden. Mit einem Klecks
Sahne, heut lass ich's krachen.
Während ich die Jeans hochkremple und meine roten, leicht
angeschwollenen Zehen von den Schuhen befreie, den obersten
Blusenknopf öffne und den ersten Schluck des wirklich köstlichen
Cappuccinos schlürfe, beobachte ich den Himmel. Von Westen
ziehen Schlieren her über die Berge. Fast unbewegt verdichten sie
sich, als lägen sie in mehreren Schichten übereinander. Die Son-
nenstrahlen bahnen sich ihren Weg durch kleine Löcher. Ich kann*

durch einige hindurchsehen und entdecke dahinter neue Formationen. Ob sich wohl etwas zusammenbraut da oben? Erwartet
mich bald ein Donnerwetter?
Ich beschließe, mir keine Sorgen deswegen zu machen und jeg-
liches Getürme und Gedonnere dem Himmel zu überlassen.

7

Das bin ich, Valerie, 15 Jahre

Endlich! Ich habe Herbstferien. Die Sommerferien verbringen
wir wie gewöhnlich auf dem Zeltplatz vom Lido di Jesolo. Das
langweilt mich gewaltig, zumal ich jedes Jahr vergeblich gehofft
habe, Lorenzo wieder zu treffen. Ich mag immer noch keine
Miesmuscheln, geschweige denn Seeigel essen. Die Unterwasser-
welt wird zunehmend dürftiger, und außerdem kenne ich die
paar Fische dort mittlerweile bereits beim Namen. Ich bin zunehmend fest davon überzeugt, dass mein Vater nur deshalb so
oft und ausgiebig schnorchelt, um seine Ruhe zu haben. Keine
Chance, meine Eltern davon zu überzeugen, mich wenigstens
ein paar Tage mit dem Zug nach Locarno fahren zu lassen. Ich
bettle darum, dass sie mit Lorenzos Großeltern telefonieren, um
sich davon zu überzeugen, dass ich dort bestens aufgehoben sei.
Dort angerufen haben sie wenigstens, jedoch für mich erfolg-
los, weil sie stur ihre Haltung beibehalten und vermutlich den
Schweizer Dialekt des Großvaters nicht verstanden haben. Ich
war stinksauer und habe in den darauffolgenden Tagen nur das
Allernötigste mit meinen Eltern gesprochen. Doch dann habe
ich eingesehen, dass ich mir mit meiner Bockigkeit nur den Urlaub restlos versaue, und mutiere zur liebenswerten, hilfsbereiten
Tochter. Auf der Rückfahrt, am San Bernardino, als der Käfer
wie üblich kochte und wir anhalten mussten, habe ich meinem
Vater die Erlaubnis abgerungen, mich im Herbst zu Lorenzo und
seinen Großeltern fahren zu lassen.
Ja, und nun sitze ich tatsächlich im Zug.

Ich habe unglaublich viel Gepäck dabei. Dabei sind der Hauptanteil nicht meine persönlichen Klamotten, sondern Mitbringsel, mit denen ich bei den Großeltern einen guten Eindruck machen soll. Hinzu kommt der riesige Rucksack mit Fressalien, damit ich unterwegs nicht verhungere. Ich muss sozusagen von der Allgäuer großmütterlichen Generation zur großelterlichen Tessiner Generation die typischen Köstlichkeiten überbringen, damit die mal was Anständiges zu essen bekommen. Mir ist das hochnotpeinlich. Am liebsten würde ich es auf einem der Umsteigebahnhöfe zufällig vergessen. Aber das traue ich mich nicht. Was, wenn am Telefon nachgefragt wird, ob's denn geschmeckt hat? Also schleppe ich zu meinem Rucksack und meinem kleinen Köfferchen fünf Kilo Bodenseeäpfel, zwei Liter Bodenseeapfelsaft, drei große Stücke Allgäuer Käse und zwei fette Riesenwürste plus vier Paar schweinerne Bratwürste. Hinzu kommt ein Allgäuer Feldblumenstrauß, der zwar dick in feuchte Tücher eingepackt ist, aber bereits jetzt schon die Köpfchen hängen lässt und die Papiertüte, in die er eingewickelt ist, durchweicht hat. Meine Oma hat mich doch tatsächlich noch gestern am Abend auf die Wiese vor dem Haus geschickt, um ihn zu pflücken.

Also stehe ich jetzt mit dem ganzen Geraffel vor der Passkontrolle und dem Zoll in Bregenz am Umsteigebahnhof. Wie ich's befürchtet habe, fragt mich der Zöllner, nachdem er meinen Pass für gültig befunden hat, was ich denn alles in den Taschen habe. Zu Hause wurde mir eingeimpft, in so einem Fall steif und fest zu behaupten, dass es meine Reiseverpflegung wäre. Der Zöllner meint grinsend nach Betrachtung meines spillerigen Körpers und den dünnen Endlosbeinen, dass ich das auch dringend nötig hätte.

Nach einer relativ kurzen Fahrt am Bodensee entlang, die ich im Gang stehend hinter mich bringe und mein erstes Pausenbrot verdrücke, kommen wir an der Schweizer Grenze an.

Die Schweizer nehmen es ja immer sehr genau. Den Humor haben sie auch nicht gerade gepachtet. Der Zöllner lässt mich doch tatsächlich alles auf einem langen Tisch ausbreiten. Wühlt in meinem Köfferchen zwischen den Unterhosen herum, als suche er dort ein verdächtiges Päckchen Rauschgift. Fragt mich, wohin und wie lange und warum ich in die Schweiz einreisen möchte, betrachtet angeekelt die Würste und den Käse. Sagt mir hocherhobenen Hauptes, ich soll unbedingt in der Schweiz Käse und Würste probieren, die wären um vieles besser als diese hier. Ich würde in der Schweiz bestimmt nicht auf die mitgebrachten Waren angewiesen sein. Er müsste sie mir eigentlich abnehmen, aber wenn er mal beide Schweizer Augen zudrückt, kann ich sie wieder einpacken. Uff! Ich glaube, er denkt, dass er wirklich ein großzügiger, humorvoller Hecht ist, der spießige Dödel. Aber ich habe es geschafft und steige in Bellinzona um in den Regio nach Locarno.

Schweizer Züge sind sauberer, riechen besser, und man hat mehr Platz darin als in unseren Bummelzügen, wo die Bauern auch gerne das Federvieh unterm Arm mitschleppen.

Ich habe auch einen halbwegs guten Platz gefunden, zwar auf dem Gang, dafür jedoch kann ich mein ganzes Gepäck auf der Ablage verstauen. Nur den Rucksack behalte ich zwischen meinen Beinen. Nehme mir das Buch, das ich gerade lese, »Der Fänger im Roggen«, ein Pausenbrot und einen Apfel und mach es mir gemütlich. Hin und wieder gucke ich raus, ob ich eventuell etwas verpasse, aber wir zuckeln vorbei an St. Gallen über Winterthur nach Zürich. Dort kann ich dann zur Abwechslung mal wieder umsteigen und hab auch noch jede Menge Zeit. Der Zug von Zürich bringt mich nach Bellinzona, von dort reise ich weiter nach Locarno.

Die Fahrt ist abwechslungsreich, und ich drück mir die Nase am Fenster platt, da ich das Glück habe, zwei Plätze für mich alleine zu ergattern. Ich sitze am Fenster und habe meinen

Rucksack demonstrativ auf den Nebensitz gestellt. Ich werde ihn nur unter Androhung roher Gewalt räumen. Wir schlängeln uns zwischen Zugersee und Vierwaldstättersee durch. Die fetten grünen Weiden stehen voller bunter Kühe, und rings um uns herum ragen die Gipfel der Berge auf. Heidiland! Ich habe eindeutig das falsche Buch dabei. Nach dem Vierwaldstättersee geht es stetig den Berg hinauf, bis wir in Andermatt an einen riesigen Bahnhof kommen. Hier werden die Autos verladen auf Züge, die durch den Gotthardtunnel fahren. Das scheint aufregend zu sein, denn in unseren Zug steigen Unmengen schwatzender Menschen ein, quetschen sich auf die frei gebliebenen Plätze. Ein kleiner Popo schubst meinen Rucksack ein wenig auf die Seite, die italienische Mama dazu schubst noch ein bisschen mehr, drückt ihr Kind fest auf den Sitz, und nun habe ich einen Fratz neben mir, den ich nicht mal verstehen kann. Leicht genervt beschließe ich, ihn einfach zu ignorieren. So einfach geht das aber nicht, weil die Mama schräg gegenübersitzt und pausenlos in einer Lautstärke redet, dass mir die Ohren glühen. Dann füttert sie den Bamms auch noch ständig, schiebt ihm Essen zwischen die Backen, ob er will oder nicht, »Mangia, mangia, tesoro«, brüllt sie. Was er jedoch nicht will, spuckt er postwendend einfach wieder aus, wobei ein Großteil davon auf meinem schönen Rucksack landet. Mir reicht's! Ich packe das Ding auf meinen Schoß, auch wenn ich dann die Berge nicht mehr sehen kann. Egal, da ich ordentlich müde bin, versinke ich trotz des Geschreis um mich herum in einen tiefen Schlaf. Anscheinend habe ich eine Menge verpasst, denn als ich aufwache, ist mein Abteil so gut wie menschenleer, es ist still, und ich muss aufs Klo.

Nach einer geruhsamen weiteren Stunde komme ich in Bellinzona an. Ich habe Glück, der Zug, der am Lago Maggiore entlang nach Locarno fährt, steht bereits abfahrtbereit auf der gegenüberliegenden Seite des Bahnsteigs, und so packe ich meine Sachen und hüpfe schnell hinüber. Ein paar Minuten später verlassen wir Bellinzona. Mein Platz ist absolut in Ordnung, ich mampfe das restliche Pausenbrot, und meine Nervosität steigt. Was, wenn wir uns nach diesen Jahren nicht mehr wirklich verstehen? Es kann ja sein, dass er mich doof und dumm findet, dass ich unattraktiv auf ihn wirke, dass er womöglich eine Freundin hat und mich aus Höflichkeit nicht abgewimmelt hat. Vielleicht ist er auch ein Trauerkloß geworden und kann nicht mehr lachen. Es ist ausgemacht, dass ich eine ganze Woche bei ihm und seinen Großeltern bleibe. Die Rückfahrt ist bezahlt und gebucht, ich habe keine Wahl. Mir wird ganz mulmig. Was rede ich nur mit den beiden Alten? Die verstehen mich doch nicht. Oder zumindest nur schwer.

Wie unglaublich dumm es ist, sich vorher das Herz schwer zu machen, merke ich gleich nach meiner Ankunft.

Am Bahnsteig steht ein hinreißend gut aussehender Lorenzo, schlank und supergut trainiert, grinst übers ganze Gesicht und streckt die Arme nach mir aus. Neben ihm ein ebenso lachender fescher Mann, zu jung, um Großvater genannt zu werden. Nach einer kurzen, aber innigen Begrüßung nehmen sie mir bis auf den traurig aussehenden Blumenstrauß das Gepäck ab, mich in ihre Mitte und bugsieren mich zu einem Kastenwagen mit Ladefläche. Wir quetschen uns zu dritt auf die Vorderbank, Lorenzo fasst mit festem Griff meine Schulter, und wir rumpeln los. Nichts ist fremd, es ist, als hätten wir uns gerade erst gesehen. Wir machen da weiter, wo wir beim letzten Mal aufgehört haben. Wie gut, dass wir uns geschrieben haben, so weiß ich um die Dinge, ohne fragen zu müssen, und es fühlt sich an, als hätte er nur auf mich gewartet, um mir alles zu erzählen. Lorenzos Opa ist auch sein Gotte, das heißt sein Pate und auch sein Vormund. Und er ist richtig nett. Wir fahren stets bergauf. Kurvenreich ist die Strecke, und ich bin froh, vorne zu sitzen, und bete, dass mir nicht schlecht wird. Sie unterhalten sich im

tiefsten Tessiner Dialekt, ich versteh kein Wort, aber der Großvater fährt ein bisschen langsamer. Lorenzo kurbelt das Fenster
ganz nach unten. »Mir sin glich do«, beruhigt er mich.

Das Haus der Großeltern steht alleine, außerhalb des Dorfes Dunzio. Wunderschön sind die Häuser hier. Alte, trutzige
Steinhäuser mit schweren Granitdachziegeln. Das Land herum
reich an Wiesen, Obstbäumen und vielen Schafen, Ziegen und
Kühen. Wenn man genau hinsieht, kann man immer wieder
im Tal ein Stückchen des Lago sehen. Ganz am Ende des Sees
ragt über alle Berge hinweg auf der italienischen Seite die Alpe
Pradecolo. Ich bin völlig hingerissen von diesem Anblick.

»Valerie, wia schö, das es do sit«, Lorenzos rotbackige Oma
begrüßt mit bäuerlicher Herzlichkeit und überschüttet mich
mit einem Redeschwall, dass mir schwindelig wird. In den winzigen Pausen fällt immer das Wort »hoi«, begleitet von einem
aufmunternden Nicken. Ich kann nicht anders, aber ich muss
so lachen, dass mir fast die Tränen runterkullern. Ich habe nicht
ein Wort verstanden, aber diese entzückende, quirlige Oma ist
so komisch in ihren Bewegungen und Ausdruck, dass ich sie
knutschen möchte. »Omi, jetz chalt amal d'Schnurre, s'Valerie
hätt i langi Reisi gmacht un hätt di ebbis mitbracht, lueg amal«,
sagt Lorenzo und drückt der Süßen den völlig ramponierten
Blumenstrauß in die Hand. Oje! Sie guckt etwas verdutzt, dann
sagt sie irgendetwas wie »Brünneli«, und verschwindet mit dem
Grünzeug im Haus. Wir gehen hinterher.

Drinnen im Haus riecht es nach einer Mischung aus frisch gebackenem Brot und Kuhmilch, nach warmem Holzofen und
nach Suppe. Obwohl ich meinen gesamten Reiseproviant auf-
gefuttert habe, knurrt mein Magen. Es ist ja auch schon spät
am Abend.

Das Omi, die Marleen heißt und die ich so nennen darf, zeigt
mir mein Dachzimmerchen, mit schmalem Holzbett und
Dachschräge, in der sich ein kleines Fenster mit gigantischem

Blick ins Tal, auf die Berge und den Lago Maggiore befindet. Marleen streicht mir kurz über den Rücken, sagt irgendetwas, das ich als Aufforderung verstehe, es mir gemütlich zu machen und dann zum Essen zu kommen, und verschwindet. Ich muss das Fenster öffnen und die würzige Abendluft hereinströmen lassen, mich kurz hinauslehnen und ankommen. Der Tag war wirklich lang und aufregend, alles ist neu und ungewohnt. Was mach ich nur, wenn ich die ganze Woche die beiden nicht verstehe und mich auch nicht verständlich machen kann? Dieser Schweizer Dialekt ist für mich wie eine Fremdsprache mit tausend chchchs in einem Satz. Ich atme tief ein, wasch mir die Hände in einer Emailleschüssel mit Blümchen und Wasser aus einem Blümchenkrug, die auf einem Holztisch neben dem Bett stehen. Da ich dringend Pipi machen muss, suche ich auf dem Gang nach einem Badezimmer, aber da gibt es keines. Auch kein Klo. Unten in der Stube frage ich leise Lorenzo, wo denn bitte die Toilette wäre, und er sagt, dass ich rausgehen soll zur linken Seite des Hauses. Früher sei dort das Plumpsklo gewesen, aber der Großvatti und er hätten diesen Sommer einen »superrr Anbau gmacht, mit allem Drum und Dran und fließendem Brünneliwasser, und es hätt jetz äs Chklo un äs Duschchkabienli wia inem Chhotell«.

»Ja danke«, sag ich, »Da muss ich jetzt ganz schnell hin.«

Ich hatte den richtigen Riecher, es gibt frisches selbst gebackenes Brot und eine Minestrone mit viel Gemüse, Fleisch und Bohnen, köstlich! »Willsch au äs Bier, Valerie?«, fragt der Großvati, der Eugen heißt, und ich habe ihn verstanden. »Bier? Ja, warum eigentlich nicht?«, ich nicke dankbar. Die nächste Stunde verbringe ich in Form eines Schwamms. Ich sauge die vielen Schweizer Urlaute, das Lachen, die warme Suppe, das herrliche Brot und das Bier in mir auf, und bevor mir die Augen zufallen und mein Kopf eventuell in die Suppenschüssel fällt, nimmt mich Lorenzo an der Hand und bringt mich in mein gutes

Stübli. Gibt mir noch verstohlen ein kleines Küsschen auf die Wange, schaut mir tief in die Augen und wünscht mir kleinem Weltreisenden eine recht gute Nacht. Die werde ich bestimmt haben, versichere ich ihm und freue mich auf morgen.

Es muss noch früh am Morgen sein, denn die Sonne kriecht gerade hinter den Hügeln der Ostseite vom Lago hinauf und scheint direkt auf mein Kopfkissen. Ich habe die ganze Nacht das kleine Fenster weit offen gehabt, ich wollte die Geräusche hören, die hier oben in dieser Einsamkeit der Nacht auftauchen. Offenbar waren sie nicht besonders laut, denn ich habe durchgeschlafen. Vielleicht war es das Bier, oder die lange Reise, die mich so erschöpft hat. Ich genieße diese ersten wärmenden Strahlen und beschließe, noch ein wenig vor mich hinzuträumen. Was wird der heutige Tag bringen? Lassen wir uns treiben oder hat man etwas mit mir geplant? Gast sein in einer mir noch fremden Familie bin ich nicht gewöhnt. Ich bin auch zum ersten Mal alleine unterwegs. Ich muss meine Eltern anrufen, schießt es mir durch den Kopf. Sie werden schon ungeduldig auf ein Zeichen warten, dass ich gut angekommen bin. Ich muss Geld wechseln, ich habe ja keine Schweizer Franken. Erst dann kann ich telefonieren. Wie geht es Lorenzo heute wohl? Gestern war er so aufgekratzt, als ich ankam. Eine Sekunde hatte ich das Gefühl, er wollte, nachdem er mir Gute Nacht gesagt hatte, noch bei mir bleiben. Vielleicht wollte er mir etwas sagen. Ich meinte eine gewisse Melancholie in seinen Augen entdeckt zu haben, als er mich ansah. Wir hatten uns so lange nicht gesehen. Uns verbinden nur eine kleine Ferienfreundschaft und einige Briefe. Trotzdem fühlen wir uns zueinander hingezogen. Unruhe breitet sich in mir aus. Soll oder darf ich schon aufstehen und nach unten gehen? Vielleicht schlafen ja noch alle, und ich könnte mich im Nachthemd hinunterschleichen und in das Bad hinterm Haus gehen. Liebend gerne möchte ich mich duschen, Haare waschen und die Zähne putzen. Vielleicht jedoch sind bereits alle hellwach und warten nur auf mich Langschläferin. Ich nehme meinen Waschbeutel und Anziehsachen und versuche so geräuschlos wie nur möglich durch das Haus zu huschen. Pech gehabt. Marleen wurschtelt bereits in der Küche, wo es verdammt danach aussieht, als gäbe es bald Frühstück. Sie sieht mich, und ein Strahlen geht über ihr Gesicht. »Häsch gued gfuset, Schatzeli?«, ruft sie mir zu. »Merci, Marleen, ich geh schnell ins Bad«, und husch bin ich weg. Gfuset, häh, was meint sie bloß?

Noch während ich mich abtrockne, höre ich den Kastenwagen den Berg raufrumpeln. Durchs Badezimmerfenster sehe ich, wie Eugen und Lorenzo schwere Säcke von der Ladefläche heben und zur Hausmauer schleppen. Beim Frühstück erfahre ich, dass die beiden schon sehr früh runter nach Bellinzona gefahren sind und Zement geholt haben. Noch in diesem Herbst wollen sie einen Gang mauern, der das Haus im hinteren Bereich mit dem Badezimmer verbindet, damit man im Winter nicht durch den Schnee stapfen muss. Sie haben noch wunderbare Steine vom Abriss einer alten Scheune. Das Dach wollen sie mit einer Holzkonstruktion zimmern und mit den traditionellen Granitziegeln decken. Beim nächsten Mal würde ich staunen, wie toll das aussieht.

Heimlich beobachte ich die Familie, die so bemüht ist, es mir gut gehen zu lassen, mich einzubeziehen und mich in ihren Alltag aufzunehmen. Die wenigen Stunden, die ich nun bereits bei ihnen bin, öffnen mir den Blick in drei verwundete Seelen, die mit aller Kraft versuchen, ihr Leben zu meistern, um Abstand und Heilung zu bekommen. Ich frage mich, wie man jemals wieder richtig glücklich sein kann, wenn man wie Lorenzo seine Eltern oder aber die Tochter mit Ehemann durch so einen schrecklichen Unfall verloren hat. Es wird mit keiner Silbe darüber gesprochen, und ich werde auch nicht danach fragen. Das erscheint mir ungehörig, aber wenn mich einer darauf anspricht, werde ich für ihn da sein und wenigstens zuhören. Ich bin noch nicht mit dem Tod konfrontiert worden und kann nur vage erahnen, was es mit mir machen würde. Ich kenne Traurigkeit, und ich kenne das Gefühl, alleine zu sein, aber so etwas geht vorüber. Der Tod jedoch ist endgültig. Das Leben begrenzt.

Als ob Lorenzo meine trüben Gedanken ahnen würde, sagt er, wir sollten den schönen Tag nutzen. Er schlägt eine Fahrradtour zu einem Bergsee vor, wo wir schwimmen gehen und später etwas essen können. Marleen packt gekochte Eier, Schinken, Brot und Käse ein. Auf dem Rückweg wollen wir bei den Ziegen vorbeiradeln, dort gibt es eine kleine Käserei, wo er die Laibe drehen und einschmieren muss. So schlagen wir drei Fliegen mit einer Klappe. Ich bin einverstanden.

Mein Bergfex hat mir nicht gesagt, wie steil es den Berg hinaufgeht. Jeder hat einen Rucksack auf dem Rücken, mit Decke, Handtuch und Badezeug, dazu noch der Proviant. Gottlob war ich so schlau, mir meinen Strohhut aufzusetzen, sonst tät mich in der Sonne der Schlag treffen. Dazu hat Lorenzo ein Tempo drauf, dem ich schier nicht hinterherkomme. Kein Wunder, für ihn ist das ein Spaziergang, den er mehrmals die Woche unternimmt, so wie ich an der Strandpromenade Eis essen gehe. Morgen werde ich nur noch auf allen vieren in mein Dachstüberl kommen. Trotzdem genieße ich jede Minute. Irgendwann geht es mit den Rädern, die vermutlich schon den zweiten Weltkrieg erlebt haben, nicht weiter, und wir lehnen sie an einen Baum. Den Rest des Weges zum Älplisee legen wir zu Fuß zurück.

Der Ausblick macht dann jede Anstrengung wett. Er ist gigantisch. Man sieht, wie ich glaube, nicht nur die Tessiner und italienischen Alpen, sondern ich bilde mir sogar ein, das Meer riechen zu können. Lorenzo sagt, ich hätte eine blühende Fantasie! Ja, da hat er recht, aber besser sie blüht, als dass sie welkt.

Ich mag seinen trockenen Humor. Je trockener er ist, desto besser kann ich kontern. Das reizt ihn dann, und so geht es munter weiter, bis wir uns lachend im Gras rollen.

Es wird ein wunderbarer Nachmittag. Zwischen unseren vielen Erzählungen kehrt die Vertrautheit zurück, die wir am Lido hatten. Nur sind wir um einige Erfahrungen reicher, und unsere kindliche Unbefangenheit hat sich verwandelt in neugierige, jedoch scheue Annäherung. Obwohl ich zwei Jahre jünger bin als Lorenzo, fühle ich mich irgendwie erfahrener. Immerhin habe ich mich ja schon einmal durch den Winter geknutscht. Von weiteren Frühlings- und Sommerküssen, die darauf folgten, ganz zu schweigen. Das sage ich ihm aber nicht. So bleibt es beim Necken und Scherzen, und nachdem wir einmal den kalten See durchgeschwommen und barfuß durchs Gestrüpp zurückgelaufen sind, liegen wir ganz still in der Nachmittagssonne nebeneinander. Wir dösen vor uns hin, und fast schlafe ich ein, als ich Lorenzos Hand in meiner spüre. Ganz vorsichtig sucht er meine Finger, rollt seine Hand zu einer Faust zusammen und legt sie in meine ausgestreckte Handfläche. Ich umschließe seine Faust, bis sie sich öffnet und sich unsere Finger ineinander verschlingen. Er dreht seinen Kopf zu mir, und ich blicke in seine schönen traurigen Augen. Lange sehen wir uns an, bis sich seine Augen mit Tränen füllen. Wir küssen uns zart. »Bitte nimm mich in den Arm«, flüstert er fast unhörbar. Ihn fest umschlingend, liege ich reglos noch einige Zeit auf der Decke. Dieser Moment könnte ewig andauern. Wir fühlen unsere Herzen im schnellen Rhythmus schlagen, nichts passt mehr zwischen uns.

Die Käselaibe wollen jedoch noch gefettet und gedreht werden, und die Luft wird kühler. So treibt uns die Pflicht zum Aufbruch. Hand in Hand steigen wir über die Meierei, wo ich zum ersten Mal solche riesigen Käselaibe sehe und die Herde bunter Ziegen mit Bock und einigen Ziegenbabys bewundere, bis zu unseren Rädern ab. Dann geht es stetig abwärts, und ich habe gehörigen Schiss, dass die ollen Bremsen an meinem Rad versagen und ich im hohen Bogen ins Tal schieße. Alles geht jedoch gut, und wir kommen wohlbehalten zu Hause an.

In den noch verbleibenden fünf Tagen haben wir jede Menge vor.

Der Sommer zeigt sich von seiner besten Seite, selbst ein krachendes Sommergewitter mit anschließendem Regenguss, der sintflutartig auf uns herabstürzt und innerhalb von Minuten alles unter Wasser setzt, kann mir nichts anhaben. Die Bergstraße wird zu einem reißenden Fluss, und wir konnten gerade noch rechtzeitig das Heu von der Alm in die Scheune bringen und sind nun froh, unter dem Dach zu stehen. Keine halbe Stunde später brennt erneut die Sonne vom Himmel, und am Himmel entsteht ein wunderschöner Regenbogen. Von Tag zu Tag wird die Kommunikation zwischen uns besser. Selbst wenn ich nicht alles verstehe, was Marleen und Eugen zu mir sagen, so kapiere ich doch, was sie ausdrücken wollen. Wenn ich absolut auf dem Schlauch stehe, muss ich lachen, und Lorenzo übersetzt dann. Diese Missverständnisse werden jedoch von solcher Liebenswürdigkeit und Humor begleitet, dass keiner auf den anderen böse sein kann. Ich fühle mich geborgen und habe Vertrauen. Umgekehrt freuen sich die beiden, noch eine Enkelin auf Zeit bekommen zu haben. Ihre Großzügigkeit, ihre Zeit, ihr Obdach, ihre Gedanken, Sorgen und ihre Lebensfreude sind bemerkenswert. Alles ist so selbstverständlich, nichts wird infrage gestellt. Ich weiß nicht, ob es sich hier in dieser Abgeschiedenheit besser leben lässt als in der Stadt, aber eines ist klar: Sie haben sich für diesen Weg entschieden und können und wollen gar nicht anders leben. So haben sie auch das Schicksal angenommen, ihre Tochter verloren zu haben. So traurig sie darüber sind, so glücklich sind sie, dass Lorenzo nun bei ihnen lebt. Nie wäre diese Innigkeit zwischen ihnen entstanden, gäbe es nicht diesen Schicksalsschlag. So meint Marleen, dass alles auch sein Gutes hätte. Hadern würde gar nichts bringen. Ein bisschen Melancholie wäre ja auch sehr schön und manchmal hilfreich, wenn man meint, in eine Sackgasse geraten zu sein. Denn wenn man sich lange genug im Trübsal gesuhlt hat, wird es ja langweilig, und dann entwickelt man plötzlich die Kraft, sich am eigenen Schopf aus dem Sumpf zu ziehen. Man kann sich auf sich selbst verlassen. Mit einem Mal werden alle Ängste und Sorgen nebensächlich. Marleen geht dann immer zu einer Holzbank, die unweit vom Haus steht und den Blick ins Tal freigibt. Dort bedankt sie sich beim Himmel für ihr feines Leben.

»Valerie, Schatzeli, merrchk dir gut, niemols vagesse, danchke zu sagge!« Ich versprech es ihr.

Am vorletzten Tag beschließt Lorenzo, mit mir nach Verscio im Centovalli zu fahren. Das ist eine ganze Ecke weg von Brissago. Wir könnten zwar die Räder nehmen, aber es geht ordentlich bergauf und bergab. Eugen meint, er könne uns dahin bringen und es mit einem Besuch bei einem Freund verbinden. Ich platze vor Neugierde, was es wohl mit dem Ausflug auf sich hat, aber Lorenzo hüllt sich in Schweigen und meint nur, wir besuchen dort Gunda. Wer sie ist, verrät er nicht.

Eugen lässt uns am Brunnen des Hauptplatzes von Verscio heraus, und wir verabreden, dass er uns drei Stunden später am selben Punkt wieder aufgabelt. Was für ein malerisches und verwinkeltes kleines Dörfchen! Zwischen den Häusern mit den dicken Steinmauern schlängeln sich schmale Kopfsteinpflasterstraßen hindurch. Jedes Haus hat schiefe Winkel, lehnt sich scheinbar an das nächste an. Immer wieder öffnen sich die Gässlein zu kleinen Plätzen, in deren Mitte Brunnen stehen. In manchen kühlen sich Kinder von der Hitze ab, und auch ich hätte große Lust, einfach hineinzusteigen und kurz unterzutauchen. Mit Gebimmel biegt ein Eiswagen um die Ecke. Lorenzo kauft für uns jeweils eine Waffel mit Eis, und wir setzen uns auf den Brunnenrand und versenken unsere Füße im lauwarmen Nass. Könnte es uns besser gehen? Ich bin so neugierig, warum ich hierhergeführt wurde.

»Lueg amal, Valerie«, sagt Lorenzo und deutet auf eines der windschiefen Häuser am Rande des Platzes. Es hat zwei Eingänge, und ich lese, was auf den Schildern über den Türen steht: SCUOLA TEATRO DIMITRI und TEATRO DIMITRI.

»Was?«, rufe ich aus, »hier sind wir? Du hast mich zur Clownschule gebracht?« Jetzt hält mich nichts mehr.

Ich hüpfe aus dem Brunnen heraus und renne mit bloßen Füßen hinüber zu dem Haus. Die Türen sind verschlossen, und auf einem Zettel im Schaukasten steht »Herbstferien«. Daneben kleben Fotos von Jugendlichen, die sich in Akrobatik üben, dazwischen das Schwarz-Weiß-Foto eines Clowns, der mich einladend ansieht. »Das ist der berühmte Clown Dimitri«, sagt Lorenzo bewundernd. Im Schaukasten hängen noch mehr Fotos und Plakate von Aufführungen, die bereits stattgefunden haben und im nächsten Monat wieder aufgenommen werden. Wie unendlich schade, dass ich sie nicht sehen werde. Ich gäbe alles darum, wenn ich noch ein paar Wochen hierbleiben könnte.

»Komm, wir klingeln nebenan, dort wohnen Gunda und ihre Kinder, sie ist die Frau von Dimitri und betreibt die Schule, vielleicht ist sie da«, meint Lorenzo. Ganz selbstverständlich, als würde er jeden Tag hier ein- und ausgehen, klingelt Lorenzo am Wohnhaus. Tatsächlich öffnet sich die Türe, und eine südländisch aussehende hübsche Frau sieht uns erstaunt an.

»Che cosa è successo, Lorenzo? Tutto bene? Che vuoi?« Lorenzo stellt mich Gunda vor. Die beiden beginnen eine angeregte Unterhaltung auf Italienisch, die mir Lorenzo in knappen Sätzen übersetzt. Dimitri ist wie üblich den ganzen Sommer über auf Tournee, und sie hält hier die Schule und Familie am

Laufen. Momentan ist alles geschlossen, aber in der nächsten Woche beginnen die Proben für vier weitere Stücke, die dann bis Ende des Jahres im Teatro gespielt werden. Gunda lädt mich ein, Lorenzo jedoch erklärt ihr, dass ich leider wieder zurück nach Deutschland muss. Sie schlägt vor, dass ich im nächsten Sommer zu einem Kurs komme. Ich bin wild entschlossen, ihrer Aufforderung zu folgen, und mit vor lauter Aufregung hochroten Wangen umarme ich sie bei der Verabschiedung und fühle mich als winziger Teil der Clownfamilie. Lorenzo muss mir versprechen, mit mir am nächsten Tag ganz viel zu üben. Ich möchte besser Fallen lernen, auf den Händen gehen, ein perfektes Rad schlagen, im Spagat landen, und ich möchte meine Mimik verbessern. Auf der Heimfahrt plappere ich ununterbrochen davon, was ich alles nicht kann und unbedingt üben muss, damit ich in so einem Kurs nicht der siechdummi Galöri bin.

Wie töricht von mir. Wie typisch für mich. Immer denke ich, etwas noch rechtzeitig von mir abwenden zu können. Das Unvermeidliche, das auf mich zukommt, auszutricksen.

Als es dann doch zu donnern anfing und ich wieder in meiner offenen Sardinenbüchse saß, war ich felsenfest davon überzeugt, wenn ich nur schnell genug fahre, rechtzeitig den Landgasthof in Herrliberg zu erreichen. Ich hatte schlicht keine Lust, mich von diesem himmlischen Gedrohe zu einer Handlung hinreißen zu lassen.

Jetzt stehen mein Fiat und ich in einer offenen Scheune. Abwechselnd trockne ich mich und Wickis Innenleben mit meinem Badetuch ab, das vormals blütenweiß war.

Unwillkürlich muss ich lauthals lachen. Es ist absurd. Ich hätte ja nur rechtzeitig am Straßenrand anhalten und das Verdeck schließen können.

Aber dafür werde ich jetzt belohnt. Mein wundervoller nach getrocknetem Gras und Wiesenkräutern duftender Schutzraum bietet mir ein Naturschauspiel erster Sahne.

Es prasselt in fetten Tropfen der Wolkeninhalt tiefschwarzer Gebilde vom Himmel, ohrenbetäubend trommeln sie aufs Scheunendach, während sich langsam am Horizont Blitze und Donner den Weg ins nächste Tal bahnen, um dort ihr Unwesen zu treiben.

Solch ein Schauspiel erfüllt mich immer mit großer Dankbarkeit, macht es mir doch bewusst, wie unbedeutend und klein wir Menschen sind. Wir, die wir immer denken, die Erde ist uns untertan und hat sich nach unseren Wünschen zu richten.

Ich jedenfalls bin bis auf die Unterhose nass.

Als es nach einigen Minuten nur noch ein wenig tröpfelt, die Sonne hinter den abziehenden Wolken hervorlugt und von den Wiesen ein kühler Dampf aufsteigt, mache ich mich auf den Weg, meinem Ziel entgegen. Es ist nicht mehr weit.

Warum auch immer, aber das feuchte Intermezzo hat in mir eine fast schon vergessene Abenteuerlust hervorgerufen, ich fühle mich beschwingt, und die anfängliche Schwere, die mich die vergangenen beiden Jahre gefangen hielt, hat spürbar kleine Flügel bekommen.

Mutig betrete ich den Landgasthof, lasse mir von der freundlichen Rezeptionistin den Zimmerschlüssel aushändigen, frage, wann es Abendessen gibt, und hüpfe beinahe die Holztreppe zu meinem Zimmer hoch.

8

Das bin ich, Valerie, 19 Jahre

Die vergangenen drei Jahre waren nicht einfach. Diesen Winter ist meine Oma gestorben, ich habe den Führerschein gemacht, werde demnächst mit Ach und Krach durchs Abi rauschen oder es grade noch bestehen.

Mein Vater ist die Karriereleiter hochgestolpert, meine Mutter schreibt nun nicht mehr für ihn und hat stattdessen mit einer Freundin eine Latinotanzschule eröffnet, und mir geht dieses piefige Allgäu gehörig auf den Senkel.

Nicht, dass ich jetzt sagen könnte, ich habe die Zeit nicht richtig genutzt. Nein, im Gegenteil, ich habe mir erlaubt, in jeden Fettnapf, der sich mir auch nur irgendwie angeboten hat, mit Wonne hineinzulatschen.

Ich weiß nicht, warum, aber das Wort »Nein« wurde zu meinem Lieblingswort. Alles, was auch nur im Anflug nach Establishment riecht, wird von mir mit meinem Lieblingswort belegt.

Ebenso stelle ich alles, was mir meine katholische Erziehung fürs Leben vermittelt hat, infrage. Heimlich versuche ich aus der Kirche auszutreten und scheitere daran, dass ich noch nicht volljährig bin. Ich brauche hierzu die Erlaubnis meiner Eltern!!!

Ich fühle mich vollreif fürs Leben. Jedoch volljährig werde ich erst mit 21 Jahren. Ebenso darf ich noch nicht wählen gehen, und diese alten Saftsäcke, die an der Regierung sind, gehören schon längst verkompostiert. Ich will auf die Straße und gegen alles und jeden protestieren, aber hier am Bodensee kann man höchstens mit Laterne und Martinsmantel gegen die Überbevölkerung der Glühwürmchen angehen.

Schon lange haben meine Eltern und meine einstmals so sanftmütige Großmutter es aufgegeben, mit mir ein ernsthaftes Gespräch zu führen. Sie verstehen meine Not und Hilflosigkeit gegenüber dieser spießigen Gesellschaft und haben Verständnis für mein geplagtes Herz. Ich befinde mich in einer feindlichen Belagerung, und was macht meine feige Großmutter? Sie verpisst sich einfach! Gerade jetzt! Ich könnte heulen, auch noch nach mehr als 95,5 Tagen. Richtig! Ich heule jetzt, und zwar so lange und so viel ich will! Denn ich vermisse sie! Jeden Moment, jetzt, jetzt, jetzt! Nein! Ich habe absolut kein Verständnis dafür, dass sie alt und es an der Zeit war. So ein Scheißsatz, dafür hasse ich alle, die ihn bei der Beerdigung geäußert haben. Ich liebe sie und habe mir ihr kleines Weihwasserkesselchen mit der sanften Gottesmutter Maria, das immer über ihrem Nachtkasterl hing, genommen und neben mein Bett gehängt. Trotz hoffentlich baldigen Kirchenaustritts. Das eine hat doch nichts mit dem anderen zu tun. Ich glaube ja. Ich will vor allem glauben, dass meine wunderbare Oma immer an meiner Seite ist und, falls ich mal einen ordentlichen Fehltritt begehen sollte, mich rechtzeitig am Arm nimmt und mich beiseitezieht. Ich bin mir sicher, ich muss sie erst mal auf die Seite meiner Bedürfnisse ziehen und sie davon überzeugen, dass gesellschaftliche Regeln heutzutage anders gewichtet sind als in ihrer Jugend anno dunnemals. Jedoch wird das da, wo sie sich nun befindet, sicher kein Thema sein, denn dort herrscht pure Liebe. Diese Liebe zwischen mir und meiner Oma war und ist ungebrochen. So wie sie mich manchmal an meinen langen fettigen Haaren zog, hätte ich sie gerne auch manchmal an ihrem langen dünnen Zöpfchen gezogen, aber aus Respekt vor den 73 Jahren, die sie mir voraushatte, habe ich mir das tunlichst verkniffen. Ich vermisse sie, mit jeder Faser meines Körpers, und ich bin so allein!

Im letzten Herbst war ich, wenn auch nicht allzu lange, nicht allein. Jedoch war es absolut geheim und auch nicht auf Zukunft ausgerichtet, aber es war ziemlich schön.

Ich habe meinen Führerschein gemacht. Nicht nur den fürs Auto, sondern auch den fürs Motorrad. In der Garage stand ein alter Roller, den mein Vater sich vor langer Zeit angeschafft hatte, bevor wir uns den Käfer leisten konnten, um mit meiner Mutter und mir am Wochenende kleine Ausflüge zu machen. Seitdem steht er ungenutzt und sehr verstaubt herum. In einem Anfall enormer Großzügigkeit schenkte mir mein Vater das olle Ding zu meinem 18. Geburtstag. Meine Oma und meine Mama verdrehten die Augen voller Sorge, aber er ließ sich nicht davon abhalten, mir auch noch den Führerschein zu bezahlen. Also meldete er mich bei der örtlichen Fahrschule an. Jede Minute, die er in den folgenden Wochen freischaufeln konnte, schraubte, polierte und schweißte mein empathischer Papa an dem verrosteten Ding herum, um ihn mir mit neuer himmelblauer Tünche zum bestandenen Motorradführerschein zu schenken. Ich war unendlich stolz. Auf meinen Vater war ich ebenso stolz, denn er hat ein kleines Kunstwerk vollbracht. Vielleicht aus Ehrfurcht, in dieses Kunstwerk einen Kratzer hineinzufahren, fuhr ich weiterhin mit dem Bus. Mein Vater registrierte das sicherlich, aber übersah es geflissentlich. Eine nicht wirklich ersichtliche Angst, diesen Roller zu fahren, hielt mich davon ab. Gleichzeitig sparte ich jeden Pfennig, um den KFZ-Führerschein machen zu können, zu dem ich natürlich ebenfalls die Erlaubnis meiner Eltern einholen musste. Meine Großmutter, die mit einem operierten Oberschenkelhalsbruch in ihrem Bett lag, hob die linke Seite ihrer Matratze an, zog einen Stoffbeutel heraus, nestelte ihn auf, griff willkürlich hinein und zog ein Bündel Geldscheine heraus, das sie mir in die Hand drückte. Erstaunt starrte ich auf diesen Betrag, und mit aufblitzender Wut in den Augen sagte mir meine Oma, dass sie diesen Roller von Anbeginn an gefürchtet hat. Wenn ich schon unbedingt alleine mit einem motorisierten Untersatz herumdüsen wollte, soll ich das doch unbedingt mit einem Auto machen, da wäre wenigstens noch Blech um mich herum. Somit hatte ich 2700 DM.

Da ich die Theorieprüfung ja bereits geschrieben und bestanden hatte, musste ich nur noch ein paar Fahrstunden mit dem Auto absolvieren, um die Prüfung zu machen. Meine Eltern trauten sich nicht, sich dem Willen meiner bettlägerigen Großmutter zu widersetzen. Somit wurde ich auch für diesen Führerschein angemeldet.

Den Fahrlehrer jedoch konnten sie sich nicht aussuchen. Da erstaunlich viele in diesem Sommer in unserem kleinen Kaff die Fahrprüfung machen wollten, stellte die Fahrschule einen jungen rothaarigen und sehr männlichen Schnuckel ein, der ausgerechnet mir Einparken beibringen sollte. Wir haben uns wirklich dagegen gewehrt! Jedoch war es bereits beim ersten Einparken klar, dass es nicht beim Einparken bleiben würde. Ich habe gelernt, Waldwege zu fahren, auf Autobahnen Parkplätze gesucht, um dort geheime Abfahrten anzufahren, lernte das Autokino nahe der größeren Stadt am Bodensee kennen und habe zu meinem Führerschein das Zertifikat meiner Entjungferung erworben. Ich lernte die Geheimnisse eines stimulierenden Zungenkusses zu erforschen und trainierte, wie ich in Sekundenschnelle zielsicher ein Präservativ mit dem Mund an die richtige Stelle blasen kann.

Was will Frau mehr?

Eine ganze Menge!

Über allen Wünschen, die ich habe, stehen zwei Ziele.

FREIHEIT! UNABHÄNGIGKEIT!

Dafür musste ich mich gehörig anstrengen. Ich musste dieses verdammte Abitur irgendwie hinkriegen und dann schleunigst ordentlich Knete verdienen, um mir ein Auto zu kaufen und mich auf den Weg zu machen. Also büffelte ich, sperrte mich für die nächsten Wochen in mein Zimmer, ließ mir den mütterlichen Zimmerservice bringen, nahm mir abends meinen Vater an den Schreibtisch, der erst etwas widerwillig, jedoch dann mit Begeisterung mit mir seine Mathe-, Physik- und Chemiekenntnisse auffrischte und mir so manche Eselsbrücke baute. Vormittags hörte mich meine Mutter in Englisch und Französisch ab, indem sie mir zwischen Vokabeln und Grammatikabfragen selbst gebackenen Apfelkuchen in den Mund schob, um danach leichtfüßig zum Tangotanzen zu schweben. Nachmittags setzte ich mich an das Bett meiner Oma und kaute mögliche Themenbereiche für Deutsch durch. Sie ermahnte mich, meiner Fantasie Zügel anzulegen und mich auf das Wesentliche zu konzentrieren. Ich müsste endlich mal lernen, auf den Punkt zu kommen. Konzentration hieße das Zauberwort. Ich sollte dabei an Jonglieren denken. Sie ließ mich minutiös Abläufe erzählen. Da sie gerne dabei einschlief, versuchte ich, es spannend zu machen. Ich wollte, dass sie sich ärgert, eventuell etwas verpasst zu haben. Nie war ich meiner Familie näher als in diesen Wochen.

Schließlich habe ich das Abi bestanden. Nicht gerade als Glanzleistung, aber ich hatte ja auch nicht vor, Medizin zu studieren. Im Stoffbeutel meiner Großmutter befand sich noch ein Betrag, der zusammen mit den gesparten Kröten in meinem Portemonnaie genau die Kursgebühr für das Dimitri-Sommercamp ergab. Meine Oma, die stolz auf mich war, dass ich mit ihrer Hilfe so weit gekommen war, meinte, ich hätte mir eine Belohnung verdient und sie bräuchte das Geld mit Sicherheit nicht mehr. Dieser Satz versetzte mir zwar einen Stich, aber noch am selben Tag schrieb ich zwei Briefe. Der eine war für Lorenzo, der, wie ich wusste, noch mitten in seiner Schreinerlehre steckte, jedoch hoffentlich ebenso Sommerferien hatte. Der andere ging nach Verscio zu Gunda. Sicherheitshalber schrieb ich ihr, dass ich in jedem Fall kommen und ihr bei Zusage sofort die Kursgebühr überweisen würde, jedoch überglücklich wäre, wenn sie für Lorenzo auch einen Platz freihalten würde.

Der Postbote muss den Weg in die Schweiz wohl zu Fuß gemacht haben, denn es dauert mehr als eine Woche, bis endlich Post von Gunda kommt. Sie hat einen Platz für mich und ich könnte auch im Dorf unterkommen. Von Lorenzo hätte sie noch nichts gehört. Ich bin leicht verzweifelt, denn insgeheim habe ich gehofft, wieder bei Eugen und Marleen wohnen zu dürfen und morgens mit Lorenzo nach Verscio zu düsen. Ich habe einen Schlachtplan entwickelt. Für ein Auto habe ich momentan kein Geld, aber ich habe ja meine hellblaue Vespa. Unser Mechaniker im Dorf hat gesagt, dass man die noch ein bisschen frisieren kann, und da ich sowohl den Roller- wie auch Autoführerschein besitze, könnte ich mit dem getunten Flitzer ohne Probleme auf Landstraßen fahren, auch im Ausland. Mein Plan ist also, bis an die Schweizer Grenze mit dem Roller zu fahren, ihn am Bahnhof bei der Gepäckaufgabe abzugeben und gemütlich im Abteil und mit dem Roller im Güterwaggon zu reisen. In Locarno steigen wir beide aus, und ich fahre dann über Bellinzona hoch zum Großvati un Mutti un zu mim Schätzeli Lorenzo.

Nach weiteren Tagen voller Ungeduld kommt endlich ein kurzes Schreiben von Lorenzo: Mach dich auf die Socken – hab drei Wochen Urlaub – mit Sommercamp alles ok – bin dabei! Und wie ich mich auf die Socken mache!

Da ich nur ein kleines ovales Köfferchen hinten auf dem Sozius des Rollers habe, muss ich alles, was ich in den vier Wochen brauche, in meinen Rucksack stopfen. Viel brauche ich eh nicht, denn es ist Sommer, und der scheint gut zu werden. Die Motorradkappe meines Vaters auf dem Kopf, die Schlaghosenjeans bis unters Knie aufgerollt, die nackten Füße in Boots, über dem bauchfreien selbst gehäkelten Blümchentop

82

meine einzige, unsagbar schicke Fransenlederjacke, komme ich mir beim Start wie ein Easy Rider vor. Meine Eltern stehen tapfer am Straßenrand und winken mir nach, bis ich aus ihren Augen verschwinde. Fast tun sie mir ein bisschen leid. Mit jedem Kilometer verflüchtigt sich mein schlechtes Gewissen mehr. Der Geschmack der Freiheit ist einfach zu süß.

Mein Roller fährt im auffrisierten Zustand ganze 55 Stundenkilometer und macht ein richtig erwachsenes Motorradgeräusch beim Fahren. Bereits nach den ersten Kurven hinunter zu unserer kleinen Stadt fühle ich mich sicher auf meinem himmelblauen Gefährt, vielleicht liegt es am Gewicht meines Rucksackes und dem vollen Köfferchen, aber ich habe eine bessere Bodenhaftung. So rausche ich am Bodensee entlang nach Bregenz, ernte wohlwollende Zöllnerblicke beim Grenzübergang, genieße ihr Raunen, das mir und meinen langen blonden, im Wind unter der Kappe herausflatternden Haaren gilt, fahre den Rhein entlang Richtung Liechtenstein, passiere erneut problemlos die Grenze! Es muss wohl wirklich an meiner sonnigen Aura liegen, aber niemand legt mir auf der langen Reise ins Tessin Steine in den Weg.

Hupt mich jemand beim Überholen an, dann nur aus Begeisterung. In den Dörfchen pfeifen mir Jungs hinterher, und so manch neidische Blicke von jungen Frauen folgen meiner Vorbeifahrt. Ich platze fast vor Selbstbewusstsein und unbändiger Freude. In Bad Ragaz steige ich dann in den Zug und gönne mir, nachdem ich auch meinen Roller aufgeben konnte, im Zugabteil eine herzhafte Brotzeit.

Gegen Ende des Tages erreiche ich nach zweimaligem Umsteigen Bellinzona, wo ich mit klopfendem Herzen aus dem Gepäckwaggon auch meinen Roller entgegennehmen kann. Ich habe fast befürchtet, dass er bei einem der Bahnhöfe versehentlich ausgeladen wurde und nun allein und verlassen irgendwo rumsteht und vielleicht auch noch geklaut wird. Aber nein, er ist unversehrt, und so stehen wir zwei am Bahnhof in der Hoffnung, dass uns Eugen mit seinem Auto abholt und auf die Ladefläche hievt. Ich hatte noch schnell vor meiner Abfahrt angerufen und auf den Anrufbeantworter meine Ankunftszeit gesprochen. Sie werden es schon abgehört haben. Nach einiger Wartezeit, als ich gerade im Rucksack mein Notizbuch mit der Telefonnummer herauskrame, hält Eugens klappriges Vehikel auf der gegenüberliegenden Straßenseite. Das Fenster wird heruntergekurbelt, Lorenzos Kopf erscheint und ruft: »Hey mi Schatzeli, hätt di Fötli uf mi lang gwartet?« Er springt auf der Fahrerseite raus, läuft über die Straße, umarmt mich fest, hebt mich auf Augenhöhe hoch und küsst mich, als wäre es die größte Selbstverständlichkeit der Welt, mit einer Innigkeit auf den Mund, bevor er mich wieder auf den Boden zurückstellt. »Jetz bischt da, i hänn di so vermisst, Tag um Tag, jetz isch guad, i hänn di so liab!«

Mir verschlägt es die Sprache, ich weiß nicht, was ich antworten soll, und bin froh, dass Lorenzo bereits den Roller packt und ihn hinten verstaut. Schnell nehme ich den Rucksack und setze mich auf den Beifahrersitz. Eugen ist nicht mitgefahren, wir sind alleine, Lorenzo klemmt sich hinters Steuer. Stumm fahren wir los, scheinbar hat er alles gesagt, und ich bin sehr verlegen.

Ein schöner Mann ist er geworden in den Jahren, seit wir uns zuletzt gesehen haben. Muskulöser, wilder und männlicher. Nicht sehr viel größer als ich, blond und braun gebrannt mit Sommersprossen über das ganze Gesicht verteilt. Na, da passen wir ja zusammen, denke ich mir in Anbetracht der meinigen, die nicht nur mein Gesicht, sondern auch die Arme bevölkern. Langsam löst sich meine Zunge, und ich berichte ihm von meiner Fahrt und dem ungeheuerlichen Freiheitsgefühl, das sich in mir bei meiner Abreise einstellte. Hin und wieder schaut mich Lorenzo liebevoll von der Seite an, und ich traue mich, ihm in die Augen zu sehen. Ja, sie ist immer noch da, diese Vertraut-heit, dieses Erkennen, es gibt es erneut!

Der Empfang seiner Großeltern ist voller Herzlichkeit, und sie betonen, wie sehr sie sich auf mich gefreut haben. Diesmal habe ich schon rein aus Platzmangel keine Gastgeschenke dabei, nur einen Brief von meiner Mutter. Sie hat Geld für meine Verpfle-gung hineingesteckt und schreibt von einer hoffentlich bald wahrgenommenen Gegeneinladung an den Bodensee. Marleen reicht mir das Telefon, ich soll sofort zu Hause anrufen und sagen, dass ich gut angekommen bin, und dann soll ich noch »äs härzlichche Danchkeschön usspräche vo de Eugen un de Marleen un es wär do nit notwändig gwä des viele Gäld, äs Valerie isch do ä member vo dä familie.« Ich tue, wie mir gesagt wird, und dann quatschen die beiden doch miteinander, die eine sagt immer »häh?« und die andere »wie bitte?«, und dann lachen sie beide. Wie vor Jahren gibt es für mich das hergerich-tete Stübli im Dachgeschoss und gleich ein kräftiges Abend-brot, weil ich doch sicher am Verhungern wäre. Stimmt, das hat Marleen genau erkannt. Wein und Bier lockern die Zunge, und es ist, als wäre ich nie weggewesen.

AMARYLLIS – AMARYLLIS – AMARUSSO – ROSSO – ROT
Ein Exkurs

Sie ist temperamentvoll, leidenschaftlich, feurig, und folgt man dem altgriechischen Wort amarusso, so bedeutet es auch strahlend und funkelnd. Jedoch ist sie ebenso scheu und vergräbt sich lange im Dunkel, bevor sie aus ihrer vielschichtigen Ummantelung hervorbricht, um lange Zeit zu wachsen.

Geboren im feuchttropischen Urwald Brasiliens schlummerte die Knolle wohl schon viele Jahrhunderte, bevor im 18. Jahrhundert ein kurzsichtiger Schmetterlingssammler aus England ihre großartige purpurrote Trompete köpfte, just in dem Moment, als sich ein entzückender blau schimmernder Schmetterling darauf niederließ, um sich an ihrem Blütenstempel zu laben. Noch im Fang stolpernd entschuldigte er sich bei der roten Schönheit, stieß dabei mit seiner Schuhspitze an die zur Hälfte aus dem feuchten Boden ragende Knolle, um sie mit einem Satz herauszuheben. Erstaunt über ihre Größe und den langen, nun leider blütenlosen hohlen Stängel, aus dem weiße Milch heraustropfte, steckte er beides in seine große Manteltasche, um sich dem blauen Schmetterling zu widmen. Noch während der Engländer in seinem Tornister nach einer Stecknagel nestelte, ergriff der Falter die einmalige Chance und flog davon. Da sich mit Kurzsichtigkeit ohne Zwicker weder Stecknadel noch Schmetterling erkennen lassen, fischte er neben der Knolle und Stängel in der Manteltasche nach seinem Brillengestell, um am Ende festzustellen, dass für diesen Fang die Stecknadel gänzlich ungeeignet sei. So war er zwar über den Schmetterlingsverlust traurig, jedoch höchst erstaunt über die wundersame Blume. Er nahm die rote Trompete aus seinem Schmetterlingsnetz, breitete alles nebeneinander auf dem Boden aus, fertigte mit Bleistift in seinem Notizbüchlein eine kleine Zeichnung an, fügte einige Notizen hinzu und ließ Stängel und Blüte liegen. Allein die Knolle wanderte in seinen Tornister. Sie wollte er erforschen.

Einige Monate später erreichten sie per Schiff die britische Insel. Wie enttäuschend sah jedoch die Knolle aus. Verschrumpelt und ausgetrocknet hingen die Zwiebelblätter herunter. Der Engländer legte die Knolle achtlos in ein Holzregal im dunklen feuchten Keller. So vergingen Monate, und es wurde Winter. Die Knolle kuschelte sich neben Staub und allerhand Unrat für einen langen Winterschlaf ein. Nach vier langen Monaten regte sich in ihr neuer Lebensgeist. Sie spürte Säfte in sich aufsteigen und die Außenschichten der Zwiebel erreichen. Alles Trockene und Verrunzelte fiel ab, und ein saftiges Grün zog ein. Ein Trieb bahnte sich seinen Weg nach außen. Der Zufall wollte, dass der kurzsichtige Engländer wieder über die Pflanze stolperte, als er sein Stethoskop aus dem Keller holen wollte und ebenso erfreut wie erstaunt ihre Verwandlung feststellte. Seine Haushälterin ließ es sich nicht nehmen, die grüne Knolle, aus der ein grünes, spitzes Dreieck herausragte, in einen halb mit Erde bedeckten Topf zu pflanzen und sie erst einmal tüchtig zu wässern. Dann stellte sie sie in ihrer Küche auf das sonnige Fensterbrett und beobachtete ihr tägliches Wachstum. Der Engländer konnte sich ihrer Begeisterung nicht entziehen und wurde nun auch täglicher Gast in der Küche. Bald bildeten sich aus dem langen Stängel drei wunderschöne dunkelrote Trompeten, und von nun an nahmen die beiden die Mahlzeiten in der Küche ein. Stolz wurde die prächtige Blume Gästen präsentiert und Zeichnungen angefertigt. Man verglich dieses außergewöhnliche Rot mit dem Rot der untergehenden Sonne bei Cornwall, ein Name sollte schleunigst für dieses Rot gefunden werden, und so fand ein schlauer Kopf im Altgriechischen den Namen »Amarusso«.

Diese wunderbare Entwicklung jedoch ging nicht spurlos an den beiden Protagonisten vorüber. Verstohlene Blicke wurden ausgetauscht, bald fand man sich nach dem Abendessen auf ein Glas

Sherry im Salon ein, und nach einiger Zeit fasste sich die verliebte Haushälterin ein Herz und küsste den Engländer, dass ihm Hören und Sehen verging. So entstand das erste Kind, fünf weitere folgten, und ob diese Liaison jemals legalisiert wurde, ist leider nicht überliefert.

Was jedoch nicht nur überliefert wurde, sondern sich in den kommenden Jahrhunderten wachsender Beliebtheit erfreute, ist, dass aus der Amarusso die Amaryllis wurde, sie weltweit alljährlich eine Metamorphose durchlebt und als Schönheit von königlicher Eleganz zu Weihnachten auf so ziemlich jedem Esstisch steht.

9

Das Sommercamp

Die halbe Nacht habe ich mich in meinem Bett gewälzt. Wie beim ersten Mal, als ich hier war, irritiert mich die absolute Stille auf diesem Berg, die nur gelegentlich von Tierlauten unterbrochen wird. Erst als es dämmerte und die Vogelwelt erwachte, bin ich in einen tiefen zweiten Schlaf gesunken, der mich in einen wirren Traum entführte.

Diese Geschichte kommt mir jetzt in den Sinn. Sie stammt aus Schatzkästchen meiner Oma. Schon als Kind war ich mir nie ganz sicher, ob sie sie alle erfunden hat oder ob sie wirklich der Wahrheit entspringen. Bei meiner Geburt, so sagte meine Großmutter, hätte sie mir und meiner Mutter eine blühende rote Amaryllis auf den Nachttisch gestellt. Sozusagen als Begrüßung, vielleicht auch als Ansage? Ich gestehe, manchmal fühle ich mich auch wie eine Zwiebel, die sich häuten muss nach einem ewig langen Winterschlaf.

Aufgeregt bin ich. Einerseits bin ich begierig darauf, in diesen Wochen alles zu erlernen, was man mir beizubringen gewillt ist, andererseits habe ich Angst davor zu versagen. Was mache ich, wenn meine Begabung nicht ausreicht? Es wäre eine Ohrfeige, die mich fürs Erste ins Out schießen würde. Ich will nichts anderes lernen als das. Artistin zu sein bedeutet mir alles, davon träume ich, seit ich denken kann. Dafür nehme ich jede erdenkliche Anstrengung in Kauf. Ich habe ein Ziel, und das werde ich erreichen. Ich bewundere Lorenzo, weil er schon viel weiter ist auf seinem Weg und trotzdem noch ein solides Handwerk erlernt, um ein zweites Standbein zu haben. Ich entdecke bei mir keine zweite Begabung, nicht mal im Ansatz. Jedoch verspüre ich einen solch starken Drang, mich zu verwirklichen, mich besser kennenzulernen, auszuloten, wozu mein Geist und Körper fähig sind. Dieses Sommercamp wird mir vielleicht einen Weg aufzeigen. Jetzt ist alles noch ohne Verpflichtung, aber falls ich mich danach zur Aufnahmeprüfung anmelde und angenommen werden sollte, würde sich mir eine Welt eröffnen, der ich mich mit größter Leidenschaft hingäbe.

Wir beschließen, morgens immer vom Hof der Großeltern gemeinsam mit meinem Roller nach Verscio zum Sommercamp zu fahren. Zum einen kostet das Zimmer bei Gunda Geld, und ich müsste mich selbst verpflegen, und zum zweiten möchte ich mit Lorenzo zusammen sein. Wir hätten so viel Zeit auf diesen Fahrten, über den Unterricht zu reden, und außerdem liebe ich es, wenn er hinter mir auf dem Sozius sitzt und meinen Bauch umarmt, um sich an mir festzuhalten. Ich fühle mich dabei sehr erwachsen und bin stolz, ihn herumzukutschieren.

Warum geht es oft schief, wenn sich gerade ein großer Wunsch erfüllt? Ich verstehe es nicht!

Jetzt sitze ich hier im Straßengraben mit blutendem linken Zeh, verschrammten Schienbeinen, einem heftig schmerzenden Ellenbogen, aus dem es zudem auch noch rot tropft. Zu meiner Verzweiflung, in jedem Fall zu spät zum Unterricht zu kommen, gesellt sich die Frage, wer mich hier findet? Lorenzo ist heute Morgen sehr früh mit seinem Großvater im Auto hinunter an den Lago gefahren, um ihm beim Aufladen eines reparierten Schweißgerätes zu helfen, und wird danach direkt ins Sommercamp gebracht. Ich bin alleine mit dem Roller losgedüst. Da ich mich mit Marleen beim Frühstück verplaudert habe, hatte ich es eilig und habe die Abkürzung durch die Felder genommen. Es hat heftig geregnet heute Nacht, und nun hat es mich mit dem Roller in einer großen, tiefen Pfütze derartig hingesemmelt, dass ich minutenlang liegen blieb, bis ich einen klaren Gedanken fassen konnte. Motor ausmachen! Versuchen, den Roller von meinem verdrehten Fuß zu heben! Alle schmerzenden Gliedmaßen bewegen und schauen, ob noch alles dran und nichts gebrochen ist! Ein bisschen weinen und mich bedauern! Die Zähne zusammenbeißen und versuchen aufzustehen! In keinem Fall werde ich darüber nachdenken, wie ich jetzt aussehe, sonst kriege ich zum Weinkrampf auch noch einen gehörigen Wutanfall. Scheiße, Scheiße, Scheiße!

Auf allen vieren stemme ich den Roller hoch. Außer dass der Roller mir dreckmäßig ähnelt, scheint er keine Blessuren zu haben. Offensichtlich hat mein alter Rucksack auf dem Buckel Schlimmeres verhindert. Ich rappel mich auf, und jammere ein wenig, das darf ich doch wenigstens, so allein, wie ich bin, und schiebe humpelnd den Roller an eine trockene Stelle. Dort versuche ich ihn zu starten, kann aber den Kickstarter nicht nach unten treten, da ich auf meinem linken Fuß unmöglich stehen kann. Mit dem anderen Fuß geht noch viel weniger. Ich muss irgendwie eine abschüssige Stelle erreichen, um dort in Fahrt zu kommen. Dann mach ich die Zündung an, lege den zweiten Gang ein, lass die Kupplung kommen, und schon springt er an. Das ist der Plan. Nicht darüber nachdenken, was alles wehtut! Und bloß nicht den Zeh anschauen. Ich schicke ein Stoßgebet gen Himmel, dass mir meine Oma hilft. Also schiebe ich den Roller und mich durchs Feld. Tatsächlich, am Ende des Feldweges, der in die Straße nach Verscio einmündet, geht es leicht bergab. Danke, liebste Oma, danke.

Ich bin mindestens eine ganze Stunde zu spät dran, aber ich bin angekommen auf dem Hof.

Heute ist der vierte Tag im Sommercamp. Jeder musste im Vorfeld aus den angebotenen Kursen seinen Schwerpunkt wählen. Ich habe Akrobatik, Schminken und Jonglieren gewählt,

Lorenzo Clown, rhythmischen Gesang und Pantomime. Wir freuten uns darauf, uns auf den Heimfahrten auszutauschen und nach dem Abendessen gegenseitig das Erlernte beizubringen. Somit profitieren wir von allem. Tja, war wirklich 'ne richtig gute Idee. Drei Tage hat es ja auch geklappt. Jetzt steh ich in meinem ramponierten Zustand auf dem Hof, und es dauert gefühlte Stunden, bis mich endlich einer bemerkt. Lorenzo jedenfalls nicht. Alle sind ja wahnsinnig darauf konzentriert, was sie gerade machen. Ob sie sich nun auf der Wiese verbiegen, als wollten sie sich rückwärts in den Po beißen, oder immer wieder vom langen Schlappseil fallen, den Jonglierbällen hinterherrennen, keiner schaut zu mir. Ich bin ein bisschen beleidigt. Bis zwei semmelblonde Schwedinnen laut aufschreien und erst irgendwas auf Schwedisch rufen, um dann in akzentfreiem Englisch auf dieses lächerlich aussehende Schmuddelkind aufmerksam zu machen, das ganz offensichtlich zu ihrem Kurs gehört.

Plötzlich rennen alle zu mir, manche grinsen, andere bedauern mich zumindest, einige kommentieren besorgt meine Verletzungen, bis endlich Lorenzo mit halb geschminktem »Dummer-August-Gesicht« vor mir steht und lapidar bemerkt: »Schatzeli, de Zeh isch broche.« Na super, das hab ich gerade gebraucht. Was mach ich jetzt? Dicke Tränen kullern über mein schmutziges Gesicht. Nun erscheinen auch Gunda und zwei Kurslehrer, Lorenzo hebt mich hoch, trägt mich ins Haus und legt mich auf die Chaiselongue im Wohnzimmer. Schüsseln mit warmem Wasser und Waschlappen werden gebracht, man versorgt meine Wunden, besprüht sie mit Desinfektionsspray, das, wie mir scheint, in der Schweiz noch mehr brennt. Ich kann gar nicht aufhören zu heulen, so sehr ich es auch versuche. Meine Enttäuschung darüber, dass ich dieses Sommercamp eventuell beenden muss, man mich nach Hause schickt, mein Traum wie eine Seifenblase platzt und mein beruflicher Werdegang mich nun doch in die Mensa irgendeiner langweiligen Universität bringt, wo ich in einem noch langweiligeren Lesesaal langweiligen Lehrstoff pauken muss und in tiefste Depression verfalle, lässt mich laut aufschreien.

Gunda, die währenddessen meinen ramponierten Zeh begutachtet und dabei ausschließlich italienisch redet, erklärt, dass das kleine Ding ganz offensichtlich gebrochen ist und man da gar nichts machen könne. Am besten offene Sandalen tragen, abwarten und LÄCHELN!!!!!!

Ab heute fährt Lorenzo, ich sitze hinten und schmiege mich an ihn. Das ging schneller, als ich gedacht hatte.

Marleen hat gestern Abend verschiedene Gläser mit getrockneten und gemörserten Kräutern auf den Küchentisch gestellt, dazu eine Schale, in die sie, fein gewogen auf einer kleinen Waage, die entsprechenden Mengen hineingab, sie mit Quark und einem nach Leinsamen riechenden Öl vermischte, um daraus Wickel und Bandagen zu machen. Die packte sie dann auf meine Wunden. Der gebrochene Zeh bekam eine Sonderbehandlung mit Retterspitzbad, dann schob sie mir Arnikapastillen in den Mund, hielt ihre Hand im Fünfzentimeterabstand über den Zeh, meinte, ich soll mich nun gedanklich total auf ihn konzentrieren und dabei tief ein- und ausatmen. Folgsam versuchte ich mein Bestes, blinzelte hin und wieder durch die geschlossenen Lider, um zu sehen, was sie macht. Mag es durch die Behandlung sein oder einfach, weil ich so viel Zuwendung bekomme, aber der Schmerz lässt nach. Eugen meint, es wäre doch immer von Vorteil, wenn »die Frau au a Hex isch«. Vor dem Zubettgehen werde ich erneut verarztet, und dann trägt mich mein Ritter hinauf ins gute Stübchen.

Alles geschieht ganz selbstverständlich. Er zieht mich aus, zieht sich aus. Legt mich ins Bett und sich daneben. Schaut mir in die Augen, streichelt mein Gesicht, küsst mich zart und vorsichtig, bevor er sagt, »Valerie, ich habe dich von Herzen lieb, ich will mit dir zusammen sein, und ich spür, dir geht's genau wie mir. Wenn das so ist, dann brauch ma nicht lang umeinanderreden, dann werden wir jetzt ein Paar.« Mehr sagt er nicht. Schaut mir nur tief in die Augen, um jeden Zweifel auszuräumen. Findet offensichtlich auch keine Zweifel, sondern muss nur über mein Erstaunen lachen. Entschuldigend meint er, er wäre als Schweizer sehr unbegabt für große Worte. So einfach kann es gehen. Wir werden ein Paar.

Die verbleibenden Wochen des Sommercamps verlaufen sehr lustig. Ich lerne zwar nicht, auf dem Seil zu gehen, dafür kann ich nun ohne zu wackeln ewig lange auf meinem rechten Bein stehen. Dabei, immerhin, jongliere ich mit bis zu drei Bällen, Keulen oder Ringen. Ich werde eingewiesen in die Kunst des Clownschminkens. Stelle fest, dass ich musikalisch bin, und erreiche höhere Gefilde im stakkato-atonalen A-cappella-Gesang.

Eugen vererbt mir seine alte Tuba, nimmt mir das Versprechen ab, dass sie im Tessiner Haus bleibt. Ich bekomme nach stundenlangem Reinblasen und einem Bluterguss auf der Unterlippe tatsächlich ein paar durchdringende, unglaublich laute Töne heraus. Marleen fragt sich, wo die Tuba mit mir hinwill, ich wäre quasi kaum dahinter zu sehen. Lorenzo und ich melden uns bei der Aufnahmeprüfung für den Herbst bei der Scuola Teatro Dimitri an.

***

Als ich mich Ende August zurück auf den Weg nach Deutschland mache, kann ich, wenn auch mit Schmerzen, einen Schuh am linken Fuß tragen und weiß, dass ich in spätestens sechs Wochen wieder hier bin.

Und ich weiß noch etwas. Ich bin sehr in Lorenzo verliebt.

Ich betrachte mich im Spiegel. Wer hat heutzutage noch einen bodenlangen, besser frauhohen Außenspiegel am Kleiderschrank hängen? Nur ein altmodischer Landgasthof.

Vor nicht allzu langer Zeit habe ich angefangen, nicht mehr in solche Spiegel zu gucken. Ich will nicht mehr überrascht werden von der, die mich da ansieht. Morgens beim Zähneputzen streift mich manchmal ein scheuer, flüchtiger Blick und lässt mich für Sekunden erstarren.

Früher! Ja, früher konnte ich stundenlang in den Spiegel schauen. Habe Faxen gemacht und alle nur möglichen Grimassen gezogen. Wenn so ein Gesicht elastisch bleibt, sagte man mir, würde ich im Alter so gut wie keine Falten haben. Heute hoffe ich, dass diejenigen, die mir so eine Lüge erzählt haben, selbst Lügen gestraft wurden. Wenigstens kann ich sagen, dass ich mir fast siebzig Jahre lang meine Falten angelacht habe. Ja, und das Tolle ist, sie sind überall. Keine steht armselig allein da und fühlt sich deplatziert. Einzig oben an der Stirn, kurz vor dem Haaransatz ist die Haut glatt. Das wundert mich, habe ich doch dahinter ein Leben lang so viele krause Gedanken gepflegt.

Heute, wo ich mich betrachte, meine Nacktheit betrachte, fast liebevoll und einvernehmlich, beschließe ich, mich zu versöhnen. Ich möchte mir Mut damit machen, mir sagen, es ist ja sonst keiner da, der es sagen könnte: »Du bist schön!« Und ich habe Zeit, mich auf mich wirken zu lassen.

Kleine Tropfen fallen aus feuchten kurzen Strähnchen meiner Haare auf das rechte Schulterblatt. Wie Stacheln mit spitzen Enden stehen sie vom Kopf ab. Ich trage das fast weiß gewordene Haar männlich kurz. Es sollte keine Anklage gegen mein Frausein darstellen, meinen Verlust der Sexualität. Ich bin kein wandelndes Synonym für weibliche Vermännlichung. Ich bin nur traurig. Das Nebenan fehlt mir. Ein Stück weit konnte ich es mir überstülpen, auch in mich hineinstopfen. Sowohl meine

Schultern wie auch der Rücken sind ungebeugt. Ich fühle mich gewappnet gegen verbale Angriffe. Ich trotze den Viren, und ich habe Kraft in den Lungenflügeln. Wenn es sein soll, kann ich tief einatmen und ganz laut herausschreien, dabei die Zunge herausstrecken, eine Löwin sein.

So habe ich überlebt. Deshalb stehe ich heute hier.

Es klopft an der Türe. Man wolle mich nur informieren, das Abendbrot sei nun gerichtet, ich würde freudig unten im Speisesaal erwartet.

10

Das bin ich, Valerie, 25 Jahre

Ich habe mein Elternhaus verlassen und bin mit allem, was mir wichtig und lieb war, vor einem Jahr ins Tessin gezogen. Lorenzo und sein Großvater Eugen haben drei Jahre lang mit befreundeten Handwerkern ein wunderschönes kleines Steinhaus mit zwei Schlafzimmern, einer großen Wohnküche und einem Studio, einem Bad mit Dusche und Badewanne gebaut. Welch ein Luxus hier oben, wo die meisten Häuser noch Plumpsklos im Außenbereich haben. Sie haben Steine aus einem Tessiner Steinbruch ausgesucht und hierhergekarrt. Das Holz für die Dachkonstruktion und die Innenräume kommt ebenso aus der Region. Sie haben einen Brunnen gebohrt, und nun fließt frisches Quellwasser aus unseren Hähnen. Hinzu kommen ein raffiniertes Heizsystem mit drei Kachelöfen und Schächten in allen Zimmern und für eisige Zeiten eine Elektroheizung. Solarenergie und Windenergie stecken hier oben noch in Kinderschuhen und werden auch vonseiten der Gemeinde bei diesen traditionellen Häusern nicht genehmigt. Wir haben eine Wärmepumpe, die unser Wasser erwärmt, und wenn uns richtig kalt ist, dann kuscheln wir einfach.

Marleen und Eugen hatten etwas oberhalb ihres alten Hauses vor vielen Jahren noch einen Grund mit einem verfallenen Steinhaufen gekauft, und nun durfte man ihn abtragen, konnte die Steine verwenden, und es wurde exakt auf dem Grundriss der Ruine unser neues Haus errichtet. Zwischen unseren beiden Häusern liegen in Luftlinie gerade mal 400 Meter. Wir leben alleine und doch im Familienverbund. Welch ein Geschenk. Wir können uns gegenseitig helfen, wenn es nötig ist, und sind für die beiden Alten da, die zwar enorm fit sind, jedoch beide auf die Achtzig zugehen.

Lorenzo und ich sind nun schon fast fünf Jahre ein Paar. Es schert hier oben keinen, dass wir in wilder Ehe zusammenleben. So gefällt es uns, und eigentlich wollen wir diesen Status auch nicht ändern. Wozu? Wir sind Künstler und vogelfrei. Arbeiten mal hier, mal dort. Lästig ist nur, dass ich immer wieder meine Schweizer Aufenthaltsgenehmigung beantragen muss. Eine sehr formale und zeitraubende Angelegenheit. Selbst wenn wir heiraten würden, wären wir jahrelang unter Kontrolle, damit ich mir ja nicht die Schweizer Staatsbürgerschaft erschwindle. Ich müsste einen Eignungstest machen, ob ich auch wirklich schweiztauglich bin, und Mundart lernen! Das Grundgesetz müsste ich im Schlaf hinunterbeten können, wenn mich jemand danach fragt. Insgesamt sollte ich auch äußerlich etwas mehr schweizkonform aussehen, also »äs bizli bünzli«, was so viel heißt wie ein Spießbürger sein. Das schätzt man in der Schweiz. Brav und sittlich sein, immer zur Volksabstimmung gehen und ja nicht unangenehm auffallen. Dass hier, wie anderswo auch, Ausnahmen die Regel bestätigen, wird toleriert. Vor allem, wenn man erfolgreich ist, viel Geld verdient und man in den richtigen Kreisen verkehrt. Auf uns beide trifft leider gar nichts davon zu.

Es ist so viel passiert. Ich habe mich verändert. Überwog bis vor kurzer Zeit immer noch ein sorgloser Überschwang, der mich mutig, angstfrei und unendlich kreativ sein ließ, so nimmt sich mehr und mehr eine analytische Begabung ihren Raum, um Situationen und Tagesabläufe zu erfassen. Ich beobachte nicht nur andere, sondern speziell auch mich im Alltag, registriere und speichere vieles davon, um es in meinem Leben als Künstlerin einzubauen. Das habe ich zwar teilweise früher auch

gemacht, aber eher, um es nachzuahmen. Damals war es spielerisch und unreflektiert, heute ist es Berufung.

***

Noch während des Dimitri-Sommercamps konnte man sich
für die Eignungsprüfung für eine vierjährige Ausbildung an der
Scuola bewerben. Es war mir schon vorher klar, dass ich das
wollte. Auch Lorenzo plante es. Ich fuhr also, total in Lorenzo
verknallt und mit allen Flausen im Kopf, einmal eine berühmte
Clownin und Artistin zu werden, mit meinem himmelblauen
Roller zurück an den Bodensee.
Dort holte mich der Alltag ein. Ich hatte keinen Pfennig mehr,
war total auf die Unterstützung von Mama und Papa angewiesen, unter ihrem Dach schlafen zu dürfen. Bislang eine
Selbstverständlichkeit. Wäre sicher eine Zeit lang auch weiter
so gegangen, aber da ich ihnen ja schonend beibringen musste, dass ich jetzt quasi nur auf Stippvisite da war und in sechs
Wochen wieder verschwinden wollte, um hoffentlich nach be-
standener Prüfung für vier Jahre beziehungsweise für immer
ausziehen wollte, musste ich mir schnellstens ein bis zwei Jobs
suchen, um wenigstens das Geld für die Reise und das erste
Semester zusammenzuhaben. Durch die Prüfung zu fallen war
keine Option.
Entgegen aller Befürchtungen nahmen meine Eltern die Tatsache, bald alleine zu leben, erstaunlich gelassen hin. Beide
befragten mich bei einem guten Essen und guter Stimmung
sehr ernsthaft nach meinem Berufswunsch und meinen Zu-
kunftschancen als Artistin. Äußerten ihre Bedenken, gleichzeitig zeigten sie großes Verständnis dafür, mich verwirklichen zu
wollen. Vielleicht spielte das Glimmen in meinen Augen, wenn
ich von meinen Zukunftsträumen erzählte, eine Rolle, und sie
kapierten, dass Einsprüche eh nichts bringen würden. Mein

Vater erzählte zum ersten Mal, wie schwierig seine berufliche Laufbahn in den ersten Jahren gewesen war und wie weit er von seinem Ziel entfernt war, jemals in dieser Motorenwelt, in der er als Ingenieur arbeitete, den großen Coup zu landen. Er sagte, er habe nie aufgehört zu träumen, und war besessen von den Entwicklungen, an denen er arbeitete, bis eines Tages der richtige Erfinder mit dem richtigen Motor den passenden Ingenieur suchte. Und das war mein Vater. Auch meine Mutter, deren Traum es immer war zu tanzen, hat sich mit Beharrlichkeit ihren Traum von einer Tanzschule erfüllt, die lange Wartelisten hat. Beide wollten mir mit ihren Geschichten vermitteln, immer dranzubleiben, bei sich zu sein und nie den Zweifeln nachzugeben.

Ich hatte Tränen der Dankbarkeit in den Augen, wusste, auch hier hätte ich immer einen Zufluchtsort, wenn es mal dicke käme. So nahm ich meinen restlichen Mut zusammen und gestand ihnen, dass ich mich sehr verliebt hätte und es ganz danach aussehe, dass ich auch geliebt werden würde.

Meine Mama meinte, »Ah, jetzt verstehe ich! Marleen hat mir in unserem Telefonat, in dem sie mir deine Abreise ankündigte, irgendetwas Merkwürdiges von ›de Liab isch überrr's Maidli chkomme un em Lorenzo, un es gugge tusig chkline Stärnli us em Äugli‹«. Sie hätte sich so ihre Gedanken gemacht, aber als ich nach Hause kam und sie mir in die Augen schaute und die tausend kleinen Sternchen gesucht hat, hätte sie darin genau gesehen, was passiert ist. Frauen sähe man immer an, wenn sie Frauen geworden sind! »Oh Mami, wie altmodisch du dich ausdrückst! Sag doch einfach, wie es ist. Ja wir haben eine wunderbare Liebesbeziehung und wollen im Tessin zusammenziehen.«

Die nächsten Wochen waren voller Arbeit. Tagsüber arbeitete ich in der Konditorei unseres Städtchens, danach ging es nach Hause, schnell was essen, duschen, umziehen, dann Donnerstag bis Sonntag ab 21 Uhr in der Hotspot Disko unten in der

Stadt Bier zapfen und Drinks austragen. Montag bis Mittwoch konzentrierte ich mich nach der Arbeit in der Konditorei auf meine Prüfung. Ich muss ein Lied einstudieren, soll eine Improvisation auf ein Thema, das wir zwei Tage vorher bekommen, vorbereiten, und ich muss eine Clownnummer selbst schreiben, einstudieren und spielen. Zu meiner größten Sorge müssen wir auch tanzen. Was, wäre völlig egal, aber es sollte ein Tanz sein. Der Vorschlag meiner Mutter, sie doch ein paarmal ins Tanzstudio zu begleiten, erschien mir gut. Aus diesen Studien dort entstand nicht nur ein vor Schmalz triefender, im Pathos ersaufender Tango, den ich ganz alleine mit mir ausfocht, sondern auch meine Clownnummer. Ich hatte ja von Eugen seine riesige Tuba vermacht bekommen. Marleen konnte sich damals vor Lachen gar nicht mehr einkriegen, als ich versuchte, darauf zu blasen. Ich habe es aber so lange probiert, bis ich einige schmerzlich laute Töne aus ihr herauslockte. Zwar kamen sie unzuverlässig und unkontrolliert, aber es kamen welche raus, und die waren saukomisch. Dieses Nichtkönnen verpackte ich in eine Slapsticknummer. Ich tat, als würde ich nicht wissen, wie man dieses Monster hält und aufstellt, stelle mich auf Zehenspitzen, um an das Mundstück zu gelangen, nehme schließlich einen kleinen Schemel zu Hilfe, um dann, während ein langer, verzweifelter Ton aus dem Instrument ertönt, mitsamt der Tuba und dem Schemel umzufallen. Die Clownnummer durfte nicht länger als sechs Minuten dauern, also ausreichend Zeit, um gehörigen Blödsinn zu machen. Nur, hier hatte ich keine Tuba. Meine Mutter jedoch kannte durch ihr Tanzstudio einige Musiker, und einer davon trieb eine nicht mehr ganz taufrische Tuba auf. In die gruselte es mich zwar hineinzublasen, also deutete ich es nur an, aber sie war stabil und groß genug, um die Nummer zu üben. Meine armen Eltern mussten sich jede Probe anschauen und mir Hilfestellungen für Verbesserungen geben, und siehe da, die beiden waren begabt!

Letztlich war es ein großer Spaß für uns alle, und sie bedauerten es sehr, nicht bei der Prüfung dabei sein zu dürfen.

***

Rund achtzig aufgeregte Kandidaten aus sechs Ländern treffen am 30. September 1976 pünktlich um neun Uhr am Teatro Dimitri ein, bereit, sich restlos zu verausgaben, um einen der dreißig Plätze für das erste Semester, das als Probesemester gewertet wird, zu ergattern. Die meisten von ihnen sind bereit, notfalls im nächsten Jahr erneut anzutreten, falls sie dieses Jahr nicht genommen werden. Ich nicht. Sollte es so sein, dass ich trotz all meiner Bemühungen die Jury nicht überzeugen kann, sehe ich dies als ein eindeutiges Zeichen, dass meine Begabung nicht ausreicht, um ein großer Clown zu werden, denn genau das ist mein Ziel.

Zu dieser Voraussetzung gesellt sich noch eine andere Herausforderung, nämlich innerhalb der nächsten drei Monate einigermaßen gut Italienisch zu lernen, denn der Unterricht findet ausschließlich in dieser Sprache statt. Nach den ersten drei Monaten Unterricht kommt die Jury abermals zusammen und wird aus den dreißig Schülern vierzehn herauspicken, die für weitere sechs Semester das Studium absolvieren. Bereits nach vier Semestern wird es Aufführungen im Teatro geben, zu der Festivalleiter, Talentscouts und Zirkusdirektoren aus der ganzen Welt anreisen, um neue Talente zu entdecken.

Diese Abende gelten als Sprungbrett für große Karrieren. Jeder wird mindestens vier Musikinstrumente erlernen, bekommt eine Ausbildung in Ausdrucks- und Volkstanz, wird in Gesang unterrichtet, Pantomime und Akrobatik, lernt, Kostüme und Requisiten zu entwerfen und Masken zu gestalten. Unterrichtet wird von Gunda und ihrer Truppe, ebenso wird Dimitri, so er nicht auf Tournee ist, alles unterrichten, was das Wesen und Sein eines Clowns ausmacht. Dazu gehört auch, die Performance zu entwickeln, sie dramaturgisch zu erarbeiten, zu inszenieren und zu spielen. Sich selbst inszenieren, aber auch andere, als Solist oder in der Gruppe. In diesen Jahren zeigt sich, ob man als Soloartist sein Leben verbringen wird, oder zu zweit, als Trio oder größere Gruppe. Manche werden zueinanderfinden, um sich dann doch wieder künstlerisch zu trennen. Eifersüchteleien sind vorgezeichnet, manch einer wird sich als linke Bazille herauskristallisieren, es wird die exzentrischen Alphatiere geben, die versuchen, alle anderen an den Rand zu drängen, und die Stillen, die Zauderer, die einem von hinten in die Brust stechen und dich, ehe du es kapiert hast, restlos plattmachen.

Zu welcher Gattung Lorenzo und ich zählen, wird sich herausstellen. Falls wir die Prüfung bestehen und angenommen würden.

Je näher der 30. September heranrückt, desto unsicherer und nervöser werde ich. Ich sitze wie angewurzelt in meinem kleinen Zimmer im Haus meiner Eltern, unfähig, die spielerische Leichtigkeit wiederzufinden, die der bevorstehenden Prüfung die Flügel verleiht, die mein Talent zum Schwingen bringt. Die Ermahnungen meiner Mutter, auch an so praktische Dinge zu denken wie Kofferpacken für das erste Wintersemester, italienische Vokabeln für den Grundkurs zu lernen und mich endlich um die Aufenthaltsgenehmigung in der Schweiz zu kümmern, schlage ich in den Wind. Wie soll ich mich jetzt darum kümmern, wenn es doch eh nicht klappen wird? Was soll ich mich da jetzt verrückt machen? Als meine Verzagtheit und entsprechend schlechte Laune schier unerträglich werden, ich meinen Eltern dementsprechend auf die Nerven gehe, packt mich meine Mutter kurz entschlossen in den neuen Citroën und fährt mit mir nach München. Im Mai dieses Jahres hatte unter enor-

mem Aufsehen die Premiere eines neuen Zirkus in Bonn stattgefunden, dessen Kritiken sich in den Feuilletons sämtlicher
Tageszeitungen förmlich überschlugen. Zirkus Roncalli! Ein
Zirkus ohne lebende Tiere, dafür mit Akrobaten und Clowns
einer neuen Generation, die alles Altbewährte weit in die Vergangenheit katapultierten und sich lediglich der Techniken be-
diente. Mitte August zog der Zirkus von Bonn nach München,
um die Stadt für sechs kurze Wochen auf den Kopf zu stellen.
Meine Mutter, die das Trauerspiel, in dem ich gefangen war,
nicht mehr länger mitansehen konnte, hatte über irgendwelche
Quellen zwei Karten ergattert. Mitten im Museumsviertel der
Stadt standen auf einer großen Wiese herrlich bunt bemalte,
fantastische alte Zirkuswagen und rahmten das wunderschöne
Zirkuszelt ein.

Alles, was ich in den darauffolgenden Stunden gesehen habe,
hat mein künstlerisches Denken nachhaltig geprägt. Noch nie
wusste ich so klar, dass ich genau in so eine Richtung gehen
möchte. Solchen Zauber, gepaart mit akrobatischer und clownesker Höchstleistung, hatte ich noch nie gesehen. Mit über-
vollem Herzen und fast sprachlos fuhren wir durch die Nacht
zurück in unser kleines Städtchen am Bodensee.

Wie meine Eltern sich erhofften, hat dieses Erlebnis in München meinen Ehrgeiz angestachelt. Die verbleibenden Tage
feilte ich mithilfe meiner Mutter an meinen Auftritten, wir
veränderten vieles, und wenn es meinem Vater, der unser Ver-
suchskaninchen bezüglich Humors war, ein Lachen entlockte,
durfte ich davon ausgehen, auf dem richtigen Weg zu sein. Die
Koffer für die bevorstehenden Schweizer Wintermonate packte
dann meine Mutter, während ich in der Konditorei die letzten
Kröten verdiente. Mein Papa brachte den himmelblauen Roller
zur Bahn und schickte ihn auf die Reise ins Tessin, da ich nicht
auf ihn verzichten wollte. Zudem besprach er sich mit Lorenzo
bezüglich der Formalitäten für die Aufenthaltsgenehmigung,

die jedoch laut der Scuola automatisch erfolgen sollte, wenn ich einen Platz bekäme.

Die Selbstverständlichkeit, mit der meine Eltern alles in die Wege leiteten und mich schlussendlich auch noch beide mit dem gemütlichen Citroën in die Schweiz fuhren, ließ bei mir keinen Gedanken an Versagen zu. Das durfte ich weder ihnen noch mir antun.

Wieder überwältigten uns bei unserer Ankunft die Warmherzigkeit und selbstverständliche Freundlichkeit meiner Gastgeber Marleen und Eugen. Dass ich bei ihnen wohnen werde, stand außer Frage. Meine Eltern würden monatlich einen Geldbetrag überweisen für die Kost, aber in welchem Zimmer ich logieren werde, wussten sie nicht, und wenn sie das nicht wüssten, würde es auch keine Logierkosten verursachen. Sicherheitshalber hätten sie aber das Dachzimmerchen für mich wieder hergerichtet, nur für so eine kleine Abstellkammer könne man unmöglich Geld verlangen. Meine Eltern hatten sich in einem Gasthaus in der Nähe für eine Nacht eingemietet, dort gab es köstliches Essen, und wir verbrachten einen vergnügten Abend, an dem wie üblich Lorenzo als Dolmetscher fungierte. Sie wollten diese Reise mit einem Kurzurlaub am Lago Maggiore verbinden. Insgeheim hatte ich sie im Verdacht, sich so lange dort herumzudrücken, bis ich die Prüfung hinter mir hatte. Falls es hieß »Nicht Bestanden«, könnten sie das heulende Elend gleich wieder mitsamt Gepäck abholen und nach Hause verfrachten. Aber laut äußerte ich meinen Verdacht nicht. Es kam ja nicht infrage.

Vier Tage später stiegen meine Eltern morgens in Cannobio, einem Dörfchen auf der italienischen Seite des Lago Maggiore, in ihrem schönen Citroën, fuhren zur Post, wo sie eine Telefonzelle fanden, und wählten die Telefonnummer von Eugen und Marleen. Weitere zwei Stunden später, es war Sonntag, kamen sie mit frischen Brötchen und Croissants bei uns oben am Berg an, wo

Marleen bereits unter den Apfelbäumen ein wunderbares Frühstück mit Eierspeise, Käse, Speck, garteneigenen Tomaten und Gurken, kuhwarmer Milch und duftendem Kaffee hergerichtet hatte. Meine Mutter zauberte eine Flasche Prosecco aus ihrer großen Handtasche, und passende Gläser wurden aus der Anrichte im Wohnzimmer geholt. Wir hatten etwas zu feiern. Nicht nur den Abschied, der meinen Eltern und mir für drei volle Monate bevorstand, sondern vor allem unsere Aufnahme in der Scuola Teatro Dimitri. Wir hatten beide bestanden. Bereits am kommenden Dienstag sollte das Semester beginnen und bis auf eine elftägige Weihnachtspause bis Ende Januar dauern. Nach Weihnachten bekämen wir eine Nachricht der Schule, ob wir die Probezeit bestanden hätten. Eine weitere Zitterpartie. Aber nun galt es erst mal, sich voller Freude und Elan ins Abenteuer zu stürzen. Jetzt war es amtlich, ich begann einen neuen Lebensabschnitt, war auf mich und mein Durchhaltevermögen angewiesen. Es war mir klar, dass es von nun an galt, die Zähne zusammenzubeißen, wenn's hart kam, mutterseelenalleine durch Täler zu schreiten und bei Gipfelbesteigungen erst zu jodeln, wenn ich oben angekommen war. Dieses Studium würde uns viel abverlangen, aber es wäre vor allem ein großer Spaß. Jedem von uns Studenten wird es so gehen, auch Lorenzo. Wir sind zwar füreinander da, aber dürfen uns nicht mit unseren Nöten gegenseitig belasten. Da unsere Bande noch ein zartes, empfindliches Pflänzchen war, hatten wir beide großen Respekt davor, was es mit uns machen wird, wenn wir uns tagtäglich beweisen müssen.

Wir tranken daher auf unseren hoffentlich nie versiegenden Humor, enorme Kreativität, auf vier kräftige Standbeine und die beste Zeit unseres Lebens. Als Geschenk überwies mein Vater die ersten Studiengebühren, die, dank des Umrechnungskurses zum Schweizer Fränkli, ihn leicht taumeln ließen, und dann verließen sie mich. Diesmal stand ich lange winkend am Straßenrand, bis sie aus meinem Blickfeld verschwanden.

11

Dimitri

Als wir pünktlich am Dienstag zu der dreißigköpfigen laut durcheinanderschnatternden Meute stießen, uns begrüßten und vorstellten, fiel mir als Erstes auf, dass bei Weitem mehr Männer die Prüfung bestanden hatten. Gerade einmal acht junge Frauen waren angenommen worden. Ich war die Größte von allen, manche waren fast einen halben Kopf kleiner als ich. Was hieß das? Um Schönheit ging es den Juroren bei der Auswahl wohl auch nicht, wohl eher um Individualität und Charisma. So war unter uns eine kleine Italienerin mit raspelkurzen roten Hennahaaren und einer großen Nase, die zwischen ihrem breiten Mund und den eng stehenden Mausaugen hervorstach. Sie hatte eine dunkle, sehr laute, krächzende Stimme und redete unentwegt. Sie zog alle Blicke auf sich. Auch ich musste immer wieder zu ihr hinsehen. Sie war wahrlich alles andere als attraktiv, aber sie hatte etwas Besonderes. Irgendwie erinnerte sie mich an die Schlagersängerin Rita Pavone. Klein, quirlig, ein bisschen laut und unübersehbar. Ihr Italienisch auch nur annähernd zu verstehen, war schier unmöglich, aber das schien ihr egal zu sein. Lorenzo meinte, sie würde eine Mischung aus Ladinisch und dem bäuerlichen Italienisch aus dem Alto Adige sprechen, das in den Dolomiten gesprochen würde. Auffallend waren auch zwei dünne, langbeinige Nordlichter aus Kopenhagen, die beiden schienen sich seit Längerem zu kennen und klebten an den Lippen eines kleinen muskulösen Franzosen, der ihnen gestenreich, wahrscheinlich hatten auch sie ein

Kommunikationsproblem, etwas über die Gewichtsverteilung des Körpers beim Handstand erklärte. So dachte ich jedenfalls, denn einmal stand er einarmig mit dem Kopf nach unten, um in Sekundenschnelle wieder auf den Füßen zu stehen.

Lorenzo unterhielt sich eine Weile mit einem sympathischen hübschen Jungen aus der Innerschweiz mit Namen Hans-Ruedi, und als ich mich zu ihnen gesellte, erzählte er, dass er von Kindesbeinen an immer wieder seinem Onkel, der beim Zirkus Knie ein sehr bekannter Dompteur ist, zugeschaut und ein wenig assistiert hat. Auch wenn seine Eltern beide einen bürgerlichen Beruf hätten, sei er von dieser anderen Welt infiziert und hätte bereits zu viel Zirkusluft geschnuppert, um einen bürgerlichen Weg einzuschlagen. In welche Richtung es bei ihm gehen könnte, möchte er durch die Ausbildung bei Dimitri erfahren. Sein Traum ist, Clown zu werden. Mit Löwen hätte er auf Dauer nichts am Hut, es reiche ihm absolut, sich selbst als Unsicherheitsfaktor Nummer 1 zu haben, da bedürfe es weder eines wackeligen Hochseils, geschweige denn ein paar Dutzend Reißzähnen. Die blauen Flecken, die er sich beim Stolpern über die Schlappschuhe einfangen würde, kämen ihm gelegen, Clowns wären unter ihren Hosen und Hemden immer gut mit Schonern gepolstert. Sein Schwitzerdütsch hat einen sanften Singsang, mit dem er über die vielen Konsonanten hinwegtänzelt, selbst die vielen CHs kommen weich daher und stehen im Kontrast zu seinem trockenen Humor, mit dem er uns in wenigen Sätzen seinen Lebenslauf erzählt. In diesen paar Minuten, die wir hatten, bis der Theatergong ertönte und sich die Türen zu den Räumlichkeiten der Schule öffneten, hatten wir das Gefühl, gut zusammenzupassen, und freuten uns auf viele gemeinsame Tage.

Unser erster Schultag verlief mit in Adrenalin gepuschter Heiterkeit. Jeder der Absolventen sollte sich vorstellen. Dabei ging es nicht nur darum, woher wir kommen, wie viele Geschwister wir haben und ob wir familiär künstlerisch vorbelastet sind, sondern vor allem darum, warum wir unbedingt Artisten werden wollten. Wir durften auch etwas zeigen, was wir können oder zumindest zu beherrschen glauben. Kein Wunder, dass sich so gut wie niemand traute, etwas vorzuführen. Wenn, dann ging es sowieso schief, und derjenige erntete schadenfrohes Gelächter.

Offensichtlicher Ehrgeiz wurde von Gunda und ihrem Team enttarnt und geschickt in Szene gesetzt. Uns allen wurde an diesem ersten Tag klar, dass wir sehr lange kleine Brötchen backen würden.

Da stand sie, Lilja, stolze Einmeterfünfundachtzig groß, kräftig gebaut und trotzdem behende und geschmeidig, mit lauter Stimme und einem Lachen, bei dem man vorsorglich hinter sich schaute, ob sie damit nicht einen Erdrutsch ausgelöst hatte. Lilja ist unsere Tanzlehrerin. Ihr finnisches Italienisch ist preisverdächtig. Offensichtlich benutzt man im Finnischen eine Grammatik, die mit der italienischen rein gar nichts zu tun hat. Liljas Anweisungen sind so abenteuerlich, dass ich nur raten kann, was sie von uns will. Jedoch traut sich keiner nachzufragen, und da sie unentwegt redet, während sie mit den Füßen stampft, schnauft, in die Hände klatscht und versucht, uns am ersten Schultag den Charme eines finnischen Volkstanzes zu vermitteln, hält jeder die Klappe und konzentriert sich auf ihre Bewegungen und Tanzschritte, um einigermaßen mitzukommen.

Während wir uns gegenseitig auf die Füße treten, anrempeln und schweißtropfend nach 20 Minuten zusammenbrechen, ertönt ihr donnerndes Gelächter, und sie brüllt in makellosem Englisch unter krachendem Beifall, »Gosh, what a big shit you're doing«? Diese Urgestalt einer Wikingerfrau wird uns in den kommenden Monaten, oder hoffentlich Jahren, in

Volkstanz, Stepptanz, Modern Dance, klassischem Ballett und Rhythmus unterrichten. An diesem ersten Tag ahnte ich nicht, wie viel Spaß es mir später machen würde. Mit Grausen erinnerte ich mich an die Ballettstunden in meiner Kindheit, wo es mir schier unmöglich war, mein Gehirn und meine Gliedmaßen zu koordinieren, sodass Bewegungsabläufe und Zählen im Einklang waren. Ich konnte keine Schritte machen, gleichzeitig die Arme in eine andere Richtung bewegen und dazu noch Eins-Zwei-Drei, Eins-Zwei-Drei-Vier-Fünf-Sechs-Sieben-Acht zählen. Es ging einfach nicht! Und nun sollte ich auch noch auf Italienisch zählen! Hinzu kommt noch, dass ich Lilja ja nicht verstand, wenn sie mir gestenreich zu erklären versuchte, was ich mit den Füßen machen soll. Außerdem bin ich eine Mimose, wenn ich das Gefühl habe, ausgelacht zu werden, und bei Lilja konnte ich nicht unterscheiden, ob sie aus Begeisterung oder Verzweiflung lacht. So ging ich des Öfteren auf die Toilette, nicht nur, um einen Schluck Wasser aus dem Hahn zu trinken, sondern auch, um meine Tränen abzuwaschen.

Natürlich bemerkte Lorenzo meine Verzweiflung und versuchte, mich verstohlen in den Arm zu nehmen, aber das wollte ich nicht, nicht hier, nicht vor den anderen und schon gar nicht aus Mitleid. Ich werde den Stier bei den Hörnern packen, nahm ich mir vor, und nachdem ich Lilja in einer Pause von meinen Sorgen erzählt hatte, die mich damit tröstete, dass ich ein gutes Rhythmusgefühl hätte und mich doch einfach nur in die Musik fallen lassen sollte, ging es mir besser. Ich sollte lernen, mit dem Rhythmus zu atmen, riet sie mir, die Beine und Arme würden dann automatisch das Richtige tun. Tatsächlich ging bei mir der Knopf auf, und von Stunde zu Stunde fiel es mir leichter mitzuhalten. Auf einmal konnte ich Arme und Beine gezielt einsetzen und so die Musik oder den Takt unterstützen. »Sorriso, sorriso, tesoro«, rief sie mir zu, »ride bene chi ultimo«. Was so viel heißen sollte wie, »Wer zuletzt lacht, lacht am besten«.

Ich begann sie allmählich zu lieben und freute mich auf jede Unterrichtsstunde.

Ein weiteres, natürlich sehr wichtiges Fach war Acrobata in palestra. Klingt unglaublich aufregend, bedeutet jedoch nur, dass wir Akrobatik in der Turnhalle hatten. Dazu gehören Seiltanz, Turnen, Körperdehnung, Gleichgewichts- und Atemübungen. Meister seines Faches war der wunderschöne, fantastisch gebaute Manfreddo aus Mailand, nach dem sich nicht nur wir Mädchen verzehrten und ihm schöne Augen machten, sondern, wie ich beobachten konnte, auch einige der Jungs. Die restlichen, die kein feuchtes Höschen bekamen, waren entweder neidisch oder eifersüchtig auf ihn. Lorenzo war von allen am wenigsten beeindruckt. Er kannte ihn aus dem Sommercamp vor vielen Jahren, wo er noch ein Hänfling war und sich bei Gunda einschmeichelte, indem er ihr ständig zur Hand ging. Gunda, die nicht blöde war, hat seine Eilfertigkeit genutzt und ihn schuften lassen, bis er schwitzte. So wurde, dank einer Anstellung, in der er sich über Jahre hochdienen musste, aus dem Klappergestell ein Sixpack. Lorenzo fand ihn in Ordnung, amüsierte sich über seine Eitelkeit und traf den richtigen Ton. Abgesehen davon, dass er ein Augenschmaus ist, ist er ein sehr guter und geduldiger Lehrer. Akrobatik ist nicht unbedingt mein Lieblingsfach, da es für mich mit Angst behaftet ist. Ich habe Angst, vom Seil zu fallen. Auch bin ich längst nicht so gelenkig wie manch andere. Die »Rote Zora«, wie wir unsere italienische Kommilitonin nennen, macht mal schnell drei Handstandüberschläge, um danach mit Schwung im Spagat zu landen. Super für sie! Ich kann weder einen guten Handstand, bevor ich mich, ob ich nun will oder nicht, sowieso überschlage, und dann lande ich auf dem Hintern und nicht im Spagat. Jedoch im Laufe der Zeit und mithilfe von Manfreddos sanften und zugleich festen Handgriffen lernte ich auch das. Sein Lob rann runter wie Honig, wenn ich im Spagat landete. Dass es mich gehörig in den Leisten zog, lächelte ich einfach weg. Wenn ich abends heimkam, wartete immer Marleen mit ihren Zauberhänden auf mich.

Am meisten liebte ich den Beginn jeder Akrobatikstunde. Wir stehen dann in einem großen Kreis und atmen. Dabei ziehen wir die Luft ein, zählen innerlich bis fünf, halten den Atem weitere fünf und atmen auf fünf wieder aus. Das steigert sich bis zehn. Dann beginnen wir, in demselben Rhythmus langsam im Kreis zu gehen und atmen auf einen Laut schneller aus. Wir steigern unser Lauftempo und ebenso das Atemtempo. Gegen Ende der Übung sind wir so schnell, dass alle paar Sekunden ein lautes Aaaaaaah ertönt. Dann bleiben wir stehen und atmen langsam mit weit ausholenden Armen ein, strecken die Hände so weit es geht nach oben, um uns nach vorne Richtung Boden zu beugen. Das machen wir insgesamt fünfmal. Danach sitzen wir für mindestens 15 Minuten und machen Dehnübungen, um warm zu werden. Manfreddo ermahnt uns, bei jeder Dehnung gut und tief zu atmen. So lernen wir, peu à peu die Dehnschmerzen wegzuatmen und uns der Übung hinzugeben. Natürlich wie immer mit einem Lächeln, auch wenn's zwickt. Gleichgewichtsübungen folgen anschließend. Wir stehen auf jeweils einem Bein. Stehen wir sicher, nehmen wir das andere Bein in die Hand und strecken es möglichst senkrecht nach oben, dann auf die Seite und schließlich nach hinten. Der Oberkörper soll sich dabei so wenig wie möglich bewegen, ebenso hat ein wackliges Standbein den »Bösen Manfreddoblick« zur Folge. Der Trick ist, sich dabei fest auf einen Punkt vor sich zu konzentrieren, besser noch, ihn sich vorzustellen und alle Geräusche rundherum auszuklinken. Die Übung hat es in sich und tut auch weh, solange die Muskulatur in den Beinen und Füßen noch nicht kräftig genug ist. Fällt man dabei um, kann man sich scheußliche Sehnenzerrungen zuziehen. Die kann keiner gebrauchen, deshalb reize ich so eine Dehnung auch nicht aus und lasse lieber los, bevor ich umfalle. Jedoch auch diese Übung macht Spaß, und alles gelingt von Mal zu Mal besser.

»Stell dir bei jedem Vokal ein Bild vor, beim ›I‹ zum Beispiel ist es ›Die Nuss im Po.‹« Seit ich diesen Satz gesagt bekommen habe, denke ich jeden Tag daran. Besonders bei so Worten wie »Igitt« zweimal kneifen, oder »irrsinnige Hitze« dreimal, »Miniplifrisur« viermal kneifen. Das stärkt die Muskulatur, den Beckenboden, absolut »ohne I«, und die Muschi, »ein I«.
Der Rat kommt von unserer Stimmbildnerin und Phonetiklehrerin Josefine aus Graz. Josefine, die im wahren Leben ein breites, weiches und sehr melodisches Österreichisch spricht, diesen Singsang unbekümmert in ein geradezu perfektes Italienisch einfließen lässt, hat für die anderen Vokale a-e-o-u-ä-ö-ü-ei-eu-au weitere malerische Bilder. So sollen wir uns beim »O« vorstellen, jemand hätte uns in die Magengrube geboxt, beim »Au« den Mund weit aufsperren, weil wir uns gerade den Kopf angehauen hätten, und im Übrigen könnten wir uns vorstellen, was wir wollten, das wäre ihr »wuuaaaschd«. Hauptsache, sie kann die Vokale laut und deutlich hören. Wir könnten uns zudem darauf einrichten, dass wir die Vokale und auch diverse Konsonanten in naher Zukunft auch darstellerisch zum Ausdruck bringen müssten. »Na dann maaaacht's eich schooon aaamal Gedaaanken, iiiii bin gspaaaant.«
Spätestens da wurde mir klar, wie sehr sich die unterschiedlichen Unterrichtsfächer ergänzen, und wenn man jetzt noch das Fach Pantomime dazu nimmt, ergibt das eine runde Sache.

Marcel Marceau, der französische Starpantomime, akzeptierte in den 1970er- und 1980er-Jahren in Europa nur einen Konkurrenten, den in Wien lebenden Samy Molcho. Beide waren so unterschiedlich, wie man es sich nur vorstellen konnte. Der leicht melancholische Pantomime Molcho stammte ursprünglich aus Israel und der schlaksige Marceau aus dem Elsass. Marcel Marceau schickte der Scuola seinen besten Schüler für dieses erste Semester. Jean Jacques, ein spindeldürrer kleiner Mann, war stets ganz in Schwarz gekleidet, was sein Gesicht zum Leuchten brachte, worauf wir uns automatisch sofort fokussierten. Dieses Gesicht war enorm ausdrucksstark. Er ließ uns jeden Gedankengang, den er wie einen Film vor uns abspielte, erraten. Er war ein Meister darin, uns in die Irre zu führen, indem er etwa das Resultat eines Gedankenvorganges vorwegnahm und uns den Weg dorthin am Ende präsentierte. Niemand konnte Hoffnung und Enttäuschung derart präzise darstellen. Ich liebte ihn dafür.

Jean Jacques war so gelenkig, dass er beide Beine hinter die Ohren legen und auf Händen durch den ganzen Raum watscheln konnte. Das würde ich nie im Leben hinkriegen, und so fragte ich ihn, ob diese Übung wichtig für meine Zukunft sei. Er überlegte kurz und meinte dann, es käme darauf an, welchen Berufswunsch ich hätte. In jedem Fall wäre es hilfreich bei der Flucht durch ein schmales Abwasserrohr, oder beim Bergsteigen, da könnte ich in den Rucksack von Lorenzo reinpassen, natürlich auch, wenn wir die Sexualpraktiken des Kamasutras ausüben würden, hierzu könne er mir die Gegenstellung für Lorenzo zeigen. Ich schmiss ihm meine schwarzen Turnlatschen hinterher, während er sich glucksend aus dem Staub machte. Kamasutra hatte ich noch nie gehört, und ich beschloss, die Rote Zora danach zu befragen, bevor ich mich vor Lorenzo lächerlich machte.

Eine seiner Lieblingsübungen, die er uns so gut wie jede Unterrichtsstunde am Schluss machen ließ, war »Mute«, einer der typischsten Marceau-Auftritte. Wir sollten uns eine imaginäre Wand vorstellen. Dazu eine kleine kurze Geschichte erfinden, die die anderen Schüler erraten mussten. Die Wand sollte entweder ein Hindernis oder einen Schutz darstellen. Man kann versuchen, sie zu überwinden, sich an ihr entlangdrücken, dahinter verstecken oder sonst allerlei Blödsinn veranstalten. Um die Größe und Länge der Wand anzuzeigen, sollten wir unsere Hände und Füße benutzen. Er machte mit uns Finger- und Handübungen, um sie gelenkiger zu machen und unser Bewusstsein zu schärfen. Wir lernten, uns so flach zu machen, dass wir quasi in der Wand verschwanden. Den Kopf von einer zur anderen Seite zu drehen, sodass er im selben Winkel wie unsere Schultern stand. Sehr merkwürdig fand ich, dass er keinen Unterschied zwischen Männern und Frauen machte. Der Pantomime sei androgyn, behauptete er, ebenso wie ein Clown. Man sollte sich nicht fragen, wer hinter der Maskerade steckte, es sei immer nur eine Person in einer besonderen Situation zu sehen. Wohin also mit meinen weiblichen Kurven, die waren ja unübersehbar. »Du hast keine«, sagte Jean Jacques. Ich protestierte. Die Rote Zora, die hätte es einfach, die sei ja hinten wie vorne flach wie ein Brett. »Stimmt«, rief Hans-Ruedi und klatschte mir mit flacher Hand auf meinen runden Po. Danach ging die Post ab. Wie ein Haufen junger Fohlen, die man im Frühling aus dem Stall ließ, fielen wir übereinander her. Halb im Spaß und halb, weil man dem anderen schon länger eine verpassen wollte. Irgendwann kam Gunda rein, ließ einen durchdringenden Pfiff ertönen, es würde uns wohl an dem gehörigen Respekt fehlen, uns so aufzuführen. Wir sollten auf der Stelle damit aufhören. Es gäbe genug zu tun, um unsere Aggression abzubauen. Für die am Wochenende anstehende Erntedankfeier musste für den Kamin und das Lagerfeuer noch jede Menge Holz gehackt werden. Auf dem Acker neben dem Haus wollten die Kartoffeln geerntet werden, ebenso die Rüben und Kürbisse, und wir Mädels hatten genug Schnippelarbeiten in der Küche zu erledigen.

Es gibt noch ein Fach, das ich sehr liebe, das jedoch nur gegen Ende des ersten Vierteljahres ein paar Tage auf dem Plan steht: Maskenbau. Eine vierköpfige Gruppe von Maskenbauern zeigt uns, wie man Masken aus unterschiedlichen Materialien baut. Wir sollten eine Maske bauen, die am ehesten unserem Gemüt entsprach. Ich überlegte mir, dass ich in meine Maske gerne etwas Pfiffiges, Verschmitztes einbauen wollte, und beschloss, ein Auge normal groß und das andere leicht zugekniffen zu gestalten. Der Mund sollte sich im Winkel zu dem gekniffenen Auge auch ein wenig nach oben ziehen. Ein nicht ganz einfaches Unterfangen.

Mein Material, so entschied ich mich, waren Gipsbinden, die ich in Schichten übereinanderlegte und sie mir erst einmal auf mein Gesicht klatschte, um einen Abdruck zu bekommen. Die Nasenlöcher werden, damit ich nicht ersticke, vorher angezeichnet und ausgeschnitten. Allerdings soll die Nase ja auch noch dieses Pfiffige unterstützen, und meine eigene Nase ist dafür zu langweilig. Also zog ich an dem sich langsam verfestigenden Gips an der Spitze, um wenigstens eine Himmelfahrtsnase als Grundstock zu haben. Darauf wollte ich dann aufbauen. Leider verschob sich dabei der Mund ebenso nach oben. Nun war der Abstand zwischen Nase und Mund zu gering, und mir blieb nichts anderes übrig, als in den Gips ein Loch zu machen, um den Mund zu öffnen. Blind, wie ich war, musste ich nun warten, bis die Gipsbinden auf der Haut langsam antrockneten und ich vorsichtig alles von meinem Gesicht abheben konnte. Ohne Hilfe hätte ich es sicher zerstört. Als ich sie nun in Händen hielt, sah sie aus wie »Der Schrei« von Edvard Munch. Sie hatte so gar nichts Pfiffiges an sich. Aber irgendwie gefiel sie mir. Am nächsten Tag konnten wir unsere Masken bearbeiten. Löcher ausschneiden für die Augen, die Nase und Mundhöhle charakterisieren, und erst danach wurde sie bemalt. Ich verflachte die Nase wieder, öffnete den Mund noch mehr, schnitt große Ovale als Augen aus. Bemalte die Maske in Hellgrün und färbte die Lippen schwarzgrün. Die Augenbrauen zog ich steil nach oben. Am Ende hielt ich einen zu Tode erschrockenen alten Mann in den Händen. Alles andere als das, was ich beabsichtigt hatte.

Mitte Dezember, gut zehn Tage, bevor unser Vierteljahr sich dem Ende zuneigte, bekam jeder von uns die Aufgabe, eine kurze Aufführung aus dem, was wir in diesen drei Monaten gelernt hatten, zu inszenieren. Was wir machten, blieb jedem selbst überlassen. So spielte ich einen Mann, der etwas Unrechtes getan hat und sich verstohlen vom Acker machen wollte, indem er sich an Hausmauern entlangdrückt, sich immer wieder nach Verfolgern umdreht, über die Mauer klettert und kaum, dass er sich in Sicherheit wähnt, einer Meute gegenübersieht, die er nur damit von sich und seiner Angst ablenken kann, indem er in einen absurden Stepptanz verfällt und am Ende tot zusammenbricht. Mit offenem Mund natürlich. Das Röcheln unter der Maske war lautstark zu hören und entsprach absolut meinem tatsächlichen Zustand. Ich riss sie mir vom Gesicht, nachdem ich gefühlte Minuten am Boden lag, und war absolut überzeugt, Großes geleistet zu haben. »Alora«, sagte Gunda lapidar, und einige meiner Kommilitonen applaudierten vorsichtig. Lorenzo flüsterte mir »superrrrr« ins Ohr, aber er hatte den Mist ja auch schon mindestens zehnmal gesehen und wollte mich sicher nur aufmuntern.

So verließ ich mit sehr gemischten Gefühlen und einer Traurigkeit, die ich mir nur damit erklären konnte, dass ich große Sorgen hatte, die Probezeit nicht bestanden zu haben und somit Lorenzo, seine Großeltern und die Schule auf immer zu verlieren, das Tessin mit kleinem Gepäck. Der Roller und die Koffer blieben dort. Ich wollte mich in jedem Fall, auch wenn ich nicht verlängert wurde, von allem verabschieden. Was danach mit mir geschehen würde, wollte ich mir in Ruhe überlegen. Aber hier, und nicht am Bodensee.

***

Heute, nachdem die vierjährige Ausbildung hinter mir liegt und ich einige tiefe Täler durchlaufen habe, um mich danach kräftig zu schütteln, mein Krönchen zurechtzurücken und erhobenen Hauptes den nächsten Berg zu erklimmen, weiß ich, wie wichtig es war, mit dieser Verunsicherung alleine eines der letzten gemeinsamen Weihnachtsfeste im Haus meiner Eltern zu begehen. Die Erleichterung, die ich empfand, als am 31. Dezember die Nachricht der bestandenen Probezeit aus der Schule kam, ließ mich nur noch ehrgeiziger werden. Ich wollte es richtig gut machen. Meine Eltern sollten stolz auf mich sein. Ich wollte in Konkurrenz mit den anderen treten, wenn's sein sollte, auch mit Lorenzo. Ich wollte weniger auf seine Hilfe angewiesen sein, und dazu musste ich richtig gut Italienisch lernen.

 *Ich wache früh auf. Die Zeit wird mir lang werden. Viel zu tun ist ja nicht. Frühstücken, ein kleiner Morgenspaziergang, in Muße auf den See blicken. Die ersten Sonnenstrahlen genießen. Ich bin ein Sonnenmensch, ich brauche die Wärme und die Sonne als Energiequelle.*

Heute werde ich all meine Kraft brauchen. Ich will klar und voller Liebe sein. Heute ist der lange vorbereitete Tag.

Ich werde erwartet, aber ich bin nur Beilage, oder besser gesagt: geduldet. Ohne mich kommt man womöglich nicht zum Ziel, deshalb wird man freundlich zu mir sein. Man wird Geduld haben müssen. Dieser Satz bringt mich zum Lächeln. Ich will weder schadenfroh noch hinterhältig sein. Meine Lebensumstände lassen jedoch nichts anderes zu, als um Geduld zu bitten. Ich muss klug und vorsichtig sein, den Autor nicht verärgern, ihm das bieten, was er braucht, um einen guten Abgesang zu komponieren. Es ist sicher in seinem Interesse, am Ende gut dazustehen und Brillanz zu zeigen. Ich soll ihm dazu verhelfen.

Ich werde Verwirrung stiften müssen. Ganz langsam nur darf er verstehen, dass ich, die kleine Beigabe, ihm den Stoff liefern werde, den er so dringend benötigt.

Schon im Tessin habe ich meine Garderobe zusammengestellt. Vergangene Woche ließ ich mir noch einmal die Haare so schneiden, wie wir beide sie trugen, bis zuletzt.

Ich trage keinen Büstenhalter mehr, vor Jahren schon fand ich es geradezu lächerlich, diese zwei kleinen, mehr und mehr verschwindenden Hügelchen auch noch speziell zu verpacken. Ein Feinrippunterhemd erfüllt auch seine Pflicht. Im Winter friert man darin nie, und im Sommer nimmt es den Schweiß auf. Eine prima Erfindung, wie ich finde, es sollte Frauen wie Männern ein selbstverständliches Accessoire sein.

Eine eierschalenfarbene Leinenhose, dazu ein lässiges weites, helles Hemd. Meine Füße stecken in gestreiften Espadrilles. Die Augen werde ich hinter einer dunklen Sonnenbrille verstecken. Wenn

er schlau ist, wird er an meiner linken Hand zwei ineinander-
gesteckte schmale goldene Ringe bemerken.

Ich plane, zwei Stunden zu früh an unserem Treffpunkt zu sein,
damit ich mich konzentrieren und auf das Gespräch einstellen
kann. Ich darf die Führung nicht aus der Hand geben. Darf mir
keine Schwäche gönnen. Ich muss die Schlinge um seinen Hals
legen, ihm aber keine Angst machen.

12

Valerie, Lorenzo und Hans-Ruedi

Im Spätsommer, als die Hälfte unserer vierjährigen Ausbildung hinter uns lag, bat Eugen eines Morgens Lorenzo, die reifen Käselaibe von der Alm zu holen, damit sie ins Tal auf die Märkte kamen. Zudem hatten sich einige der Ziegen auf anderes Terrain begeben und würden sich munter an fremden frischen Kräutlein laben. Die Bauern waren »not amused«! Wir hatten gerade ein paar Tage frei, Dimitri war auf Tournee, und da Hans-Ruedi während der Zeit im Tessin blieb, fragten wir ihn, ob er Lust auf Landleben hätte, ich würde ihm auch mein Stübli zum Schlafen zur Verfügung stellen. So zog er bei uns ein.

Den Abschluss des Reifeprozesses eines Käses genau zu erwischen, ist eine Wissenschaft für sich. Eugen käste nun schon mehrere Jahrzehnte und hatte Lorenzo darin unterwiesen. Marleen sammelte für eine Sorte Ziegenkäse ganz besondere Kräuter, trocknete sie, wiegte sie klein, und im Laufe der Reifezeit wurden die Laibe mehrmals in diesen Kräutern gewälzt.

Wenn ich Zeit hatte, begleitete ich sie auf die Alm, es war jedes Mal eine gute Gelegenheit, den Kopf freizubekommen und mit dieser wunderbaren Frau, die ich von Herzen lieb hatte, übers Leben und die Liebe zu reden. Eugen und sie waren fast fünfzig Jahre verheiratet, eine unvorstellbar lange Zeit. Ganz besonders berührend fand ich die Harmonie zwischen den beiden und ihren Humor. Jeder machte sein Ding, ohne dass der andere ihm dreinredete. Sie akzeptierten und respektierten sich mit all ihren Eigenarten, sie nahmen Rücksicht aufeinander und waren sich gegenseitige Stütze. Keinem brach ein Zacken aus der Krone, den Haushalt zu erledigen. Wenn es zu tun gab, dann tat man es einfach, ohne groß darüber zu reden. Die beiden waren stets auf Augenhöhe, aufeinander eingeschworen, fest verankert. Wie sie das geschafft hätten, fragte ich sie einmal. »Langi Leini lasse, Schatzeli«, sagte mir Marleen. Sie hätte Eugen nie hinterherspioniert, auch nicht, als er einmal einige Tage spurlos verschwunden war. Er hätte was zu erledigen, meinte er damals, setzte sich ins Auto und fuhr weg. Erst machte sie sich Sorgen, als er abends nicht heimkam, dann dachte sie nach, und vor allem spürte sie nach. Dabei stellte sie fest, dass sie manches verdrängt hatte. Sie vermutete, dass er eine andere Frau kennengelernt hatte und nun in der Zwickmühle war. Natürlich war sie eifersüchtig und auch ordentlich wütend. Nicht nur auf ihn, auch auf sich selbst. War sie zu feige gewesen, ihn anzusprechen, als er Monate zuvor schon mal verdächtig spät nach Hause gekommen war, oder war sie nur zu bequem und hatte deshalb Scheuklappen aufgesetzt?

Am vierten Tag ist sie dann zornig mit gefülltem Rucksack und Schlafkissen unterm Arm auf die Alm zu ihren Viechern gestapft. Mit ihnen hat sie sich dann gründlich ausgesprochen und einen Schlachtplan entworfen. Als sie dann nach zwei weiteren Tagen im Sonnenuntergang wieder hinunterlief, fand sie zu Hause einen geradezu aus dem Häuschen geratenen Eugen vor und empfand eine herrliche Genugtuung. Ja, er sollte ruhig auch ein bisschen leiden und sich Sorgen machen. Natürlich hat er sie im Laufe des Abends, wo sie ganz selbstverständlich und wie immer Abendbrot herrichtete und einige banale Alltagsdinge daherschwatzte, gefragt, wo sie eigentlich die Nacht über gewesen war? »Weg, so wie du halt auch, zwei Nächte waren es übrigens.« Mehr sagte sie nicht, und er fragte auch nicht mehr.

Danach sind sie sehr behutsam miteinander umgegangen, aber insgeheim müsste sie schon zugeben, dass es sie zwar gewurmt hat, es ihm aber offensichtlich eine Lehre war. Egal wo er war, er ist zurückgekommen, »un des isch d'Hauptsach, Valerie, uf mi Mann isch Verlass«.

Nachdem Hans-Ruedi die erste Nacht bei uns schlief, fuhren wir zu dritt mit Eugens Kastenwagen los. Auf der Laderampe transportierten wir einen Leiterwagen mit einem frischen Ballen duftenden Strohs, allerhand zum Essen und regenfeste Jacken, Hosen und Bergstiefel. Wir konnten mit dem Auto nur bis zu einem Holzabladeplatz hochfahren. Dort parkten wir, holten den Leiterwagen runter, packten das Stroh und unsere Rucksäcke drauf. Den Weg zur Alm konnte man nur zu Fuß bewältigen. Teilweise war der Weg schmal und steil, und zwei von uns mussten schieben, während der Dritte den Wagen zog. Als wir nach knapp einer Stunde endlich auf der Alm ankamen, waren wir fix und fertig. Eigentlich sind es nur 20 Minuten, aber es hatte in diesem Sommer so viele heftige Gewitter gegeben mit kräftigen Regengüssen, dass die Almen zwar voll im Saft standen, dafür jetzt aber eher Sumpfwiesen glichen. Während ich draußen auf der Holzterrasse eine Brotzeit herrichtete, gingen die beiden Jungs in die Käserei. Dort klopften sie die Laibe ab, rochen daran, nahmen schmale Drahtseile und zogen sie von oben ein Stück hinein, um winzige Käseproben zu bekommen. Die kaum sichtbaren Schnittstellen schmierten sie danach wieder zu. Sie passten gut zusammen, die beiden, und ich empfand zu beiden eine enge Verbundenheit. Lorenzo liebte ich. Hans-Ruedi mochte ich, vor allem zogen mich seine körperliche Geschmeidigkeit und sein Charme an. Ich hatte einmal mit Lorenzo darüber geredet, und er meinte, dass es ihm ähnlich ginge, aber dass er mir den Kopf abrisse, wenn ich an ihm naschen würde. Diese Vorstellung brachte mich zum Lachen. Das gefiel mir, so liebte ich meinen Lorenzo noch mehr, herrlich männlich, eifersüchtig, und dabei so kraftvoll und potent. Er, der sonst so einfühlsame, kluge und sanfte Mann, hat diese beiden Seiten.

Jetzt betrachtete ich diese beiden Prachtexemplare. Wie zwei große Käsesachverständige gingen sie die Regale ab. Lasen die Zettel, die an jedem Laib hingen und auf denen stand, seit wann sie da lagen und wie oft sie gedreht wurden. Lorenzo legte eine Schicht Stroh auf den Boden des Leiterwagens, und sie schichteten vorsichtig eine Lage Käselaibe darauf. Die Zwischenräume wurden mit Stroh aufgefüllt, damit die Laibe nicht aneinanderstießen. Dann folgte eine neue Schicht Stroh.

Um die beiden von der Arbeit abzulenken, öffnete ich laut den Schnappverschluss einer Flasche Bier, rief »Prost! Es Galöri, un en guate apetit«, und ging auf die Terrasse raus. Während wir Brotzeit machten, stand die immer noch heiße Spätsommersonne im Zenit. Wir lehnten an der warmen Hauswand, blinzelten verschlafen über die duftenden Wiesen und beschlossen, ein kleines Mittagsschläfchen zu halten. Danach sollten die restlichen reifen Käse in den Leiterwagen gepackt werden, und wir würden nach den blöden verstiegenen Ziegen suchen. »Du bisch es Heidi, i de Geissenpeterr, un de Hans-Ruedi isch de uralti Almöhi!« So ein Satz blieb nicht ungestraft. Mit Gebrüll stürzte sich Hans-Ruedi auf Lorenzo, und unter viel Gelächter kugelten die zwei den Hang hinunter wie Kinder. Ich hatte meine Freude daran. Sah man doch eindeutig bei all dem Übermut, wie ihnen der Unterricht in Akrobatik in Fleisch und Blut übergegangen war. Es gab keine Angst vor Verletzungen, sie fielen weich und gekonnt. Zwischendrin machte der eine einen Handstandüberschlag, dann lief der andere auf Händen den Berg runter, oder sie verkeilten sich und rollten als Kugel weiter. Braun gebrannt und muskulös waren sie ein herrlicher Anblick. Schön wie Adonis, der eine rotblond, der andere braun gelockt. Ich war verliebt und merkte, dass sie das Schauspiel

124

auch für mich veranstalteten. Sie wollten mich locken, wollten, dass ich mitspiele, aber den Gefallen tat ich ihnen nicht. Ich hatte eine wunderbare Privatvorstellung mit Logensitz, den ich um keinen Preis aufgeben wollte. Ich feuerte sie nur an, indem ich Zirkusdirektorin spielte und die Ansage machte und dann tosend Beifall klatschte. Nachdem sie sich vor mir verbeugt hatten, küsste ich sie. Beide. Auf den Mund. Vielleicht zu lang, aber was soll's? Sie dufteten nach würzigem Schweiß. Waren am ganzen Körper feucht. Frisches Gras und Erde klebten an ihnen. Wir umarmten uns. Waren plötzlich ein Körper mit sechs Armen und Beinen, ineinander verschlungen. Wir hielten uns fest, genossen die unbeschwerte Innigkeit. Kaum ein Laut war zu hören, als hätten wir Angst, diesen Zauber zu zerstören. Nur unser Atem war zu hören und irgendwann leises Stöhnen, als wir, langsam und ganz vorsichtig, voneinander abließen. Stumm saßen wir nebeneinander, blickten ins Tal und rauchten. In stillem Einvernehmen schauten wir uns in die Augen, dankbar für dieses Geschenk.

Spät am Abend kehrten wir müde und erschöpft, aber glücklich und zufrieden in unser schönes Steinhaus zurück. Parkten den Leiterwagen in der Scheune, wo ein abgetrennter Raum für die Lagerung des Käses bereitstand. Die Ziegen haben wir auch gefunden, sie eingefangen und auf unsere Alm getrieben, das Loch im Zaun repariert, um dann vorsichtig das Auto hinunterzufahren, damit ja dem Käse nichts passiert.

Marleen und Eugen lobten uns über den grünen Klee, Lorenzo wäre ein fabelhafter Maître fromager affineur, was so viel bedeutete wie, dass er den Reifestand des Käses sowie die Veredelung und Herstellung beurteilen kann, und öffneten eine gute Flasche weiß gekelterten Merlot, ein Rosé aus dem Tessin, den ich besonders liebe. Wir probierten einen kleinen Kräuterziegenkäse mit köstlichem frisch gebackenem Bauernbrot, und dann fielen wir ins Bett.

Diese gemeinsame Woche prägte uns für den Rest unseres Studiums. Unser erotisches Abenteuer jedoch wiederholte sich nicht. Ich gehörte zu Lorenzo, das war beiden Männern klar, da gab es nichts zu buhlen. Die beiden jedoch fanden mehr und mehr zusammen. Sie ergänzten sich in ihrer Begabung. Als wir bei Dimitri lernten, dramaturgisch zu denken und zu arbeiten, wurden wir auch künstlerisch ein Trio. Wie es jedoch oft bei Frauenrollen abläuft, war ich das Objekt der Begierde.

Wir erarbeiteten eine Nummer, in der ich vor den beiden immer weglaufen musste und sie mich mit zwei großen Schmetterlingsnetzen einzufangen versuchten. Dabei hatte ich eine kleine Trillerpfeife im Mund, und während wir übereinanderpurzelten und aufeinander kletterten, musste ich immer, kurz bevor mich einer zu fassen bekam, laut pfeifen und gleichzeitig in der Schrecksekunde fliehen, wobei dann mein »Fänger« auf die Nase flog. Am Schluss saßen wir alle drei nebeneinander auf einer alten Bank, jeder ein Instrument in der Hand, Lorenzo eine Ukulele, Hans-Ruedi eine Trompete und ich die alte Tuba, dann spielten wir ziemlich schräg das Kinderlied »Frère Jacques«. Zum Schluss ließen wir uns, scheinbar ergriffen von unserem musikalischen Talent, vom Toben unendlich ermattet und vom Schlaf übermannt, nach links auf die Bank sinken.

Sie war nett, unsere kleine Darbietung, ein Anfang, weit davon entfernt, eine richtig gute Nummer zu sein, aber wir ernteten von unseren Kommilitonen begeisterten Applaus. Zuversichtlich wie wir waren, wurden wir dank unserer großartigen Ausbildung von Tag zu Tag besser. Wir lernten, was es bedeutete, seinem eigenen Geheimnis als Künstler auf die Spur zu kommen, und wurden ermuntert, auch scheinbar Unmögliches auszuprobieren. Aus unseren Fehlern konnten wir nur lernen. Es war ein schmerzlicher Prozess, aber man hatte uns ja auch keinen Rosengarten versprochen. Wir spielten in den unterschiedlichsten Formationen zusammen. Einmal schrieben wir Mädels eine Solonummer, die sehr akrobatisch war, nur für uns. Die Jungs lachten sich schlapp, und wir waren sehr glücklich. Wir bauten fantastische Masken, lernten, uns selbst zu schminken und uns in Charaktere zu verwandeln, die wenig mit uns zu tun hatten. Waren fleißig im Volkstanz, übten jeder mindestens ein bis drei Instrumente und wurden je nach Schwerpunkt weiter in Pantomime unterrichtet. Es waren enorm anspruchsvolle und kräftezehrende Jahre, eine so intensive Zeit, wie ich sie nie mehr erleben sollte.

Just als ich gegen späten Vormittag in meinen knuffigen Fiat steigen will, bereit, mich auf den Weg zum See zu machen, erreicht mich ein aufgeregter Anruf der Assistentin des Assistenten von der Büroleitung des Chefredakteurs. Dem Autor sei ein dummer Fauxpas passiert.

Nach einem arbeitsreichen langen gestrigen Tag hatte er seinen alten Citroën vor seinem Haus abgestellt und vergessen, das Licht abzuschalten. Es wäre ein älteres Modell ohne automatische Regelung. Nun muss er seinen Nachbarn um Hilfe bitten, dieser stecke jedoch in einem wichtigen Gespräch und er müsse sich eine Viertelstunde gedulden. Demzufolge würde er die Mittagsfähre nicht bekommen. Die Verspätung sei ihm überaus peinlich, unsäglicherweise würde sich das Gespräch um 45 Minuten verzögern. Verzeihung! Und noch mal Verzeihung! Blablabla!

Kurz überlege ich, ob er mich mal kreuzweise... kann.

Wie respektlos, denke ich mir. So etwas passiert einem nicht, wenn man wirklich Wert auf das Gespräch legt. Trottel!

Vielleicht jedoch war er durch etwas abgelenkt beim Aussteigen, füge ich mit gedanklicher Milde hinzu.

Eventuell lügt er, hat verschlafen oder einen Kater und muss sich erst mal zurechtzupfen, was weiß ich?

Ich werde ihn empfangen, aber ich werde ihn bestrafen. Schmoren lassen will ich ihn, mindestens zwanzig Minuten. Mich nicht zu erkennen geben. Er wird sowieso Ausschau nach zwei Personen halten. Er soll ruhig tüchtig erschrecken, unsicher werden, ob sein Gegenüber nicht voller Groll erst gar nicht gekommen ist. Ein Stich, gutes Geld durch Unachtsamkeit in den Wind geschossen zu haben, soll ihn durchfahren. Ich würde es beobachten können. Das würde meine Position noch verbessern. Eine sehr gute Ausgangslage.

Ich mache mich auf den Weg!

128

13

Das bin ich Valerie, 28 Jahre, und ich bin schwanger

Natürlich hatten Lorenzo und ich einmal in einer romantischen Stunde den Gedanken an kleine Clowns in unserem Leben zugelassen, aber doch nicht jetzt! Nicht genau in einem Jahr voller vielversprechender Engagements. Wir leben im Zeitalter der Pille! Wie konnte uns das passieren?

Mein Busen tat plötzlich weh, und ich bemerkte, dass er ein klein wenig größer wurde. Welche Freude, denn allzu viel hatte ich nicht vorzuweisen. Ich war erstaunt, als mir immer öfter übel wurde. Wir mussten so viel planen und überdenken, schrieben und probten an manchen Tagen bis in die Nacht, tüftelten minutiös an unseren Nummern herum, bis wir vor Erschöpfung ins Bett fielen. Wie sollte ich da noch an so etwas denken?

Jeff Raz, ein junger Performer und Pädagoge aus San Francisco, kam während seiner Europatournee auf Einladung von Gunda und Dimitri vor etwas mehr als zwei Jahren zu uns nach Verscio, sah sich einige Tage Talente an, unter anderem auch uns. Er war sehr angetan von der Schule und ihrem Angebot. Gunda versteht es, Menschen zusammenzubringen, und so veranstaltete sie an einem freien Abend ein »Get-together« mit Artisten, die ihm aufgefallen waren und die er kennenlernen wollte. Wir waren dabei, ebenso Hans-Ruedi, denn wir spielten zu dieser Zeit im Teatro eine Reihe von Vorstellungen.

Es war ein großartiger Abend mit vollkommen neuen Impulsen. Jeff erzählte von seinem Traum, eines Tages in San Francisco, wenn er genug Erfahrung gesammelt hätte, ein Clown Conservatory zu eröffnen. Dies sollte eine internationale Performing Art School werden, die alles rund um den Beruf Clown vermitteln sollte. Einen großen Teil der Ausbildung wollte er dem Management widmen, Marketing, Sponsoring, digitale Vernetzung, die in den 80ern in Europa noch in den Kinderschuhen steckte. Hans-Ruedi, der sich sowieso mehr hinter als auf der Bühne sah, war begeistert und wollte unbedingt beim Aufbau dieser Einrichtung mitmachen. Auch Lorenzo und ich bekundeten unser Interesse. So flatterte Anfang des Jahres eine Einladung ins Haus mit der Anfrage, ob wir Lust hätten, für ein Vierteljahr in seine Kompanie zu kommen und zu spielen. Wow, was für eine Offerte! Wir waren noch nie weiter als bis Italien und Frankreich mit unseren Auftritten gekommen. Deutschland war ein schwieriges Pflaster, wo es zwar wunderbare, große Zirkusensembles gab, man sich jedoch für eine lange Saison verpflichten musste, für die wir uns noch nicht reif genug fühlten und zudem auch viel zu neugierig waren, um unsere Fühler nicht in andere Gefilde auszustrecken. Zirkusfestivals gab es wesentlich mehr in Frankreich, Italien und Spanien. Da wollten wir auftreten und Kontakte knüpfen. Amerika jedoch war immer eine ferne Fata Morgana gewesen. Wie sollten wir das Geld für so eine Reise auftreiben? In Jeffs Company würden wir eine Gage beziehen, die jedoch zum größten Teil für Kost und Logis draufgehen würde. Das fanden wir okay, jedoch der Flug sprengte unser Budget. Die paar Fränkli, die wir hier in der Schweiz mit unseren Auftritten verdienten, brauchten wir schlicht für unser täglich Brot, unsere teure Versicherung, Benzin und für Requisiten zum Spielen. Wir lebten sehr bescheiden. Als wir das mit Lorenzos mittlerweile recht betagten Großeltern besprachen, meinte Eugen, er würde zur Bank gehen und eine Bürgschaft für uns leisten. Schließlich stünden hier zwei recht ansehnliche Häuser auf seinem Grund, und da könne man sicher einen Kredit aufnehmen. Den bräuchten wir auch nicht zurückzuzahlen, denn Lorenzo würde eh nach seinem Tod alles erben. Von seinem Tod wollten wir natürlich absolut nichts hören, die Bürgschaft jedoch nahmen wir dankbar an, als die Bank den Kredit genehmigte.

Vor sechs Wochen kauften wir zwei teure Flugtickets, Zürich – San Francisco, mit dreimaligem Umsteigen in London, Grönland und New York.
In New York wollten wir ein paar Tage bleiben, um uns auf dem Broadway umzusehen. Wir hatten ein billiges Quartier in einem Hostel gefunden, das wir gleich buchten. Die Flugtickets sind auf den 11. Mai 1983 ausgestellt, jetzt ist es Februar, und ich bin schwanger. Wir rechneten aus, dass das Kind genau zur Rückreise auf die Welt kommen würde. Blieb die Frage, ob ich hochschwanger in den Flieger durfte. Ich geriet in Panik. Die Alternative wäre, im Juli alleine zurückzufliegen. Oder erst gar nicht hinzufliegen.
Was würde Jeff sagen, wenn Lorenzo mit einer schwangeren Partnerin dort auftaucht? Die Frage war sowieso, was ich dort überhaupt noch machen konnte. Im Mai wäre ich bereits im fünften Monat, bei Beginn unseres Engagements hätte ich schon die Ausmaße einer Kugel. Spagat mit einer Kugel! Sicher sehr hübsch!
Seit einigen Nächten kann ich nicht mehr gut schlafen. Ich finde es so gemein, ungewollt schwanger zu sein. Was mach ich nur? Lorenzo sieht meine Schwangerschaft pragmatisch. Das wäre halt jetzt Fügung, meint er, und es wäre ja auch etwas Wunderbares, vielleicht nicht gerade der günstigste Zeitpunkt, aber wann wäre überhaupt ein guter Zeitpunkt für Kinder? Die kämen doch grundsätzlich immer ungelegen, oderrrrrrrr? Ich

war sauer. Als er dann noch sagte, er hätte mit Hans-Ruedi geredet und der würde mein Flugticket übernehmen, denn er hätte noch nicht gebucht, bin ich laut geworden. Wie kaltherzig und egoistisch er sich benimmt, als wäre es keine gemeinsame Sache, die wir zu entscheiden hätten. Wir haben ja noch nicht einmal darüber geredet, ob wir das Kind überhaupt wollen. Bislang haben wir uns über Elternschaft nie wirklich ausgetauscht. Das ist ein Rieseneinschnitt für unsere Karriere. Nicht nur, dass ich für lange Zeit ausfalle und danach Verantwortung für ein Kind habe, was es mir unmöglich machen wird, wieder richtig in meinem geliebten Beruf als Clownin einzusteigen, es muss ja einer auch gutes Geld verdienen, damit wir uns ein Baby überhaupt leisten können. Lorenzo verdient aber noch nicht genug mit seinen Auftritten. Eugen und Marleen sind beide über achtzig Jahre alt, wir können ihnen den Zwerg ja nicht aufs Auge drücken, wenn wir mal schnell für ein Gastspiel einen Monat weg sind.

Je mehr ich mich nächtelang mit diesem Thema im Bett wälze, desto verzweifelter werde ich. Nachts suggeriere ich mir, dass alles nur ein böser Traum ist. Wenn ich dann schweißgebadet neben dem tief schlafenden Lorenzo liege, übermannt mich eine gehörige Wut auf ihn. Sein Verhalten kommt mir vor, als wäre er an der Schwangerschaft weder beteiligt noch wirklich dafür verantwortlich. Er tut so, als sei es eben Frauenschicksal, in das ich mich dreinzufügen habe.

Heute Morgen, nach einer weiteren schlimmen Nacht, beschließe ich, mich für ein paar Tage auf die Alm zurückzuziehen. Ich muss nachdenken. Marleen kommt mir in den Sinn, als sie mir von ihrer Flucht auf die Alm erzählt hat. Ich muss herausfinden, ob ich bereit bin, auf vieles zu verzichten, und wie tief meine Liebe zu Lorenzo ist, oder ob ich hier in der Schweiz einen Arzt konsultiere, der mir zu einer Abtreibung verhilft. Ich fühle mich unendlich alleingelassen.

Marleen, der wir noch nichts davon erzählt haben, ebenso wenig Eugen, schaut mich seit Tagen befremdet an. Sie scheint auf eine Gelegenheit zu warten, mich zu fragen, was los ist, traut sich aber nicht. Ich beschließe, sie nicht länger im Ungewissen zu lassen und krabble leise aus dem Bett, schlüpfe in meinen Bademantel und Winterstiefel und laufe durch den hohen Schnee hinüber zu ihnen. So früh morgens ist sie meistens schon wach und wurstelt in der Küche. Eugen ist, je älter er wird, mehr der Langschläfer. Also hoffe ich, sie allein anzutreffen. Und tatsächlich, sie ist schon unten und schürt den Kachelofen ein, heißes Wasser brodelt auf dem Herd, und sie schaut mich lieb an. »Na endlich.« Mir kommen sofort die Tränen. Im Arm dieser warmherzigen, lieben Frau kann ich mich gehen lassen, ohne mich schämen zu müssen. Marleen streichelt sacht über meinen Kopf. »I kenn mi scho denke, was es Problem isch, aberrr es is beschtimmt nit so schlimm, wias ussieht, mi Maideli!« Ich schüttle den Kopf, »doch!«, und schluchze noch mehr. Die Stube wird wohlig warm, und der frisch gebraute Kaffee tut gut. Ich erzähle Marleen alles von Anfang an, auch von meiner Wut auf Lorenzo und seiner Haltung.

»Typisch Mann, immer sich us de Affaire ziehe un de Scheuklappe uffsetze. Se glubbet, es got denn vo allei weg.« Marleen hält rein gar nichts davon, dass ich mich auf die Alm zurückziehe. Beide Männer würden es sowieso verhindern. Die Alm ist total eingeschneit, und man kann auch gar nicht einheizen, weil das draußen gelagerte Holz pitschnass ist. Von der dummen Idee soll ich mich mal gleich verabschieden. Sie schlägt vor, erst mal mit Eugen allein zu reden, und dann setzen wir uns heute Abend mal hin und besprechen die ganze Situation. Wenn ich aber lieber zu meinen Eltern fahren möchte, um mit denen zu reden, sollte ich das machen, sie würde das absolut verstehen. Ich hatte es auch schon in Erwägung gezogen, aber dann wieder verworfen. In den letzten Jahren haben meine

Eltern und ich uns so selten gesehen, und wir sind uns unweigerlich ein wenig fremd geworden, sodass ich sie nicht in meine Entscheidung einbeziehen will. Wenn ich das Kind bekomme, brauche ich sie sowieso.

Der Tag zieht sich in die Länge. Ich koche stundenlang Hühnersuppe, draußen stürmt und schneit es, als würde nicht bald der Frühling nahen, sondern gerade erst der Winter Einzug halten. Lustlos arbeite ich an unseren Auftritten für Amerika, und ich habe das Gefühl, dass Lorenzo mir ein wenig aus dem Weg geht. Vielleicht wollte er mich auch einfach nur in Ruhe lassen, aber die Wand zwischen uns ist unübersehbar. Wir müssen unbedingt offen und ehrlich miteinander reden, wenn ich nur nicht diesen Kloß im Hals hätte, so einen beleidigten Kloß, der mir die Kehle zuschnürt und Tränen in die Augen treibt. Ich möchte vernünftig reden und gemeinsam mit Lorenzo überlegen, was für uns beide die beste Lösung ist. Während ich stur im Suppentopf rühre, umarmt mich plötzlich mein Lebensgefährte, fragt, ob das Huhn bald gar ist und ob ich es mit meinen salzigen Tränen gewürzt hätte, das fände er romantisch und er würde langsam verhungern. Seelisch wie körperlich. Dann dreht er mich zu sich herum, schaut mir tief in die Augen und küsst mich sanft.

»Wir machen es so, wie du es für dich entscheidest. Wir sind jung, wir können auch in zehn Jahren noch kleine Clowns bekommen.« Ich kann nur nicken und Tränen kullern lassen, wegen dem blöden Kloß. Irgendwann wird er kleiner, die köstliche, stundenlang vor sich hin köchelnde Suppe wärmt Bauch und Herz, und wir reden. Wir brauchen weder Marleen noch Eugen, denn wir spüren uns wieder als Paar und beschließen, dass wir jetzt erst mal gar keine Entscheidungen treffen, sondern uns noch ein bisschen Zeit geben. Flüge kann man umbuchen. Absagen kann man immer. Wer weiß, vielleicht ist die Schwangerschaft unkompliziert und der Zwerg macht alles mit.

Wo er zur Welt kommt, können wir dann immer noch spontan entscheiden, San Francisco im Pass stehen zu haben, ist immer gut. Wir können wieder lachen, tragen die restliche Suppe hinüber ins alte Haus, erklären kurz, dass zwischen uns wieder alles gut ist, trinken noch Marleens Kräutertee für die Nacht und kuscheln uns gemütlich in unsere Federn.

Fünf Tage später fahren Lorenzo und ich mit Eugens Auto hinunter nach Bellinzona. Ich möchte mich untersuchen lassen, um sicher zu sein, dass alles in Ordnung mit dem Baby und mir ist. Lorenzo wird die Gelegenheit nutzen, um in ein Stofflager zu fahren, denn ich will für uns Kostüme nähen und eine große Wurst, durch die wir beziehungsweise in dem Fall nur er hindurchkrabbelt und allerlei Blödsinn machen wird. Seit ich gestern beschlossen habe, mich untersuchen zu lassen, zwickt es mich im Bauch. Das ist typisch, denn wenn ich Stress habe, und diese Konsultation ist Stress für mich, weil ich nicht einschätzen kann, ob ich es mit einem Arzt zu tun habe, dem ich auch meine Zwickmühle anvertrauen kann, dann sucht sich mein Körper immer eine Stelle aus, an der er mich ärgern kann. Lieber hätte ich einen Hexenschuss, aber diesmal ist es, etwas unpassend, der Unterbauch.

Als ich dann im Arztzimmer stehe, werde ich von Frau Dr. Andrea Scarlotti begrüßt. Ich bin erstaunt. Ich hatte mit einem Mann gerechnet. Der Name Andrea ist in Italien männlich. Die Frau Doktor ist jedoch Österreicherin und trägt den Nachnamen ihres italienischen Mannes. Irgendwie erleichtert es mich. Nachdem sie mich gefragt hat, wie es mir geht, wann meine letzte Periode war, wann ich das erste Mal Symptome wie Übelkeit und Schmerzen in der Brust verspürt habe, ob ich seelisch mit der Situation klarkomme, einen Partner habe et cetera pp., nehme ich auf dem Untersuchungsstuhl Platz.

Meine Gedanken schweifen ab, während sie mich untersucht. Ich sehe mich plötzlich in Amerika leben mit einem entzückenden Baby im Arm, einem Lorenzo, der sich liebevollst um alles kümmert, einen lukrativen Job hat als Schreiner und sehr reichen Familien die Wohnungen einrichtet. An den Wochenenden treten wir beide im kleinen Zirkus der Jeff Raz Company auf. Ich trage das Baby im Tuch an meinem Körper und bekomme allein dafür viel Beifall. Ich spüre, wie stolz ich bin, und begreife, dass immer alles möglich ist, wenn man nur bereit ist, es anzunehmen.

Nun weiß ich es mit einem Mal: Ich werde das Baby austragen, und wir werden eine sehr glückliche Familie. Tränen schießen mir in die Augen, und meine Nase läuft ein bisschen, ich ziehe sie verstohlen hoch. Die Frau Doktor reicht mir ein Kleenex, während sie das Besteck zur Seite legt. »Es tut mir auch sehr leid«, spricht sie leise, »seien Sie nicht zu traurig, Sie sind jung und gesund und werden noch viel Gelegenheit haben, eine Familie zu gründen. Seit wann haben Sie denn diese Schmierblutungen?« Im ersten Moment verstehe ich gar nicht, was sie meint, und frage nach.

»Ich konnte bei der Untersuchung sehen, dass etwas mit dem Baby nicht stimmt und Sie leider mit einem Abgang rechnen müssen.« Mir wird schwindelig. Ich frage, ob Lorenzo vielleicht schon im Wartezimmer ist? Und was ich denn jetzt tun soll? Ob man das Baby denn nicht retten könne, jetzt, gerade, wo ich mich entschieden habe, es zu behalten? Die Frau Doktor erklärt zwei Möglichkeiten. Entweder gehe ich ein bis zwei Tage ins Krankenhaus, oder ich fahre wieder nach Hause, wo ich absolute Ruhe geben und in ein paar Tagen wiederkommen soll. Jedoch nicht ohne vorherige Absprache. Sie gibt mir ein Mittel, das ich sofort einnehmen soll, wenn starke Blutungen oder extreme Bauchschmerzen auftreten. Dann muss ich sofort ins Krankenhaus fahren.

Wie betäubt sitze ich danach im Wartezimmer. Alle möglichen Gedanken rasen durch meinen Kopf. Bin ich eine Hexe und habe es heraufbeschwört mit meinen schlechten Gedanken? Das Baby will mich nicht! Ich wäre eh eine schlechte Mutter. Einer so grenzenlosen Egoistin darf man gar kein Baby anvertrauen.

Bevor ich laut anfange zu schreien und aus der Praxis renne, kommt gottlob Lorenzo. Die Frau Doktor erklärt ihm alles. Danach fahren wir zurück auf unseren Berg. Ich werde auf das Sofa neben dem warmen Kamin gebettet, Marleen bringt mir einen Kräutertee, nachdem sie kopfschüttelnd auf dem Waschzettel die Nebenwirkungen der Medizin gelesen hat. Sie kümmert sich jetzt um mich. Fast jede Frau erlebt so etwas, meint sie. Ich bin so erschöpft und unendlich traurig.

Die Nacht verbringe ich in Lorenzos Armen, immer wenn ich seufze oder etwas tiefer atme, hält er mich noch fester. Ich weiß nicht, was ihm durch den Kopf geht, aber ich spüre seine Enttäuschung und Verzweiflung. Auf so etwas wird man nicht vorbereitet. In dieser Nacht werden wir ein Stück erwachsener. Als ich am nächsten Morgen eine nasse Stelle spüre, weiß ich, dass ich mein Kind verliere. Wir frühstücken alle gemeinsam. Ich dusche, packe ein kleines Täschchen mit Schlafanzug und Zahnbürste ein, und dann fahren wir hinunter ins Krankenhaus.

Es gibt keinen Grund, warum ich bereits heute aus diesem gemütlichen Quartier ausziehen soll. Was zieht mich schon groß zurück ins Tessin? Blumen gießen erledigt der Himmel, und das Haus passt auf sich selbst auf.

Gerne könnte ich noch länger bleiben, versichert mir die Rezeptionistin, das Zimmer ist frei. Somit lasse ich meine Habseligkeiten liegen, packe den Badeanzug und ein kleines Handtuch in einen Beutel, schmiere mir vorsichtshalber Sonnencreme auf Gesicht und Hals und verlasse den Landgasthof Richtung Bushaltestelle. Der Bus nach Küsnacht geht alle halbe Stunde, und noch dazu hält er 50 Meter vor der Badeanstalt, verrät mir Google. Ein paar Wimpernschläge später kommt er auch schon angefahren.

Ich sitze ganz vorne am Fenster.

Der Bus fährt langsam den Berg hinunter. Nach Kuhweiden, vereinzelten Bauernhäusern inmitten von Obstplantagen verändert sich schlagartig das Panorama. Die Stadt ist in Sicht. Ab jetzt bedeutet es etwas, wenn man hier lebt. Die Goldküste des Zürichsees zeigt, was sie hat. Trutzige Betonbauten, so weit das Auge reicht. Kaum Platz für Idylle. Alle Häuser sind dicht an dicht gebaut, kostet doch der Quadratmillimeter schon so viel wie bei uns der Quadratmeter.

Die Bebauung ist ausgereizt bis aufs letzte Fitzelchen Grund, nur einige wenige Holzhäuschen stehen mit verschämt hängenden Geranien etwas windschief zwischen den Prestigebehausungen. Akkurat und gleichzeitig selbstverständlich sieht alles aus, hier wird nicht über Geld gesprochen, hier hat man es einfach. Betont lässig und unprätentiös geben sich die Bewohner, geprotzt wird nicht, man setzt auf Beständigkeit und gute Zukunft. Lediglich die Pandemie versetzte so manchem einen Dolchstoß. Die vollen Praxen der Psychiater suhlen sich in Anerkennung, während verhangene Seelen versuchen, sich aufzurappeln und zu ansehnlicher Form zurückzufinden. Doch dies geschieht hinter vorgehaltener Hand.

Meine Güte, denke ich mir, um wie viel einfacher und gesünder sind wir doch da oben auf unserem Berg gestrickt. Wir haben nie aufgehört zu träumen. Selten ist uns etwas in den Schoß gefallen. Doch wenn uns eine Chance geboten wurde, haben wir sie ergriffen.

Ja, heute werde ich meine Chance auch wahrnehmen, so der Autor nicht noch eine Fähre verpasst und beschließt zu schwimmen. Selbst dafür bin ich gerüstet, dann schwimm ich ihm entgegen.

14

Das sind Wir. Valerie, Lorenzo und Hans-Ruedi. Ich bin 29 Jahre alt

Wir leben auf dem Land, mal wieder! Anders wäre es auch nicht möglich. San Francisco ist wie New York eine Stadt, die nie schläft. Laut, bunt, vielseitig, lustig, brutal.

Die Company hat auf einem Hügel außerhalb der Stadt auf einem alten Landgut vier Häuser und einen Stall angemietet. Das ist unsere Kreativwerkstatt. Auf dem riesigen Gelände wird Ackerbau betrieben, wir bauen unser eigenes Gemüse und Obst an. Dutzende, sich stets vermehrende Hühner laufen frei herum, ebenso Ferkel, Katzen und mehrere Hunde. Sie vermehren sich, wann immer sie wollen, fressen, was sie finden oder von uns bekommen. Die Hühner legen ihre Eier gerne auch auf die alten Sofas und durchgesessenen Rohrsessel im Garten, selbst ein Schuh ist nicht sicher vor ihnen. Sie sind zutraulich und heißen Pinky, Fat Boy, Goldy oder sonst irgendwie, sind manchmal von den Marihuanaschwaden genauso high wie wir, lieben Musik und sind unser bestes Publikum.

Wir leben wie auf einem riesigen Pippi-Langstrumpf-Hof, lassen unserer Kreativität freien Lauf, teilen unsere Ideen, diskutieren alles bis zum Geht-nicht-mehr aus, beschimpfen uns gegenseitig oder loben uns in den Himmel. Jedoch schwebt über all dem Chaos eine schützende Hand, die klare Linien zieht, Grenzen setzt und Ausblicke zeigt. Diese Hand heißt Jeff. Er hat immer seinen großen Traum vor Augen. Er möchte seine Company in alle Richtungen ausbilden. Deshalb gibt es ständig Workshops, wir haben Werkstätten, in denen Zirkuszelte genäht und aufgebaut werden. Wir lernen, wie man Kostüme näht, auf Stelzen läuft und diese selbst zu schreinern und alles Mögliche aus beliebigen Materialien herzustellen. Wir besuchen viele Workshops für Storyboard Writing und Dramaturgie. Ein wichtiger und völlig anderer Zweig ist Management, Marketing und Fundraising. Gut ausgebildet durch unser Studium bei Dimitri, picken wir uns aus Jeffs Angeboten die interessantesten heraus. Ich stelle fest, dass mir das Schreiben von Storyboards, die psychologische Erarbeitung clownesker Abläufe von Hoffnung, Abstürzen, Resignation, Trauer und Fröhlichkeit, enorm viel Freude bereitet. Die Kür von allem jedoch ist Short and Stupid! Dabei spielt der Atem eine wichtige Rolle. Er gibt den Takt an für Pausen. Diese Zehntelsekunden, auf die es ankommt, ob eine Nummer gelingt oder nicht, sind das Spannendste dabei, und ich liebe es, sie auszureizen. Das Objekt meiner Begierde ist dabei Lorenzo. Er ist mein Versuchskarnickel. An ihm probiere ich aus, wann und ob überhaupt ein Lacher sitzt.

Wie ein Dompteur dirigiere ich meinen zahmen Löwen durchs Gehege und bin erstaunt über sein Vertrauen. Natürlich fletscht der Löwe hin und wieder die Zähne, jedoch ist meine Leine lang. Die Kunst besteht darin, dass er sie gar nicht bemerkt, und ihn glauben zu lassen, dass allein er für den Erfolg verantwortlich ist. Insgeheim muss ich darüber grinsen, genieße es jedoch, wenn er gönnerhaft Komplimente einsteckt.

Ich kann gut Regie führen, bin ein guter Spiegel für mein Gegenüber. Oft setze ich mich alleine über Stunden an ein schönes Plätzchen, an dem ich Energie spüre. So habe ich einen Ort gefunden, von dem ich einen weiten, freien Blick auf Landschaft und Ozean habe, an dem mich alte Korkeichen beschatten und wilde Macchia vor ungebetenen Gästen schützt. Damit Lorenzo sich keine Sorgen macht, zeige ich ihm den

Platz und gestehe ihm zu, mich dort, sollte ihn die Sehnsucht übermannen, jederzeit zu besuchen. Schließlich weiß ich nicht im Voraus, wie lange ich manchmal dort sein werde. Das ist mein kreatives Hideaway, wie damals die alte Kiefer.

Viel Zeit, mich zu besuchen, hat Lorenzo eh nicht. Er liebt es, sich in den Werkstätten zu verwirklichen. Er zimmert, sägt, malt, zeichnet, baut mit den anderen die Scheune immer weiter zu einem Theater aus. Irgendwann müssen Vorhänge, Kissen und Abtrennungen genäht werden. Für diese niedrigen Dienste geben sich lediglich zwei Jungs her, ansonsten sind es wir Mädels, die sich bis in die tiefe Nacht hinein bei funzeligem Licht die Augen verderben.

Zudem besucht Lorenzo die Workshops für characters. Hier lernt er, seinen inneren Clown zu finden. Ein schwieriges und auch schmerzvolles Unterfangen. Einige Male bin ich auch in diese Workshops gegangen, aber sie haben in mir den Verlust meines Kindes heraufbeschworen und mich unendlich traurig gemacht. Davor war mir nicht klar, wie tief und einschneidend dieser Verlust für mich ist. Solange ich im Tessiner Familienverbund war, fühlte ich mich beschützt und aufgehoben, hier jedoch bin ich allein auf mich gestellt.

Auch bei Lorenzo stelle ich fest, dass diese Seelenarbeit allerhand bei ihm verändert. Er, der im Grunde hilfsbereit und aufgeschlossen ist, muss sich manchmal distanzieren, weil er dieses fröhliche unbeschwerte Geschwätz von einigen nicht mehr ertragen kann. Zudem stellt er fest, dass ihm das Marihuanarauchen nicht guttut, dass er melancholisch und kraftlos wird. Ich habe ohnehin immer nur die Schwaden eingeatmet, und von den Cookies bekomme ich tagelang Kopfschmerzen. Also lasse ich den Mist sein und trinke lieber dafür ein Glas kalifornischen Wein. Den Clowncharakter, den Lorenzo für sich erarbeitet hat, entnahm er seinem Wesen. Er arbeitete seine Vorzüge und ebenso seine Nachteile klar heraus.

Irgendwann bat er mich, über seine erarbeitete Figur, die man in der Clownwelt »Bibel« nennt, zu schauen und ihm meine Meinung zu sagen. Nicht einfach, denn ich wollte ihn weder beleidigen, geschweige denn belügen. Also mussten wir zuvor ein Regelwerk erarbeiten, um auch zukünftig in der gemeinsamen Regiearbeit aufrichtig und offen miteinander umzugehen. Wir stellten zunächst die Liste der Eigenschaften zusammen, die wir am anderen lieben und schätzen. Danach machten wir eine Liste von den Charakterzügen, die wir nicht schätzen und hinderlich finden, bis zu dem, was wir absolut nicht ertragen können. Dann folgte eine Liste der Punkte, die uns vereinen und die uns trennen. Am Ende fassten wir noch zusammen, wo wir stehen, was wir vom anderen erwarten und wohin unsere gemeinsame Zusammenarbeit führen soll. Wir wollten uns für jedes Thema einen Tag Zeit nehmen, und einen weiteren Tag, um alles zu reflektieren. Lorenzo meinte, ich sollte schon mal in meinem Hideaway Kräuter für die anschließende Friedenspfeife sammeln, und schlug vor, zu der Besprechung Hans-Ruedi miteinzubeziehen, sozusagen als neutralen Schiedsrichter, was er natürlich nicht war, war er doch unser beider Freund. Ich willigte ein.

Das Unterfangen beanspruchte eine volle Woche, weil ja am Ende unser jeweiliges Clowncharakterbild herauskommen sollte, um es dann als Short and Stupid vorzuführen. Ein echter Kraftakt.

In der darauffolgenden Woche lerne ich eine ganz neue Seite an Hans-Ruedi kennen. Nie zuvor hatte er sich unaufgefordert in etwas eingemischt, was ihn nichts anging. Und jetzt forderten wir seine Einmischung ein. Seit wir in Amerika waren, und wenn ich recht darüber nachdenke, eigentlich auch schon in der Schweiz, verlagerte sich seine künstlerische Ambition mehr und mehr weg vom Spiel und hin zum Management. Sosehr er anfänglich unbedingt Clown werden wollte, konnte man im Laufe der Zeit bemerken, dass er nicht wirklich dafür brannte, irgendwann einmal bei den ganz Großen mitspielen zu dürfen. Ich fand ihn hinreißend, sicher auch wegen meiner großen Zuneigung für ihn. Er ist ein guter Beobachter. Außerdem hat er das Talent, Künstler zusammenzubringen, zum richtigen Zeitpunkt und am richtigen Ort. Er kann Festivals kreieren, große Shows veranstalten, sie teuer verkaufen, neue Trends auf den Weg bringen. Er ist ein Jongleur und Spieler. Sein Scharfsinn und seine Intelligenz, gepaart mit einem großen Instinkt, sollten ihn zu einem Macher werden lassen, an dem keiner in der Branche vorbeikonnte. Von Kindesbeinen an ist er mit der Zirkuswelt verhaftet, empfindet großen Respekt für die Leistungen der Artisten. Sein Anspruch an die Kunst ist hoch, und eben nicht minder auch an sich selbst. Seine Kritik ist mitunter messerscharf.

So ist er der perfekte Betrachter unseres Experiments. Natürlich barg es ein Risiko. Nicht, was unsere Beziehung betraf, jedoch stand zu befürchten, dass wir uns künstlerisch auseinanderentwickeln. Es galt, unsere Einzigartigkeit und unsere Talente zusammenzubringen. Wir mussten ausführlich darüber diskutieren, wie wir die unter einen Hut bringen können. Wie wollten wir in Zukunft arbeiten? Wollten wir ein festes Clownpaar werden, die sich die Bälle zuwerfen, ergänzen, nicht mit und nicht ohne einander sein können wie Pat und Patachon oder Dick und Doof?

Oder streben wir jeder eine Solokarriere an? Können wir dann trotzdem oder gerade deshalb ein Paar bleiben? Wie gehen wir mit Erfolg oder Misserfolg um? Hans-Ruedi sollte uns mit seinem klaren Verstand helfen, auf all diese Fragen eine Antwort zu finden.

Also lasen wir laut die Listen vor. Jeder die des anderen. Nachdem die beiden Listen mit den guten Charaktereigenschaften ziemlich gute Laune versprühten und uns milde stimmten darauf, was nicht so toll an uns war bis hin zu unerträglich, war ich dann doch ein wenig von den Socken. Schrieb doch tatsächlich mein Lorenzo, dass meine Ungeduld ihn manchmal schlichtweg auf die Palme bringen könnte.

Außerdem würde ich mich verzetteln und nie wissen, wie viel Zeit vergangen ist, ich müsse lernen, wann man zu zweit spielt, nicht nur nach meinem Rhythmus agieren, sondern den anderen einbeziehen. Ich wäre ihm zu schnell. Bei mir würden die Sachen, mit denen wir spielen, auch immer woanders liegen, jedes Mal müsse er sich vorher erst umschauen. Es ginge halt auch mal um Millimeter, die entscheiden würden, ob der Trick klappt oder nicht.

Ich bin empört! »Wenn hier einer von uns achtsam bei diesen Dingen ist, dann doch wohl ich und nicht du«, werfe ich ein. »Du hast eine total falsche Wahrnehmung! Du bist erheblich langsamer, und daher verpasst du manchmal den Einsatz. Es geht aber bei uns um Tempo und um Witz, short and stupid, my dear!« So, das Süppchen wird jetzt heiß gekocht. Gottlob waren wir nicht allein! Nachdem wir uns über Minuten unsere Empfindlichkeiten um die Ohren pfefferten, kamen wir dank Hans-Ruedis Mediation zum Kern der Sache. Lorenzo will lange ausprobieren, tüfteln, abwägen, verwerfen, von vorn anfangen. Ich glaube, die Dinge schneller und klarer zu sehen, und handle also auch schneller. Für mich läuft etwas im richtigen Tempo oder eben gar nicht, und das spüre ich sofort. Lorenzo jedoch muss ganz bei sich sein und kann nur daraus agieren. Totale Präzision ist das Geheimnis eines guten Artisten und auch eines Clowns. Und wir wollten gemeinsam spielen. Also mussten wir unsere unterschiedlichen Temperamente zusammenbringen.

Als Hand-Ruedi Lorenzo uns nach der konstruktiven Kritik auffordert, sein Shorti zu zeigen, in dem er sich als Clown mit seiner Persönlichkeit darstellt, bin ich zutiefst berührt.

Ich sehe einen sich langsam bewegenden Mann, der ein langes Seil in der Hand hält. Er ist völlig in sich versunken und versucht, das Seil, von dem ein Ende an einem Baum festgebunden ist, an einem etwas weiter entfernten Baum festzumachen. Er wirft es über einen Ast, an dem es hängen bleibt und das Ende mindestens zwei Meter auf den Boden herabbaumelt.

Das Seil hängt durch, und der Mann tritt in der Mitte darauf und zieht es somit auf den Boden. Er balanciert ein, zwei Schritte, verliert das Gleichgewicht, kippt nach hinten in eine Brücke, erwischt das noch baumelnde Stück Seil, zieht es nach unten und hat es nun zwischen den Beinen. Mit unbewegtem Gesicht versucht er nun, sich nach oben zu ziehen. Was ihm wegen seines Gewichtes nicht gelingt. Nur zwickt ihn das Seil in den Popo. Ohne es loszulassen, versucht er, sich aus dieser Misere zu befreien und mit einem Bein darüber zu steigen. Jedoch hängt das Seil zu hoch, und langsam sinkt er mit dem Seil zwischen den Beinen zu Boden. Dort versucht er, sich mit einem Purzelbaum zu befreien. Verfängt sich mit einem Bein im Seil und hängt nun kopfüber, das lose Seil in den Händen haltend, vom Baum herab. Dann sinkt er in Zeitlupe wieder zu Boden, liegt bäuchlings auf dem Seil, zieht erneut am losen Ende, das immer noch über dem Ast hängt. Das Seil springt nach oben, er schaut kurz hinauf, ohne das Gesicht zu verziehen, und stemmt sich in einen Handstand. Er läuft auf den Händen, während er gleichzeitig mit den Füßen das Seil berührt, wackelt einmal mit einem Bein, als ob er herunterfallen würde. Auf der gegenüberliegenden Seite rollt er dann ab, steht auf und verbeugt sich.

Ich bin völlig platt. Das war großartig. Der Clown hat seine Lösung gefunden. Jedoch habe ich nicht gesehen, ob es ihn glücklich gemacht hat. Ich konnte weder Resignation, geschweige denn einen Triumpf erkennen. Das war neu an Lorenzo. Spielte er doch sonst immer facettenreich seine Gemütsbewegungen durch. Jetzt spielte er die Figur ohne eine einzige Regung im Gesicht. Plötzlich verstand ich meinen Liebsten noch besser. Er überträgt seine ganz persönlichen Charakterzüge auf seinen Clown. Lorenzo ist und war vielleicht schon immer lösungsorientiert. Ja, er macht kein großes Ding daraus, wenn etwas schiefläuft. Oft redet er nicht einmal darüber, sondern präsentiert ohne großes Aufsehen die Lösung. Genau wie heute. Und sich freuen, wenn alles geklappt hat, kann er auch, wenn der Vorhang gefallen ist.

Er ist ein Solist. Diese Erkenntnis steht mit einem Mal im Raum. Bislang haben wir beide immer von uns gesprochen. Wir dachten als UNS. Entschieden im UNS. Nun, wo wir alle zu dieser neuen Einsicht gelangt sind, müssen wir darüber sprechen. Ein bisschen tut es mir weh. Alle drei empfinden wir eine gewisse Betroffenheit, denn irgendwie hat keiner von uns mit so einem Ausgang gerechnet. Natürlich steht uns weiterhin in beiden Richtungen alles offen, jedoch muss Lorenzo eine Entscheidung treffen, die sein künstlerisches Leben beeinflusst. Vielleicht auch unser privates Leben, wenn wir beruflich getrennte Wege gehen. Erfolgreicher Clown zu sein bedeutet, internationaler Clown zu sein, weltweit zu arbeiten. Wenn sich Lorenzo für eine Solokarriere entscheidet, bedeutet das für mich, dass er mich abhängt. Es gibt weltweit keinen international dotierten weiblichen Solo-Clown. Im Duo gibt es einige wenige, die auf Augenhöhe mit dem Partner arbeiten; insgeheim sah ich uns beide auf so einem Weg. Wir könnten zweigleisig arbeiten, uns sowohl als Duo als auch als Solisten anbieten. Die Couple-Auftritte müssten genauso stark sein wie unsere Soli, dann könnte es vielleicht klappen, immer zusammen zu sein.

Letztlich bringt es Hans-Ruedi auf den Punkt: Unsere Listen lassen erkennen, dass Lorenzo meine Begabung zur Regie, mein gutes Gefühl für Themen, mein dramaturgisches

Denken und vieles mehr, das für die Erarbeitung einer guten Nummer nötig ist, schätzt. Er betont, wie sicher und aufgehoben er sich bei mir fühlt und er sich gut vorstellen kann, mit mir als Regisseurin und Dramaturgin zu arbeiten. Dennoch möchte er mich nicht gänzlich als Kollegin missen, er sieht sehr wohl gemeinsame Auftritte und auch Solos von mir. Mit Hans-Ruedi als unserem zukünftigen Manager wären wir doch auf einer sicheren Seite.

Diese Erkenntnis hat uns voll erwischt und zugeschlagen. Wir genehmigen uns erst mal ein Bier und setzen uns vor das Haus. Sonnenuntergänge in San Francisco können so unfassbar schön sein und jegliche Traurigkeit, Ärger und Wut vergessen lassen. So geht es auch uns. Schlussendlich sind wir dankbar dafür, auf diese Weise über unser Leben reflektieren zu können. Wir sehen zuversichtlich in die Zukunft. Wir haben uns, und wir lieben uns. Zwischen uns gibt es keinen Neid und keine Eifersucht. Wir können mit wenig Geld auskommen, und wenn wir mal welches haben, bringen wir es freudig unter die Leute. Materielle Dinge sind uns beiden nicht wichtig.

Nach Sonnenuntergang kochen wir gemeinsam, leeren unsere Kühlschränke und brutzeln uns ein wunderbares Abendessen.

Ein paar Tage später erreicht uns ein Telegramm von Gunda. Dimitri hat ein längerfristiges Engagement in New York beim BIG APPLE CLOWN FESTIVAL. Ein russisches Clown-Duo versucht seit Wochen verzweifelt, eine Ausreise- beziehungsweise Einreisegenehmigung zu bekommen, jedoch sitzen sie in Moskau fest, weil irgendetwas mit ihren Papieren nicht in Ordnung ist.

Das Festival beginnt in einer Woche, New York kann nicht länger auf die beiden warten, und so haben sie Dimitri gefragt, ob er einen Ersatz aus seiner Schule kennt. Und da kommen wir zum Zug. Die Reise sowie Unterbringung in New York werden bezahlt, und pro Auftritt und Pappnase gibt es 250 Dollar, zwei

Wochen mit insgesamt zwanzig Auftritten, optional bei Verlängerung kämen in etwa noch mal so viel dazu.

Wahnsinn! Diese Anfrage haut uns um. Welche Frage? Natürlich kommen wir! Lieber heute als Morgen.

Lorenzo ruft die Festivalleitung an. Es ist so aufregend, dass ich losrenne und Hans-Ruedi bitte, bei dem Telefonat dabei zu sein, um gegebenenfalls vertragliche Fragen an ihn weiterzugeben. Lorenzo findet das eine großartige Idee. Bereits im ersten Telefonat tritt Hans-Ruedi als unser Manager auf und verhandelt noch Tagesspesen und eine Pauschale für U-Bahn- und Taxi-Auslagen in New York. Hin- und Rückreise im Linienflugzeug sowie einen Shuttle zum und vom Flughafen. Wir sind sehr stolz auf ihn und versprechen, es finanziell wiedergutzumachen nach unserer Rückreise. Hans-Ruedi winkt ab und sagt, er erwarte ein Champagnerdinner im Sternerestaurant! Zudem sollen wir mal unsere Fühler ausstrecken, ob die dort in Zukunft einen guten Festival- und Eventmanager brauchen. Wenn ja, er stünde zur Verfügung.

Die beiden Tage vor unserer Abreise verbringen wir mit Proben. Wir packen nicht nur unsere Klamottenkoffer, sondern auch eine Kiste mit Requisiten und Kostümen, die als Cargo aufgegeben werden muss. Unsere Habseligkeiten, die wir nicht brauchen, können wir in einem Lagerraum verstauen, da unsere beiden Zimmer in der Zwischenzeit an Gäste vermietet werden. Welch Glück, denn so müssen wir keine Miete bezahlen. Hans-Ruedi begleitet uns zum Flughafen, und dann geht's ab in unser erstes bezahltes Engagement.

Sie ist schnuckelig und unverändert, diese alte Bade-anstalt von Küsnacht. Ich kann mich schon gar nicht mehr daran erinnern, wann ich zuletzt hier war. Der Eingang mit dem Kassenhäuschen stammt sicher aus den 60ern. Man muss erst bezahlen, vorher hat man keine Einsicht. Es ist also nicht möglich, einfach die Lage zu sondieren und dann zu entscheiden, ob die Badeanstalt auch konveniert. Somit verlaufen sich ortsfremde Menschen eher nicht hinein. Hat ja auch was für sich. Es ist nicht überlaufen, die meisten kennen sich oder respek-tieren es, wenn einer nicht so kommunikativ daherkommt. So selten ich auch hier war, ist es doch immer ein absoluter Wohl-fühlort. Zu meiner Freude sehe ich, dass es auch den Kiosk, an dem man Essen, Eis und Getränke und Süßkram kaufen kann, noch gibt.

Ein, zwei Liegen wirken belegt. Auf der Liegewiese liegt eine jun-ge Frau im Bikini in ein Buch vertieft, neben sich einen Kinder-wagen, den sie mit dem großen Zeh schaukelt. Mehr Gäste sind heute noch nicht da. Es ist zu früh am Tag und auch kein Wo-chenende. Eine vormittägliche lauwarme Brise kräuselt die Ober-fläche des Sees. Ich werde darauf verzichten, noch schnell vor dem Interview ins Wasser zu hüpfen, selbst wenn genug Zeit dafür ist. Ich kann besser denken und sprechen ohne Gänsehaut. Ebenso verkneife ich mir den Aperol, der sicher meine Zunge lockert, die ich jedoch im Zaum halten muss. Ein cremiger Cappuccino mit kleinen Schokostreuseln tut bessere Dienste.

Ich entscheide mich für einen Tisch mit drei Stühlen. Zwei ste-hen jeweils an der Längsseite, der dritte mit Blick auf den See. Das soll Lorenzos Stuhl sein, hier wird er sitzen, imaginär bei uns sein und zuhören. Wer weiß, vielleicht tritt er mir auf den Fuß, falls ich ins Plappern komme. Er hat den schönsten Blick, noch kann ich nur ahnen, welcher Blick mir begegnen wird. Eine kleine Angst beschleicht mich. Wird mein Gegenüber höflich sein? Wird er mich ernst nehmen? Werde ich ihn überzeugen können?

Ist er klug und nimmt von meinen Äußerungen das an, was er für einen guten Abschied benötigt? Wird ihm klar sein, dass er keine zweite Chance bekommt? Der Verlag kann mir keinen schludrigen Schnösel geschickt haben, beruhige ich mich. Er darf mich nicht als schrullige Alte einstufen.

Mein erster Satz, mein Einstieg in unser Gespräch wird ausschlaggebend sein, dass er nicht missmutig aufsteht und geht. Bestimmt hat der Autor aus Neugierde diesem Interview zugestimmt. Ich will ihm guten Stoff liefern, seine Fragen aus der Sicht von Lorenzo beantworten. Das kann ich, ich hatte fünfzig Jahre lang Zeit, jedes Zucken, jede Regung, Gedanken, Stimmung meines Mannes zu studieren, und es ist auch in meinem Sinne, ihn mit all seinen Stärken und auch Schwächen wiederzugeben.

Nur bei einer Sache muss ich lügen.

15

Das bin ich, Valerie, 40 Jahre

Lorenzo und ich fahren zum 70. Geburtstag meiner Mutter an den Bodensee. Sie tanzt immer noch Tango! Hat ein Figürchen, dass die Matronen unserer buckligen Verwandtschaft, die gekommen sind, um die Jubilarin hochleben zu lassen, vor Neid Stielaugen bekommen, während Mama Sahnetorte in sich hineinstopft. Am schönsten finde ich an meiner Mutter ihre wunderschönen strahlenden blauen Augen, aus denen immer der Schalk hervorblitzt. Meinem Vater, der nach wie vor noch arbeitet und als freier Ingenieur durch die Welt fliegt, gönnt sie auch nicht das kleinste Speckröllchen auf der Hüfte. Falls er mit so einem kleinen Teil von einer Reise zurückkommt, schleift sie ihn ins Tanzstudio und lässt ihn so lange tanzen, bis die Love Handles verschwunden sind.

Heimlich beobachte ich die beiden. Sie scheinen gut drauf zu sein an diesem Tag. Diese Zahl, sie steht im Raum, liegt dick auf der Torte, hängt über der Eingangstür und hat nichts mit meiner Mutter zu tun. Hoch soll sie leben, an der Decke soll sie kleben! Die Zahl? Oder Mama? Irgendwann hat sie einmal zu mir gesagt, bis zum Vierzigsten musst du alles erreicht haben, danach geht's bergab. Sich selbst hat sie offenbar nicht damit gemeint. Was mach ich jetzt mit meiner Zahl? Ich habe zwar auch ein nettes Figürchen, aber das, was ich erreichen wollte, hab ich nicht erreicht. An Mamas Geburtstag spiele ich, dass ich gut drauf bin, plaudere mit ihr und all den Tanten. Erzähle von unseren großen internationalen Erfolgen, den Reisen, den aufregenden Künstlern, denen wir begegnen, und all dem Halligalli um uns herum. Irgendwann seilt sich mein Vater mit Lorenzo, der bis dahin nicht allzu viel gesagt hat, ab. Als sie nach mehr als einer Stunde zurückkommen, haben sie sich offensichtlich in der Dorfkneipe Mut angetrunken, um den Abend zu überstehen. Jedoch scheint es, als wären sie sich über ihre Männergespräche nähergekommen. Es gab ja auch einiges zu erzählen. Natürlich haben wir uns über die Jahre immer wieder gesehen, jedoch meistens zu einem bestimmten Anlass. Einige Male kamen sie auch zu Gastspielauftritten und im letzten Jahr zum Festival in Avignon, wo sie erstaunt feststellten, dass nur Lorenzo auftrat und ich hinter den Kulissen blieb.

Ich erklärte ihnen damals, wie wichtig für mich die Regiearbeit und das Entwickeln der Nummern sind. Jedoch konnte ich die Fragezeichen auf ihrer Stirn nicht übersehen. Ja, so ist es nun mal. Ich bin Lorenzos Fels in der Brandung, seine Kreativwerkstatt, seine Macherin fürs Berufliche sowie fürs Leben. Ich halte ihm den Rücken frei. Diese Entwicklung kam schleichend, hatte sich jedoch bereits in New York vor elf Jahren angekündigt. Bei diesem Engagement rückte im Verlauf der vier Wochen, in denen wir spielten, auch dank Dimitri der Fokus mehr und mehr auf Lorenzo. Das Management war begeistert von uns, ja, auch von mir, aber vor allem von ihm. Man versuchte, es mich nicht spüren zu lassen. In der Manege standen wir ja zu zweit, jedoch hatte ich sämtliche Antennen ausgefahren. Hatte mit aller Kraft versucht, nicht beleidigt zu sein oder gar neidisch, aber es tat weh und drückte auf meine Stimmung. Lorenzo bemerkte es ziemlich rasch und versuchte, mich aufzumuntern. Ich sollte das nicht so ernst nehmen, in ein paar Wochen würde niemand mehr darüber sprechen, und wir würden darüber lachen. Jedoch kam alles ganz anders.

In New York zum BIG APPLE CLOWN FESTIVAL kamen viele internationale Gäste und Artistenscouts auf der Suche nach Talenten. Jeder Auftritt ist wie eine Premiere, weil man nie weiß, wer Wichtiges in der Arena sitzt. In den letzten Spieltagen kam unser Festivalleiter mit einer Anfrage aus Buenos Aires für ein großes Festival auf mich zu. Ein argentinischer Scout hatte uns gesehen und war total begeistert. Das Festival sollte in sechs Wochen beginnen, also genug Zeit, um zurück nach San Francisco zu reisen, auszuruhen, eventuell eine neue Nummer einzustudieren. Ich hatte bereits für zwei gemeinsame Nummern die Storyboards gezeichnet und mit Lorenzo die Gags angedacht. Hans-Ruedi informierten wir am nächsten Tag, damit er sich mit den Argentiniern in Verbindung setzte. Er war zwar bereits auf dem Sprung nach Spanien, wo er zum ersten Mal alleine ein kleines Clown- und Artistenfestival organisierte, aber für ein paar Telefonate und den Vertragsabschluss hatte er noch Zeit. Wir lebten ja bereits im Zeitalter der digitalen Vernetzung, wenngleich sie in einigen Ländern noch in den Kinderschuhen steckte.

Mit dieser rosigen Aussicht flogen wir einige Tage später von New York ab Richtung San Francisco. Unsere Zimmer waren wieder frei. Wir mussten uns aber überlegen, was wir danach machen wollten. Sollten wir uns von Amerika verabschieden? Es war an der Zeit, sich einen Dauerstandort auszusuchen. Europa war groß und voller Möglichkeiten. Von der Schweiz aus zu den jeweiligen Auftritten zu reisen ist einfacher als aus Amerika. Dort gab es nicht nur Lorenzos mittlerweile sehr betagte Großeltern, sondern auch unser wunderschönes kleines Haus und unsere Heimat. Die Aussicht, auch meine Eltern öfter zu sehen, war ein weiteres Argument. Schon länger träumten wir auch von einer Heimat auf Rädern, die uns zumindest innerhalb Europas zu unseren Spielorten bringen würde. Unser Traum von einem Wohnmobil, in dem wir uns auf die Auftritte vorbereiteten, immer neben den Zirkuswagen stehen könnten und mittendrin im Geschehen zu leben, ohne auf Restaurants und Hotels angewiesen zu sein, erschien uns als Idealvorstellung.

In unsere Vorbereitungen für Argentinien, worauf wir uns besonders freuten – ich hatte mir fest vorgenommen, auf den großen Plätzen der Stadt argentinischen Tango zu lernen und damit meine Mutter zu überraschen –, fiel ein Anruf meines Vaters aus Deutschland, der uns mitteilte, dass Eugen unglücklich gestürzt war und mit einem Oberschenkelhalsbruch in Bellinzona im Krankenhaus lag. Marleen war völlig verzweifelt, weil sie ihn dort nicht besuchen konnte. Sie kann nicht Auto fahren, und mit Bus und mehrmaligem Umsteigen wäre sie Stunden unterwegs gewesen. Deshalb hatte sich meine Mutter auf den Weg gemacht.

Was sollten wir tun? Buenos Aires absagen und heimfliegen? Lorenzo rief Hans-Ruedi in Spanien an, um zu erfahren, wie weit der Vertrag schon vorlag und ob wir da eventuell noch rauskämen? Der Vertrag für Lorenzo läge ihm zur Unterschrift vor, erläuterte ihm Hans-Ruedi, wegen meines Vertrages würde er noch mal nachhaken, er war nicht mitgekommen. Lorenzo erklärte ihm alles und bat ihn, noch zu warten, wir müssten erst einmal mit Marleen und meiner Mutter sprechen. Diese Zeitverschiebung über die Kontinente hinweg erschwerte alles. Insgeheim stellten wir uns schweren Herzens darauf ein, dieses schöne und sicher aufregende Engagement abzusagen. Natürlich war uns klar, dass so eine Chance nicht so schnell wieder kommt, wenn überhaupt.

Am nächsten Tag sprach ich mit meiner Mutter. Sie sagte mir, dass Marleen ihr gar nicht gefallen würde, sie wäre seit dem letzten Besuch erheblich klappriger geworden, man merke ihr ihre 92 Jahre sehr an, und sie sei mit dieser Situation absolut überfordert.

Traurig gingen wir abends zu Bett und beschlossen, am nächsten Morgen in Buenos Aires abzusagen.

Am nächsten Morgen jedoch wartete eine weitere Überraschung. Hans-Ruedi teilte uns mit, dass die Festivalleitung erstaunt darüber war, dass wir zu zweit kommen wollten, denn sie hätten nur Lorenzo als Solisten eingeplant. Ich war sprachlos. Nicht einmal war mir dieser Gedanke gekommen, dass wir nicht als Duo dort auftreten sollten. Mir kamen die Tränen! Ich war wütend! Wieso hatte der New Yorker Festivalleiter mich angesprochen? Wieso spielte er nicht mit offenen Karten? Er hätte mir zwar nicht die Enttäuschung erspart, aber ich hätte mich auch nicht auf dieses Engagement so gefreut. Jetzt war es entschieden. Ich würde mit all dem Gepäck zurück in die Schweiz fliegen, und Lorenzo ergreift die Chance, verdient gutes Geld, und danach würden wir weitersehen.

Doch Lorenzo wollte das nicht. »Nein, kommt nicht infrage, entweder wir fliegen beide zurück oder beide nach Argentinien«, entschied er. Ein Telefonat mit meinem Vater gab schließlich den Ausschlag. Er meinte sehr pragmatisch, es würde völlig genügen, wenn meine Mutter und ich uns um alle Angelegenheiten kümmern würden, Lorenzo dürfe diese Chance nicht verstreichen lassen, danach gäbe es mit Sicherheit umso mehr interessante Angebote für uns. Jetzt aber solle Lorenzo sich um seine Karriere kümmern.

Somit lösten wir in San Francisco alles auf und brachten einen Container auf den Weg.

Wir flogen nicht am selben Tag ab. Der Abschied von einigen unserer Freunde war tränenreich. Eine wunderbare, lehrreiche und unglaublich lustige Zeit war vorbei. Beim Abflug war mein Herz schwer wie ein Mühlstein. Seit sehr Langem hatten Lorenzo und ich uns nicht mehr als ein paar Tage getrennt. Auch das tat weh und verunsicherte mich. Ich hatte Angst, dass er mir nach seiner Rückkehr mitteilen würde, mich beruflich nicht mehr zu brauchen. Ich sollte dann Haus und Hof hüten und Kuchen backen, wenn er mal nach Hause käme. Doch dann, da war ich mir sicher, zumindest während ich im Flieger saß und dummen Gedanken nachhängen konnte, wäre ich weg, so schnell würde Lorenzo gar nicht gucken können, wie ich meine sieben Sachen packen würde.

So sinnierte ich vor mich hin, schwelgte in Erinnerungen und freute mich, meine Mutter zu feiern.

Letztendlich war Buenos Aires für Lorenzo eine gute und wichtige Erfahrung, jedoch war sie nicht nachhaltig und zog erst mal keine weiteren Engagements nach sich. Ein gutes halbes Jahr verbrachten wir damit, Eugen wieder aufzupäppeln und die immer schwächer werdende Marleen zu unterstützen. In dieser Zeit lernte ich durch Zufall über Freunde aus Locarno eine wunderbare, jüngere Frau kennen. Sie hieß Claudia, war von Beruf Musikerin und auf der Suche nach einer Nebenbeschäftigung. Sie war örtlich ungebunden, humorvoll und herzenswarm, konnte anpacken und war bereit, bei Marleen und Eugen einzuziehen und uns somit allen zu helfen. Sie war absolut eine Bereicherung. Die beiden Alten blühten buchstäblich auf. Claudia wohnte in meinem kleinen Dachstübli, und wenn sie morgens aufwachte, blies sie fröhlich in ihre Piccoloflöte aus dem Dachfenster und weckte uns damit. Dann machte sie Frühstück und erledigte alles, was anfiel.

Auch nach dem Tod von Eugen und Marleen ist Claudia aus unserem Leben nicht mehr wegzudenken. Als damals das Haus der beiden plötzlich leer stand, sind Lorenzo und ich dort eingezogen. Unser wunderbares kleines Häuschen überließen wir Claudia. Zum einen aus Dankbarkeit. Der andere Grund heißt Gino. Lorenzo fand Gino im Wald. Ein Welpe, vielleicht vier Monate alt, er hatte noch seine Milchzähnchen. Als er bei uns einzog, fraß er Grissini, rohe Spaghetti und die Vögel, die er fing. Gino war eigentlich gar kein Hund, sondern eine alte Seele auf vier Beinen und einem ewig wedelnden Schwanz. Er zog mit einer Selbstverständlichkeit bei uns ein, als wären wir schon vor hundert Jahren eine Familie gewesen. Er war der Hund und wir seine Verwandtschaft. Er aß, was wir aßen, schlief in unserem Bett, folgte uns auf Schritt und Tritt, und wenn es abends zu lange dauerte, warf er uns vorwurfsvolle Blicke zu. Gino, so war klar, würde gerne im kleinen Haus wohnen bleiben. Autofahren war das Einzige, was er weder vertragen noch leiden konnte. Uns auf Clownfestivals zu begleiten, kam nicht infrage. Also zog Claudia ins Haus und kümmerte sich um Gino.

Claudia hatte für die Kinder auf dem Berg, und mittlerweile hatte es sich bis hinunter zur Stadt herumgesprochen, eine Musikschule aufgebaut. Wir verlangen keine Miete, jedoch eine kleine Gegenleistung. Während unserer Abwesenheit versorgt sie unser Haus, putzt, wäscht, wässert den Garten, repariert Kleinigkeiten und sorgt dafür, dass bei unserer Rückkehr alles in bester Ordnung ist und Gino uns freundlich umwedelt. Stets erwartet uns eine Überraschung. Mal in Form eines Sieben-Gänge-Menüs mit unseren besten Freunden, mal hat sie den alten Apfelbaum gefällt und einen Zwetschgenbaum an seine Stelle gepflanzt – ich sprach zwei Tage nur das Nötigste mit ihr! Einmal hatte sie vergessen, die Schneeräummaschine zu bestellen, damit wir mit unserem Vehikel die Straße hochkamen, da wurden wir einfach unten im Hotel für die Nacht eingebucht und fuhren am nächsten Morgen auf geräumter Straße hoch.

Wir liebten sie, so wie sie eben war. Wir waren eine WG bestehend aus drei Menschen, einem Hund und circa 3000 Quadratmetern Garten mit zwei Steinhäusern.

***

Als die Idee in uns Gestalt annahm, eine fahrbare Heimat zu bauen, suchten wir über Monate das ganze Tessin nach einem etwa sechs Meter langen, circa 2,50 Meter hohen Gefährt ab, das natürlich renovierungsbedürftig, aber nicht schrottreif war. Ein Wohnmobil mit allem Komfort kam für Lorenzo überhaupt nicht infrage. Es sollte ein typischer voralpenländischer Schweizer Schulbus sein. Mit robustem Motor, den er selbst reparieren konnte, einer, der gewohnt war, in den Bergen zu fahren, nach Möglichkeit mit Servolenkung, Allradantrieb und einer Anhängerkupplung, damit wir unseren alten, himmelblauen Roller transportieren konnten. Über Monate haben wir jedes Tessiner Käseblatt durchforstet, jedoch ohne Erfolg. Lorenzo rief jeden Tessiner Busunternehmer an, fragte sogar bei der Polizei nach. Kurz bevor wir aufgeben wollten, ging in einer Kurve hinter unserem Garten das alte Postauto kaputt. Vladi, unser Postler, kam in unser Haus und bat darum, unten bei der Post anrufen zu dürfen, damit ihn einer abholt und die Karre zum Schrottplatz schleppt. Ich sah, wie sich Lorenzos Augen weiteten und anfingen zu blinken, und ehe ich laut »NEIN« schreien konnte, ging er mit dem Werkzeugkasten in der Hand und Vladi im Schlepptau zur Kurve.

Was soll ich sagen, einige Tage später waren wir glückliche Besitzer eines schrottreifen, gaggerlgelben Busses, der zu meiner größten Freude genau vor meinem Küchenfenster geparkt wurde. Mein Freund, der Schreiner, der sich eigentlich besser um seine Profession als Clown kümmern sollte, lag über Monate entweder im oder unterm Bus, sägte und hämmerte in seiner Werkstatt bis tief in die Nacht und raubte uns jeden romantischen Abend. Wenn er dann endlich ins Bett fiel, stank er nach Motorenöl oder Sägespänen und gehörig viel Männerschweiß. Aber er war so glücklich wie lange nicht mehr. Gino schlief seitdem lieber in Claudias Bett, da roch es besser. Weder Claudia noch ich durften den Bus betreten, geschweige denn nachfragen, was er da drin eigentlich machte. Erst als er eine kleine hochmoderne Küchenzeile anschleppte, bat er mich aufzuschreiben, was ich alles benötigte.

Eines Morgens sollte ich Lozenzo unten in Bellinzona gegen Mittag abholen, er wollte mit dem gelben Monster hinunterfahren. Er fragte noch, welche Farbe mir am besten gefiele. Knallrot, sagte ich spontan. Kurz war er schockiert, dann fuhr er los. Doch nach einigen Minuten war ich mir nicht mehr so sicher, eigentlich wollte ich ihn ja nur bestrafen, weil er mich in den Umbau so gut wie gar nicht einbezogen hatte, aber nun war es zu spät. Eine Stunde später rief Lorenzo an. Knallrot ginge absolut nicht, weil der Bus nach Feuerwehr aussehen würde und wir damit nicht herumfahren durften. So ist es dann ein wunderschöner hellblauer Bus geworden, mit neuem Getriebe, Servolenkung, moderner Einbauküche, Schlafzimmer mit Doppelbett, kleinem Duschbad mit Waschbecken und Klo, Garderobe mit edlen Holzeinbauschränken und einem großen Spiegel mit Glühbirnen rundherum – wie in einer echten Theatergarderobe – und einem Wohn-Esszimmer mit Stereoanlage, Internet und Bücherregal. So etwas Schönes hatte ich noch nie gesehen! Am Heck war eine Plattform, auf der mein alter Roller transportiert werden konnte, sodass wir überall mobil waren. Ich schwor Lorenzo daraufhin ewige Treue.

160

16

Valerie, Lorenzo und Claudia

Inzwischen war es Spätherbst. Lorenzo und ich waren von Sommer an auf Festivaltour mit unserem Bus. Wir liebten es, uns auf den Reisen von einem zum anderen Festival für ein paar Tage an irgendeinem romantischen Plätzchen zu verkriechen, unter hohen Bäumen versteckt wild zu campen und alle viere auszustrecken. Es fing im Mai an beim »Festival International de Cirque de Bayeux«, dann folgte Paris mit »Val d'Oise«, danach ging es in die Alpen zum »Cirque Rhône-Alpes à Voiron«, und dann, nach ein paar Tagen zu Hause im Tessin, fuhren wir zum »Festival International du Cirque de Corse«. Hierzu mussten wir hinunter an die französische Riviera fahren, um von Nizza aus mit der Fähre nach Korsika zu gelangen.

Es war ein traumhafter, nicht enden wollender Sommer. Wir hatten aufregende Festivals erlebt, die zum Teil chaotisch verliefen: Abmachungen, die nicht eingehalten wurden, Krankheitsfälle unter den Artisten und vieles mehr, und ich war gut beschäftigt, so manche Aufregung von Lorenzo fernzuhalten, der äußerst empfindlich auf jegliche Störungen reagierte, wenn er sich auf seine Auftritte konzentrierte. Nachdem ich ihn einmal in meiner Verzweiflung laut angeschrien hatte, dass er sich gefälligst zusammenreißen sollte, er wäre die größte männliche Zicke, die mir jemals begegnet wäre, und wir danach zwei Tage so gut wie gar nicht miteinander redeten, vermied ich solche Situationen tunlichst. Ich sprach es zwar nie aus, aber Lorenzos Erfolg, die Art, wie man ihn hofierte, hatten ihn ein bisschen verändert. Obgleich er immer rührend um mich besorgt war, liebevoll und aufmerksam, war er insgeheim zu einer kleinen Diva mutiert. Ich rutschte merklich immer mehr in die Rolle seiner Agentin. Anfänglich standen wir noch im ständigen Austausch mit Hans-Ruedi, doch eines Tages erklärte er, dass es für ihn zeitlich nicht mehr machbar sei, sich um kleinere Festivals in Europa zu kümmern. Wir sollten ihn nicht falsch verstehen, aber uns einen Agenten vor Ort suchen, oder noch besser: uns selbst um Auftritte kümmern. Damit hatte ich die Sache an der Backe.

Lorenzo war begeistert und gab Hans-Ruedi absolut recht. Ja klar, für ihn hatte es nur Vorteile. Er sparte viel Geld, und vor allem lagen ihm Verhandlungen nicht. Er wollte niemanden überzeugen müssen, und schon gar nicht wollte er sich selbst anpreisen. Seine Wortkargheit in der Öffentlichkeit war schon legendär. Er redete nur gerne unter Freunden und in der Familie, da war er lustig und unbeschwert. Unsere Vertretung nach außen überließ er tunlichst mir. Wie jedoch sollte ich einem Festivalleiter, der Lorenzo angefragt hat, erzählen, dass auch ich ein sehr guter Clown bin und gerne auftreten möchte, auch als Solistin. Wie darauf hinweisen, dass ich fast alle Nummern geschrieben und entwickelt habe, dass ich ihn inszenierte und nicht nur seine Agentin wäre. Zugegeben, es machte mir Freude, Gagen zu verhandeln. Weil ich fließend auf Deutsch, Englisch, Italienisch und Französisch parlieren konnte und die Herren am anderen Ende der Strippe nicht genau wussten, mit wem sie es zu tun hatten, konnte ich neben aller Diplomatie auch frech sein. Wenn ich von Lorenzo als einem der interessantesten und begabtesten Clowns der Welt sprach, tat ich es ja als Managerin und nicht als seine Lebensgefährtin. Meine Forderungen waren nie unverschämt oder überzogen. Darauf legte ich großen Wert. »Das Preis-Leistungs-Verhältnis muss stimmen.« Den Satz kannte ich von meinen Eltern.

Doch ich vermisste die Manege. Ich vermisste das Publikum, meinen Seismographen, der mir unmittelbar zeigte, ob ein Gag ankommt oder nicht. Ich wollte so gerne wieder spüren, wie es ist, eine Strecke von Auftritten hintereinander zu haben und sich jeden Abend erneut auf das Publikum einzulassen. Natürlich erkannte ich hinter dem Vorhang hervorspitzend, ob meine Gags ankamen, nur Lorenzo spielte sie auf seine Weise, und ich würde sie ein wenig anders spielen, halt wie Valerie. Solche Gedanken schob ich stets schnell beiseite, denn sie machten mich nur traurig und verbittert, und das wollte ich auf keinem Fall sein. Ich führte ein wunderbares und kreatives Leben mit Lorenzo, ich wurde geachtet und geliebt, wir hatten keine finanziellen Sorgen, konnten uns leisten, was für uns wichtig war. Und wir waren frei. Es lag immer an uns, ein Engagement anzunehmen oder nicht, denn man begann sich um Lorenzo zu reißen, und damit auch um mich, denn an mir kam keiner vorbei. Das war ein kleines Machtgefühl, mit dem ich aber spielerisch umzugehen wusste.

Zirkus ist eine Männerdomäne. Der Zirkusdirektor ist immer ein Mann, Die Zirkuskapelle besteht bis auf ganz wenige Ausnahmen aus Männern. Bei Flying Artists sind es 90 Prozent Männer, die durch die Luft wirbeln, nur beim Vertikalseil und Seiltanz hält es sich in etwa die Waage. Im Löwenkäfig stehen fast ausschließlich Männer, die Damen reichen nur die Peitsche, und lediglich bei Pferdedressuren sieht man oft die Gattin oder Tochter des Zirkusdirektors, die die schönen Tiere durch die Manege lenkt. Und der Clown? Der wird männlich besetzt, er kann schwul sein oder ein Neutrum, heimlich einen Busen haben oder sich die Nägel lackieren, er wird immer als Mann wahrgenommen. Der Weißclown im klassischen Zirkus sowieso, und der dumme August ist geschlechtslos. Ein August halt, aber keine Augusta. Schon bei Shakespeare sind Ariel und

Puck Neutren, sie dürfen einem den Spiegel vorhalten, aber als Wesen, nicht als Mensch. So ist es auch beim Clown im klassischen Sinne. Es gibt jedoch so viele wunderbare, begabte Frauen, die in diese Rolle schlüpfen würden, doch wo sind sie bei den großen internationalen Festivals? Weltweit kann man in den letzten hundert Jahren erfolgreiche weibliche Clowns an einer Hand abzählen. Als ich diese Begabung in mir spürte und besonders während meiner Ausbildung, war ich fest davon überzeugt, diesen völlig veralteten Bann brechen zu müssen. Ich war mir sicher, im Zuge der Emanzipation der Frauen, dass sich diese Domäne bald überlebt. Hatte ich nicht bei Roncalli, bei Cirque de Soleil, bei FlicFlac, bei Eloise ganz neue Strukturen gesehen? Hatte ich den Zug verpasst, oder wir beide? Der Zirkus ist konservativ, trotz der immer gewagteren Sensationen. Grundsätzlich gibt es mehr Frauen, die dort eine Rolle spielen, aber eben nicht in jeder Sparte. In der unsrigen jedenfalls nicht. Hin und wieder, bei kleineren Festivals, werden wir als Duo angefragt, aber niemals ich als Solistin. Somit erfüllte ich an der Seite Lorenzos eine ganz andere wichtige Rolle.

Mittlerweile tickte bei mir die biologische Uhr. Ich wollte jedoch kein Kind in die Welt setzen, dem ich nicht auch eine Kindheit mit festem Freundeskreis, geregeltem Schulunterricht, ein normales Zuhause, wo wenigstens ein Elternteil konstant anwesend ist, bieten kann. Aber wir sind Zugvögel, reisen oft monatelang durch die Lande, wenn Saison ist. In Europa gibt es zwei lange Spielzeiten, eine Winter- und eine Sommersaison. Im Frühling und Herbst gibt es Freizeit, so wir nicht auf andere Kontinente reisen, jedoch nutzen wir diese Zeit für Weiterentwicklung und um Verträge abzuschließen. In dieser Zeit probieren wir viel, verbessern unseren Standard und verbringen viel Zeit damit, im Internet zu schauen, was andere machen. Wir führen lange Gespräche mit Kollegen, loten aus, auf welchen Festivals wir in den nächsten Saisons ein Engagement anstreben sollten, knüpfen neue Kontakte. Wie sollte ich das alles mit Kindern im Schlepptau bewältigen?

Ich musste in Ruhe mit Lorenzo sprechen. Wir beide lieben Kinder, und unter anderen Umständen hätten wir gerne einen ganzen Stall davon. Jetzt mussten wir herausfinden, ob wir auch glücklich wären, wenn Lorenzo allein auf Tour ginge, oft Wochen, manchmal Monate von uns getrennt wäre. Würde ich mich zu Hause als Mutter und Managerin verzetteln und übernehmen? Könnten wir unserem Anspruch weiterhin gerecht werden? Wie sähe unser gemeinsames Leben aus, wenn er zu Hause wäre? Würde er dann die Erziehung der Kinder übernehmen und ich versuchen, mich in irgendeiner Weise zu verwirklichen? Als Clown Doc zum Beispiel, oder in Altersheimen als Bespaßerin? Nicht, dass ich das nicht auch gerne täte, aber ist das mein Weg? Es kamen alle möglichen Gefühle in uns hoch, die nicht nur mir Tränen in die Augen trieben. Wir nahmen uns Zeit. In dieser Zeit gingen wir besonders zärtlich und liebevoll miteinander um. Wir wollten uns nicht verletzen. Diesmal war es nicht Hans-Ruedi, der an unserer Seite war und moderierte, jedoch haben wir eine Freundin, die klug ist, die das Herz auf dem rechten Fleck hat, die sich nur einmischt, wenn man sie nach ihrer Meinung fragt, und die Humor hat: unsere Claudia. Als wir glaubten, so ziemlich alles diskutiert zu haben, luden wir sie an einem Abend zu uns ein.

Es gab Fondue. Wir hatten so unendlich viel Käse in unserem Vorratsraum gelagert. Auch darüber mussten wir mit Claudia reden und über die Ziegen. Doch das ist ein anderes Thema. Claudia hatte aus ihrem Gemüsebeet den ersten Feldsalat mitgebracht und putzte ihn. Lorenzo rührte noch den Käse im Fonduetopf, bis er ganz geschmolzen war, ich schnitt Brot und deckte den Tisch. Bevor wir in Alltagsgeplänkel verfielen, fragte Claudia unumwunden, was uns denn so schwer auf dem

Herzen lag. Sie spürte über dem Käseduft hinweg eine schwer belastete Atmosphäre, die wie eine wabernde Schwade die ganze Küche erfüllte. Lorenzo antwortete in seiner manchmal schwer erträglichen Direktheit: »Wir überlegen, ob wir jetzt Kinder haben wollen, und wollten dich fragen, was du davon hältst.« Am liebsten wäre ich rausgelaufen. Kann er nicht einmal diplomatisch sein? Claudia holte tief Luft. »Jetzt mach ich die Salatsoße, und du stellst das Fondue auf den Tisch, und dann essen wir erst mal. Mit leerem Magen kann man so ein Thema nicht besprechen.«

Zwischen Käsefondue und Rotwein warfen wir uns alle möglichen Bilder zu: Kinder, die nicht zum errechneten Zeitpunkt auf die Welt kommen, Lorenzo im Ausland auf Tour, ich allein in den Wehen! Lebenssituationen mit Kindern, bunt, warm und bereichernd! Gemeinsame Auftritte mit unseren Clownkindern, die natürlich alle sehr begabt sind! Pubertierende Querschläger! Kinderkrankheiten und andere Hindernisse! Danach waren wir genauso klug wie vorher. Jedoch ist Claudia eine smarte Person. An einem Punkt unserer Diskussion stellte sie uns die entscheidende Frage. »Warum wollt ihr Kinder?«

Lorenzo wollte als Erster antworten. Kinder, so meinte er, gehörten einfach zum Leben dazu, er würde ja auch hauptsächlich für Kinder spielen. Außerdem wäre es Tradition in seiner Familie, sich fortzupflanzen, und ohne Kinder gäbe es keinen Nachfolger. Claudia und ich fanden seine Antwort absolut unbefriedigend. Er suchte noch andere Argumente, was die Sache jedoch nicht besser machte.

Nun kam ich an die Reihe. Es fiel mir schwer, meinen Standpunkt zu erklären. Ich wollte niemandem ein schlechtes Gewissen machen. »Ich habe manchmal das Gefühl, nicht vollwertig zu sein«, begann ich vorsichtig. »Es liegt jedoch nicht an Lorenzo, sondern an meiner Situation als Clownin. Die Welt braucht mich nicht. Ich kann viele Gefühle und Sehnsüchte nicht ausleben und übertrage sie immer auf Lorenzo. In letzter Zeit habe ich viel über Kinder nachgedacht, vielleicht wären sie ein Ersatz, damit ich mich ganz fühlen könnte.«

Mir kamen die Tränen, genau das wollte ich vermeiden. Aber ich hatte den Punkt getroffen. Ich schämte mich ein wenig, aber die beiden sagten, es wäre so wichtig gewesen, es auszusprechen, denn dieses Gefühl würde an mir nagen und am Ende unserer Beziehung schaden. Sie bewunderten meinen Mut, und Claudia meinte, dass sie kein Paar kennen würde, das derart offen miteinander umging, und sie wäre sehr stolz, unsere Freundin sein zu dürfen.

Wir ließen jetzt erst mal alles so stehen, würden eine Nacht darüber schlafen und in den nächsten Tagen noch einmal unter uns beleuchten.

Aber wir wollten auch gern mehr über Claudia erfahren. Warum lebt sie alleine bei uns? Es sieht nicht danach aus, dass sich dieser Zustand auch in absehbarer Zeit ändern würde. Hatte sie das Kapitel Liebe für sich abgeschlossen? »Wir öffnen noch ein Fläschchen, und dann packst du mal richtig aus«, sagte Lorenzo und ging in den Keller. Claudia lachte schallend. Das hätten wir wohl besser fragen sollen, bevor wir ihr das Haus angeboten hätten. Jetzt würde sie uns nur das Blaue vom Himmel erzählen, damit wir sie nicht rausschmeißen! Wir beteuerten, richtig gute Lügengeschichten zu lieben! Wir wären jetzt bereit dafür.

Ihre Kindheit wollte sie uns im Schnelldurchgang erzählen. Aufgewachsen ist sie auf einem Bauernhof im Schwarzwald. Sie hat fünf Geschwister und war das verhätschelte Nesthäkchen, Puppenersatz für ihre großen Schwestern, trug alle x-mal geflickten Kleidchen auf, wurde im Leiterwagen aufs Feld mitgezogen, und wenn sie lautstark brüllte, kam immer jemand angerannt, um sie zu trösten. Sie hatte eine wunderbare und freie Kindheit. Die zwei großen Brüder hatten alle versohlt, die ihr zu nahe kamen, und weil sie immer Hunger hatte und von jedem etwas ins Mäulchen gestopft bekam, war ihr Kosename, der ihr bis heute anhaften würde, und dies völlig zu Unrecht, Knödel!

In der Familie wurde viel gesungen und Hausmusik gemacht. Sie hat schon als kleines Mädchen Flöte gelernt und Geige. Später, als sie die Quetsche der Mutter halten konnte, wurde die Ziehharmonika zu ihrem Lieblingsinstrument. Erst hat sie die gängigen Musikstücke in der Volksmusik gelernt und gespielt, aber nachdem sie sich unsterblich und leider unerfüllt in Hubert von Goisern verliebt hatte, war es ihr Traum, in seiner Band mitzuspielen. Der liebe Gott hat es gut mit ihr gemeint, und sie kann recht passabel singen. Als sie jedoch, trotz allerlei Bemühungen, dem Hubert nicht wenigstens vorspielen und vorsingen konnte, ist sie mit Rucksack, Quetsche und einem Säckel Geld, das sie sich auf Hochzeiten, Taufen und Dorffesten erspielt hatte, nach Paris getrampt. Eine Musikfreundin lebte dort in einer WG, in der sie in den ersten Monaten Unterschlupf fand.

In Paris spielte sie in verschiedenen Formationen und verliebte sich in den Pianisten eines Trios, das eine Sängerin für ein Engagement auf einem Passagierschiff suchte. Sie nahm das Angebot an und fuhr drei Monate über die Meere. Der Pianist sei leider ein Depp gewesen und das Trinkgeld, das man ihr zusteckte, musste sie mit allen dreien teilen. In Rotterdam kam es zum Eklat, und sie packte ihre Sachen und ging von Bord. Mit einer Visitenkarte des Cruise Directors fuhr sie ins Büro der Schifffahrtslinie und erkundigte sich nach einem Anschlussengagement auf einem anderen Schiff. Nach einigen Tagen wurde sie sowohl als Garderobiere wie auch als Sängerin und Hupfdohle verpflichtet. Es war sehr lustig, ständig probten sie und studierten neue Arrangements ein. Endlich durfte sie auch wieder als Flötistin und Harmonikaspielerin arbeiten und ist ein halbes Jahr durch die Welt geschippert. Doch auch dort hat sie sich wieder in den falschen Mann verliebt. In Australien ist sie mit ihm von Bord gegangen, sie lebten bei seinen Eltern und haben sich mit Gitarre und Volksmusik in einer gammeligen Kneipe über Wasser gehalten. Nachdem sie herausfand, dass er zwei uneheliche Kinder von zwei verschiedenen Frauen hatte, denen er immer Geld schickte, das er unter anderem von ihrem Ersparten nahm, war sie schlagartig entliebt. Mit Rucksack, Quetsche und leerem Geldbeutel ist sie durch Australien getrampt und als Cherrypickerin und Baumwollpflückerin durchs Land gezogen, bis sie, bevor ihre Aufenthaltsgenehmigung ablief, nach London flog, im Winter, wo es ungemütlich kalt und teuer war.

»Ich bin gute zwanzig Jahre getingelt, viel auf Schiffen, durch die ganze Welt und habe es genossen. Und jetzt hat man mir euch geschickt, und ich bin unendlich dankbar dafür. Ich mag nicht mehr weg, ich will hier meine kleine Schule weiter betreiben. Mich um das Notwendige bei euch kümmern. Ich will da sein, wenn ihr mich braucht, auch, weil mir klar ist, dass auch ihr auf mich aufpasst.«

Auf meine Fragen nach Kindern und einem Partner meinte Claudia, sie hätte nie einem Kind dieses Leben zumuten wollen, das sie führte. Manchmal, wenn sie diese kleinen, Flöte spielenden Kinder unterrichte, bedauerte sie, keine Kinder zu haben. Und wenn sie die Sehnsucht übermannt, würde sie sich einfach in den Zug setzen und in den Schwarzwald fahren, dort gäbe es dann Hardcore mit sechzehn zum Teil schwer pubertierenden Nachkommen ihrer Geschwister. Sie könnte gern einige von ihnen in den Ferien hierher einladen, damit wir mal so richtig Familienleben mitkriegten. Bei der Frage nach einem vermeintlichen Partner druckste Claudia ein wenig herum.

»Gut, ich verrate es euch. Ja, es gibt seit ungefähr einem Jahr einen sehr lieben und gescheiten Mann. Er lebt auf der anderen Seite des Lago, in Italien, aber er ist verheiratet. Er ist Arzt, und ich habe ihn und seine krebskranke Frau vor etwa eineinhalb Jahren an der Promenade von Luino kennengelernt. Dort gibt es ein legendäres Café, und ich habe mich zu ihnen an den Tisch gesetzt.

Wir kamen ins Gespräch, und er konnte gar nicht mehr von mir wegschauen. Es war mir peinlich, zumal ich gespürt habe, dass er so gerne mit mir allein sein würde. Ich weiß nicht, was es war, aber er hat mich tief berührt. Zwischen den beiden war so eine bedrückende Schweigsamkeit, so eine Traurigkeit. Sie genossen die kleine Abwechslung. Als sie gingen, drückte er mir seine Visitenkarte in die Hand, erst später sah ich, dass er seine Handynummer draufgeschrieben hatte. Er sagte, ich solle mich melden, falls ich mal medizinische Hilfe brauchte, er wäre oft auch drüben in der Schweiz bei alten Patienten von früher. Ich bedankte mich und fuhr nach Hause. Ein Wiedersehen erschien mir absolut abwegig. Jedoch bereits eine Woche später traf ich ihn wieder. Ich hatte den beiden von meiner Musikschule erzählt und den Ort erwähnt. Er hat mich gesucht. Er wollte mich wiedersehen. Inzwischen sind wir ein Paar. Leider nur im Geheimen. Ich habe schon oft gedacht, ich muss ihn freigeben, aber er will es nicht, er braucht mich, und wir lieben uns.«

Mittlerweile war es schon nach Mitternacht, wir waren alle erschöpft und beschlossen, den Abend zu beenden, nach so vielen Offenbarungen mussten wir wieder Kraft schöpfen. Wir räumten noch auf, umarmten uns, und jeder ging in sein Bett.

17

Das bin ich, Valerie, 45 Jahre, und wir schreiben den 31. Dezember 1999

Wir sind in London. Ich möchte betonen: nicht unbedingt freiwillig. Eigentlich hatten wir bereits im Herbst geplant, die Jahrtausendwende zu Hause mit einigen wenigen, aber engen Freunden und meinen Eltern zu feiern. Schön und heimelig wäre das gewesen, völlig unspektakulär, dafür mit den Menschen, die uns wichtig sind und mit denen wir im Einklang auf dieses neue Jahrtausend anstoßen wollen. Wie unsinnig es in unserem Zigeunerleben ist, langfristige Pläne zu schmieden, hat sich wieder einmal gezeigt.

Im Oktober wurden wir von Gunda und Dimitri gebeten vorbeizukommen. Also fuhren ein paar Tage später nach Verscio. Sie berichteten uns, dass der Millenium Dome in London eine spektakuläre Silvester-Millenium-Show veranstalten wollte, die weltweit übertragen wurde. Dimitri kümmerte sich um die künstlerische Seite und sollte die besten Artisten, Clowns und Tänzer für die Show suchen. Neben der Gage für die Auftritte wurde eine sechsstellige Summe für die Scuola garantiert. Es war eine Ehre, dass Dimitri uns beide, vor allem natürlich Lorenzo anfragte. So ein Auftritt wäre wegweisend für das neue Jahrtausend.

Bis spätestens Mitte November hatten wir Zeit, eine endgültige Version vorzustellen. Alles klang wie ein freundlich gemeinter Befehl, keine Frage, ob wir dazu Lust und Zeit hätten, schlicht ein »so machen wir das, strengt euch gehörig an, und macht uns keine Schande«.

Bedröppelt fahren wir nach Hause. Nach über dreißig Jahren befinden wir uns in Sippenhaft, so kommt es uns vor. Natürlich fanden wir das Angebot reizvoll, bestimmt wäre die Gage auch sensationell, aber es war ja schließlich auch kein normales Silvester, sondern der Übertritt in eine neue Ära, die, so hofften doch alle Menschen, uns in eine friedlichere und bessere Zukunft führen soll. Stand ein 10-Minuten-Auftritt in diesem unanständig teuren und für meinen Geschmack sinnlosen und unwichtigen Dome überhaupt in irgendeiner Relation zu einem innigen Freundes- und Familienfest? Sollten wir es riskieren, es uns mit Gunda und Dimitri zu verscherzen? Schlussendlich sagten wir zu und machten uns an die Arbeit.

Nachdem nun klar war, dass wir den Übergang in das neue Jahr getrennt von meinen Eltern, Claudia und Federico Riso, der seit nunmehr zwölf Jahren, nachdem seine Frau gestorben war, zwischen seiner Arztpraxis in Italien und dem Tessin hin und her pendelte, begehen würden, haben wir Weihnachten groß gefeiert. Wir feierten und betranken die vergangenen Jahrzehnte und in Vorfreude auf die nächsten Jahrzehnte. Wir backten und kochten, als gälte es das ganze Dorf zu beschenken, was wir dann schließlich auch taten, als wir am 26. Dezember mit Körben voller Pasteten, Käse, selbst gebackenem Brot und Unmengen Hefemännlein und -weiblein in den Häusern unserer Nachbarn erschienen. Letztendlich feierten wir drei volle Tage ausgiebig Weihnachten.

Fröhlich und kugelrund gefressen machten wir uns am 27. Dezember mit zwei kleinen Rollkoffern auf den Weg nach Genf, um nach London zu fliegen. Unsere Kostüme sowie alle Requisiten wurden bereits vor Weihnachten nach London geschickt. Wir mussten uns um nichts kümmern. London bezahlte prompt ohne Rückfragen sämtliche Beträge für Materialien, Handwerker, Arbeitszeit und Fahrtkosten, die wir in Rechnung stellten. Es gab offensichtlich Geld in Hülle und Fülle, sodass

Lorenzo irgendwann sagte, wir wären viel zu bescheiden; ich hätte ruhig noch eine Null an die Gage hängen sollen.

Wir sind in einem wunderschönen, jedoch sehr großen Hotel an der Themse untergebracht. Von hier aus kann man den Dome sehen, wenn man im obersten Stock in der gediegenen Bar am Fenster seinen Martini schlürft. Was wir auch jeden Abend machen. Mal früher oder auch später, je nachdem, wann die Proben und Besprechungen vorbei sind. Dort gibt es auch köstliche Mitternachtssnacks und meinen Lieblingschampagner. Wir haben beide nicht vor, unsere Gagen in Gänze in der Schweiz anzulegen. Ich will mir unbedingt noch ein Kleid aus dem vorigen Jahrtausend kaufen, egal was es kostet, ich gehe zu Vivien Westwood und kaufe mir ein paar der wildesten Plateauschuhe und ein Kleid, über das man sich in Locarno noch das Maul zerreißen wird.

Als wir gestern, am 30. Dezember, bereits am frühen Abend nach unserer Beleuchtungs- und Tonprobe zurück ins Hotel kamen, sagte Lorenzo, er wolle heute mit mir bei einem guten Dinner in einem schönen Restaurant das Jahr ausklingen lassen. Morgen hätten wir keine Zeit für eine besinnliche Minute, Hunderte von wildfremden Menschen würden uns zuprosten und umarmen, ihm würde heute schon davor grauen. Ich war gerührt, hatte ich doch befürchtet, dass ihn seine übliche Nervosität vor einem wichtigen Auftritt bereits heute schon flachlegen würde.

Ich fragte ihn, ob er mutig sei und mich in meinem neuen Kleid mitnehmen würde. Bei der guten Vivienne hatte ich dann doch nichts gekauft, weil ich diese exaltierten Gewänder wahrscheinlich nur beim »Morgenstreich« in Basel hätte anziehen können, und dazu waren sie einfach zu teuer. Jedoch hatte ich einen anderen tollen Designer aus Japan gefunden, ein bisschen billiger, dafür ungemein kleidsam und elegant.

Dazu ein paar todschicke Stiefeletten, über deren Preis ich vorsichtshalber schweig. Ich würde sie die nächsten zwanzig Jahre auftragen, das nahm ich mir vor. Lorenzo hatte seinen feinen Anzug eingepackt, und ich konnte mich zwischen Schlips und Fliege entscheiden. Fliege finde ich immer gut, vor allem, wenn sie bunt ist.

Der Tisch war für 20 Uhr bestellt, und ich hatte sogar noch Zeit, vorher in die Sauna und den Pool zu gehen, mir die Haare zu waschen und eine Schönheitsmaske aufzulegen und mich in aller Ruhe fertig zu machen. Lorenzo erwartete mich unten an der Bar. Pünktlich erschien ich, wie ich fand, umwerfend elegant und außergewöhnlich aussehend. Oh Wunder, Lorenzo saß schon da – und mit ihm, ich konnte es nicht glauben, meine Eltern und Claudia und Federico sowie Hans-Ruedi. Ich schrie vor Freude laut auf und fiel allen um den Hals. So ein Schlingel, warum hat er mir das nicht gesagt?!

»Wir wollten dich überraschen«, meinten die anderen. Hans-Ruedi war über Weihnachten bei seinen Eltern und Geschwistern, und bevor er wieder in die Staaten flog, was sowieso über London ging, wollte er bei uns vorbeischauen. Welch eine Freude! Lorenzo hatte ein schnuckeliges kleines Restaurant in Greenwich ausgesucht. Wir aßen hervorragend, tranken guten Wein, und Hans-Ruedi musste erzählen. Alle redeten wild durcheinander, und als es auf Mitternacht zuging, steuerte ein Kellner mit einem Tablett, auf dem eine Torte mit brennenden Wunderkerzen thronte, unseren Tisch an. Wie kitschig, wie auf dem Traumschiff, dachte ich mir kurz. Er kam direkt auf mich zu. »Hihihi, it's not my birthday«, kicherte ich leicht beschwipst. Ein anderer Kellner brachte Desserttellerchen mit kleinen Gabeln. Ich sollte die Torte anschneiden. Als ich das Messer ansetzte, entdeckte ich ein kleines Kästchen in der Mitte der Torte. Darin lag ein Ring mit einem roten Rubin, umgeben von kleinen glitzernden Brillanten. Diesen Ring habe ich an

Feiertagen manchmal an Marleens Hand bewundert. Sie hatte ihn von ihrer Mutter geerbt. Demnach war er sehr alt und immer noch wunderschön. Ich schaute Lorenzo fragend an. In den nächsten Minuten bekam ich die schönste Liebeserklärung. Er sagte, ich wäre die Liebe seines Lebens. Dieses hundertprozentige Vertrauen, das er in mich haben würde, beruhe auf der Sicherheit, dass ich immer an seiner Seite bin. Er hätte nun über 25 Jahre fast täglich morgens in mein verschlafenes Gesicht gesehen, sich über jedes neue Fältchen gefreut, sich gewundert, weil ich ihm seine Morgenmuffelei nicht ausgetrieben habe, und er wäre es leid, mich jedes Jahr wieder zum Einwohnermeldeamt fahren zu müssen, damit ich meine Aufenthaltsgenehmigung erhielt. Also gäbe es nur eine Lösung, und damit ging er vor mir auf die Knie: »Magscht du mi Eigenbrödler endlich amal zum Mann nehma?«

Oh mein Gott, damit hatte ich nicht gerechnet, und ich war sehr froh, so elegant dabei auszusehen! Dass Lorenzo alles so stilvoll und geheim arrangiert hat, jeder an Weihnachten seinen Mund gehalten und das Spiel mitgespielt hat, machte mich völlig fertig. Erst als meine Mutter meinte, ich sollte Lorenzo doch eine Antwort geben und ich aus vollem Herzen »Ja« gesagt hatte, »ich will deine Frau sein und bleiben«, ihn küsste und so unendlich dankbar war, verstohlen ein paar Tränchen aus den Augen wischte, bevor sie mein Make-up ruinierten, konnte ich wieder lachen. Lorenzo hatte auch schon im Januar den Termin beim Standesamt in Locarno gebucht, dort lag bereits meine Geburtsurkunde, die meine Eltern an Weihnachten mitgebracht hatten, und so würde ich im neuen Jahrtausend als Schweizerin durch die Welt gehen.

Die Millenium-Show war ein einziges, großes Tamtam, unser Auftritt ganz passabel, jedoch fühlte ich mich wie auf einem anderen Stern und schwebte förmlich. Der Scuola brachte der enorme Einsatz von Dimitri und Gunda über 200 000 Franken ein. Dimitri genoss nun weltweit eine respektable Anerkennung, und sie rannten ihm die Bude ein.

Lorenzo und ich bereiteten uns auf die Frühjahrstournee vor.

Viertel vor elf sagen die Zeiger meiner Armbanduhr, einer Chronoswiss Edelstahl mit Mondphase. Lorenzo hatte sie sich eigentlich nur wegen dieser Spielerei gekauft. Jetzt trage ich sie seit fast zwei Jahren. Eine Männeruhr, viel zu wuchtig und schwer für meine Handgelenke. Sie ist meine Uhr für besondere Tage, sie gibt mir Zuversicht und Sicherheit. Ich besitze ansonsten nichts Wertvolles, unsere beiden goldenen Eheringe, ja! Und meinen Verlobungsring!

Viertel vor elf! Ich habe jede Menge Zeit, um hier am See anzukommen. Der Autor wird nicht vor zwölf erscheinen.

Ich tauche meine Oberlippe in den kühlen Schaum meines Cappuccinos, habe ein Menjoubärtchen, das ich langsam und genüsslich mit der Zungenspitze ablecke. Kurz ärgere ich mich, dass ich nicht einen der vielen Theaterbärte mitgenommen habe. Nicht eine Sekunde habe ich mit dem Gedanken gespielt, er sein zu können. Warum habe ich das nicht in Erwägung gezogen, es wäre zwar ein Risiko, aber es wäre doch einfacher gewesen? Maulfaul könnte ich sein, nur das Nötigste preisgeben, ein wenig genervt und arrogant wirken. Dem Autoren Angst einflößen. Lorenzos Ruf eilt ihm ja voraus.

Wann fing das eigentlich an? Kam es schleichend? Hat er nicht eigentlich schon immer gerne andere reden lassen? Habe ich es ihm nicht verdammt einfach gemacht? Ich wollte ihn entlasten, beschützen, verteidigen vor denen, die ihn in Beschlag nehmen wollten. Mir war es immer ein wenig peinlich, wenn er den Mund nicht aufbekam.

Es war mir wichtig, dass er nicht unsympathisch rüberkam, man sollte ihn respektieren und lieben, gerade wegen seiner Eigenarten. Vielleicht täuschte mich meine Wahrnehmung, und ich war übergriffig mit meinem Geplapper. Bestimmt haben wir es beide nicht bemerkt, je lauter und lebhafter ich wurde, desto stiller wurde er. Irgendwann verstummte Lorenzo in Gegenwart fremder Gesellschaft. Ich mochte dieses Sich-selbst-darstellen-müssen

177

auch nie, aber trommeln gehört zum Gewerbe, also gab ich mein Bestes.

Wie lebendig und agil konnte er jedoch sein, wenn wir mit Kollegen und Freunden zusammen waren. Charmant und sprudelnd, wenn die richtigen Themen kamen. Er konnte ein wunderbarer Gastgeber und Koch sein, gesellig bis zum Morgengrauen. Dann wieder verzog er sich in seine Werkstatt oder ins Vehikel. Eine bleierne Schwere umgab ihn.

Ich tauche aus meiner Erinnerung auf. Erneut schaue ich auf die Chronoswiss, ein paar Minuten sind vergangen. Meine Tasse ist leer. Vorsichtig schaue ich mich um, ob nicht der Autor irgendwo verloren herumsteht. Vielleicht sollte ich doch schwimmen gehen? Jedenfalls ziehe ich schon mal vorsorglich die Schuhe aus.

18

Die Eidgenossin

Zwischen London und dem Termin auf dem Standesamt blieben mir gerade 23 Tage, um mich auf den Eignungstest vorzubereiten, den ich bestehen muss, um eine echte Schweizerin zu werden.

Das Ganze war, gelinde gesagt, eigentlich ein Witz. Nun lebe ich bereits über zwanzig Jahre im Tessin, unterbrochen von den Auslandsaufenthalten in Amerika, sprach sowohl Italienisch wie Schwyzerdütsch fast fehlerfrei und sollte der Einwanderungsbehörde vom Kanton Tessin beweisen, dass ich Lorenzo nicht aus spekulativen Gründen heirate, weil ich in Wirklichkeit ein Steuerflüchtling bin.

Wir hatten ja wirklich gehörig viel zu tun mit unserer Vorbereitung der Frühjahrstournee, und nun musste ich auch noch Schweizer Geschichte büffeln. Wie, wann und wo kam es zur Gründung und Verbund der heutigen Schweiz? Wo wurde der Rütlischwur geleistet und von wem? Hat der Tell den Apfel wirklich abgeschossen? Oder nur den Vogel? Wie viele Kantone gab es damals und heute? Wo spricht man welche Sprache? Ich sollte einen dreißigseitigen Fragenkatalog über mein Verhältnis zur Schweiz, der Bevölkerung und zum Grund meines Einbürgerungsantrags ausfüllen. Zum Thema Heirat gab es erneut einen ganzen Fragebogen, in dem es unter anderem darum ging, ob ich regelmäßigen Geschlechtsverkehr mit meinem zukünftigen Gatten habe. Ich war kurz geneigt zu schreiben: Nein, bin noch Jungfrau!

Nach Abgabe des Antrags bei dem Amt der Einwohnerkontrolle in der Via Sara Frontini 1 in Viganello fragte mich die unfreundliche Beamtin, ob ich als »straniera« bereit für eine Integration wäre und ob ich mich bereits auf Arbeitssuche gemacht hätte.

Ich konnte nicht an mich halten und fragte auf Italienisch mit Tessiner Klangfarbe und einigen dütschen Worten garniert, ob sie denn hier in der Città di Lugano als Controlla abitanti schon einmal von der anderen Seeseite in Verscio vom Teatro Dimitri gehört hätte; da hätte ich nicht nur studiert, sondern würde dort häufig als protagonista e regista sowie organizzatrice e autrice in Erscheinung treten. Kalt lächelnd erwiderte sie, dazu hätte sie leider keine Zeit, denn nur zu oft müsste sie noch eine unangekündigte persönliche Konsultation durchführen. In meinem Falle könne sie diese ebenfalls nicht ausschließen. Dann flötete sie mir charmant »Arrivederci« zu und komplimentierte mich nach draußen.

Na super, das lief ja fabelhaft. Nun muss ich mich auch noch mit Lorenzo über unsere Tagesläufe absprechen und auf welcher Seite im Bett er schläft, wo seine Zahnbürste steht und wer seine Socken wäscht und vor allem, wie oft! Gegebenenfalls würden wir getrennt interviewt werden, und falls sich unsere Aussagen in wichtigen Punkten, zum Beispiel dem Geschlechtsverkehr, widersprechen sollten, könnte man uns die Heirat versauen.

Lorenzo fand den ganzen Zirkus einfach nur zum Lachen. Ich hingegen nahm es ernst, denn ich freute mich darauf, unsere Beziehung zu legalisieren, und dafür muss man sich schweizkonform bewegen. In jeder freien Minute betete ich die Schweizer Geschichte und unsere eigene herunter. Nervte Lorenzo mit Alltagsdetails, die er sich für den Fall der Nachfrage merken sollte. Tatsachen waren gefragt und keine Interpretationen. Wehe, er behauptete, meine Leibspeise sei Trippa Napoletana!

Das behauptet er nämlich grundsätzlich, wenn wir italienisch essen gehen, weil er mich ärgern will und weiß, dass ich nichts widerwärtiger finde als das.

Eines Abends, nach einem Tag voller Vorbereitungen, Proben, sorgsamem Packen und Verstauen unserer Sachen im Vehikel, jeder Menge Bürokram mit zig E-Mails und Telefonaten und absolut keiner Zeit für ein gemütliches gemeinsames Abendessen, klingelt es um 22.15 Uhr an unserer Haustür. Die ist grundsätzlich nie abgesperrt, zumindest nicht bis wir ins Bett gehen. Noch kruschtelt jeder von uns in seinen Sachen. Im Ofen tauen zwei Pizzen auf, um in spätestens zehn Minuten mit einem guten Glas Rotwein hinuntergespült zu werden. Lorenzo ruft aus dem Keller: »Guarda chi c'è.« Ich rufe zurück: »È aperto.«
Zu meiner großen Freude steht dann die energische Dame des Ufficio Migranti nebst Kollegen in unserer Küche. Nun geschieht genau das, was ich befürchtet habe. Nach dem ersten, sehr freundlichen Einführungsgeplänkel betonen beide, keine großen Einwände zu sehen, die Formulare wären vorschriftsgemäß ausgefüllt, und es wäre eine Pro-forma-Sache, sich noch persönlich davon zu überzeugen, dass es sich bei uns beiden um eine Liebesheirat handeln würde. »Halleluja, worum sonst«, möchte ich am liebsten herausschreien! Mir bricht der Schweiß aus, fällt mir doch gerade ein, dass ich heute Morgen die Betten abgezogen und in die Waschmaschine gestopft habe, jedoch die winterlichen Federbetten noch nicht neu bezogen sind. Ich hatte ja Wichtigeres zu tun. Mist, verdammter. Überhaupt sieht es hier aus, als wären wir auf der Flucht. Jede Menge Sachen stehen und liegen herum, die wir noch nicht sortiert haben für unsere anstehende Tournee. Ich verstricke mich in Erklärungen und merke, dass ich aus unerfindlichem Grund ein schlechtes Gewissen habe. Warum? Meine Nerven flattern, bloß weil

ich in ihren Gesichtern Erstaunen und Zweifel zu erkennen glaube? Auch bei Lorenzo registriere ich etwas Nervosität, die er mit seinem unterkühlten Schweizer Charme zu bewältigen versucht. Nachdem es aus dem Backofen verdächtig angebrannt riecht und eine dunkle Rauchschwade unter der Ofentür ins Freie wabert, hole ich das heiße Blech heraus, verbrenne mir die Finger, schmeiße das Blech auf den schönen Holztisch, renne zum Wasserhahn und schreie Lorenzo an, das Blech vom Tisch zu nehmen, damit es kein Loch hineinbrennt. Er schreit zurück, ich hätte ja das Geschirrtuch. Mittlerweile hat sich in der ganzen Küche schwarzer Rauch ausgebreitet. Die beiden Kontrolleure husten, wir ebenso, bis endlich einer beherzt die Eingangstür öffnet und nach draußen stürmt. Mir ist zum Heulen zumute. Eine Weile stehen wir alle in der kalten Winterluft, bis sich der beißende Rauch einigermaßen verzogen hat.

Lorenzo schlägt vor, etwas zusammen zu trinken. Wasser und vielleicht ein kleines Schnäpschen zur Beruhigung? Die beiden nehmen das Angebot dankbar an, trotz Dienst. Wir hätten sie von unserer Lebensgemeinschaft total überzeugt, weitere Fragen hätten sie keine, und das Schlafzimmer würde sie eigentlich auch nicht mehr interessieren. Sie müssten jetzt wieder gehen. Damit verließen sie uns!

Nach ein paar Schreckminuten brachen wir in hysterisches Gelächter aus. Unserer Heirat stand nun hoffentlich nichts mehr im Wege.

Für Lorenzo war es eine Selbstverständlichkeit und Pflicht, alles rund um unsere Trauung alleine zu entscheiden und zu organisieren. Allein in zwei Fragen bezog er mich ein. Er wollte wissen, ob ich damit einverstanden bin, dass nur unsere beiden Trauzeugen Claudia und Federico anwesend sind, und ob ich unsere Hochzeitsnacht unbedingt zu Hause verschlafen möchte oder ob er mich an einen magischen Platz entführen darf. Ich bin immer für Abenteuer zu haben und liebe Überraschungen. Jedoch möchte ich vorher wissen, was ich einpacken muss, um gewappnet zu sein. Deshalb war ich sehr dankbar, als er mir sagte, dass wir auf 1600 Meter Höhe fahren würden und ich Schneeschuhe und Stecken mitnehmen sollte.

Heute ist der 26. Januar 2000. Es ist neun Uhr morgens, und es schneit. Lorenzo schippt die Einfahrt frei sowie die Zufahrt zur Hauptstraße ins Tal. Unsere Rucksäcke mit den Bergstiefeln, Anoraks und Schneehosen haben wir bereits gestern Abend gepackt. Ich werde mich trotz des Wetters in mein kleines Japanisches werfen und mich schön machen, beschließe ich. Bis zum Standesamt lasse ich die Moonboots an. Lorenzo stapft schneebedeckt ins Haus und zieht seinen Overall aus, unter dem er zu meinem Erstaunen bereits seinen feinen Anzug trägt. Der Mann ist bereits im Festagsornat, das ist einen Kuss wert. Wenig später erscheinen Claudia und Federico, trinken mit uns einen schnellen Kaffee, für die Fahrt haben wir Pausenbrote geschmiert, und dann brausen wir mit dem Vierradantrieb von Federico gen Tal. Ich bin sehr gespannt, wo wir heiraten werden, denn in der Region Locarno/Ascona gibt es zahlreiche wunderschöne Möglichkeiten. Rathäuser mit eleganten und sehr traditionsreichen Prunksälen, schlichte Mehrzweckräume in kommunalen Häusern, wie zum Beispiel bei der Polizei, oder, und das hoffe ich insgeheim, die wunderschöne Empfangshalle im Museum Casorella, die ich so liebe. Als wir vor dem Museum halten, rufe ich spontan laut »Jaaaaa, juhu« und falle Lorenzo um den Hals. Claudia hat mir ein zartes Haarkränzchen mit rosa und weißen Moosröschen gewunden und setzt es mir auf. Für die beiden Männer hat sie Anstecknadeln mit denselben Rosen gebastelt, und in der Hand hält sie meinen Rosenhochzeitsstrauß. Ich bin gerührt, an alles ist gedacht worden, und ich musste mich um rein gar nichts kümmern.

Wir bleiben noch bis zu unserem Termin im Auto sitzen. Ich habe einen Kloß im Hals, meine Handflächen sind feucht, und es fehlen mir für eine lockere Konversation die Worte. Es ist ergreifend, nach über zwanzig Jahren wilder Ehe in weniger als einer Stunde einen anderen Nachnamen zu haben, zu meinem wunderschönen Rubinring noch ein weiteres goldenes Ringlein zu tragen. Habe ich vielleicht insgeheim Angst, dass sich unsere Beziehung danach verändern wird? Angst vor meiner eigenen Courage? Werden wir uns eingesperrt fühlen? Beklemmende Gedanken schießen mir durch den Kopf. Wenn Lorenzo nun sagen würde, »Ach was soll es, lassen wir den Blödsinn, wir sind auch ohne Trauschein glücklich!«, ich würde ihm ohne mit der Wimper zu zucken recht geben.

Jetzt es ist zu spät. Was bin ich nur für ein Angsthase! Federico öffnet die Autotür und sagt »avanti, signori«. Ich atme tief ein, ergreife Lorenzos Arm, und wir gehen Richtung Eingang Museum. Hier unten in Locarno liegt kein Schneeflöckchen. »Willst du nicht deine Moonboots ausziehen, Valerie?«, ruft Claudia hinter mir. Ich schaue an mir runter. Meine Füße stecken in uralten verdreckten Moonboots. Meine sündhaft teuren Stiefeletten befinden sich sorgfältig im passenden Seidensäckchen verpackt im Eingang unseres Hauses. Während ich losheule wie ein Schlosshund, biegen sich die drei vor Lachen. Lorenzo nimmt mich hoch auf seine Arme, Claudia reißt mir die Boots von den Füßen. »Ich wollte schon immer eine barfüßige Prinzessin heiraten«, ruft Lorenzo und trägt mich über die Schwelle.

Danach geht alles sehr rasch. Unsere Urkunden werden kontrolliert. Der Bericht der Behörde für Migration wird überflogen und abgestempelt. Unsere Trauzeugen werden befragt, ob sie Einwände gegen diese Ehe haben, was beide verneinen. Dann wird erst Lorenzo gefragt, ob er mein Gatte werden will (Frechheit), danach ich. Wir sagen beide brav ja, schauen uns in die Augen, die sich bei uns beiden mit Tränen füllen. Danach sollen oder dürfen wir uns küssen, und wir stecken uns gegenseitig die Eheringe an, und dabei sagen wir ganz leise, als ob es zwischen uns abgesprochen wäre, gleichzeitig »Ich liebe dich«. Ja, das tun wir wirklich und schon ganz lange, und so wird es bleiben.

Geplant ist, nach der Trauung in Ascona in der von uns allen sehr geschätzten Trattoria da Michele ein verspätetes Champagnerfrühstück einzunehmen, bevor Lorenzo mich entführt. Es ist wunderbar, diese beiden Freunde zu haben und sie als Trauzeugen an unserer Seite zu wissen, aber ich möchte jetzt gerne mit Lorenzo alleine sein. Ich spüre eine unerklärliche Verwirrung und Unsicherheit. Am liebsten würde ich nur schweigen und irgendwohin schauen. Ich blicke auf meine Hand, sehe den Ring, der das Symbol für unsere Verbindung darstellt, und weiß, ich brauche ihn eigentlich nicht. Vor Langem haben wir beide uns für immer verbunden. Ich frage mich, wie es Lorenzo geht? Er plaudert so munter mit den Freunden, fast schon ein bisschen verdächtig unbeschwert. Ich kenne ihn doch und weiß, dass auch ihn dieser Akt tief berührt.

Über dem See, der silbern glitzert, hängt unbeweglich eine dichte graue Nebelschwade. Die Flasche Champagner ist getrunken, und wir haben Meeresfrüchtesalat gegessen, eine kleine Portion Tagliatelle con tartuffo und eine winzige Hochzeitstorte, die in vier Stücke geteilt wurde. Der Espresso war stark und wie immer mit einem Grappa serviert. Es ist Zeit aufzubrechen. Meine Moonboots unter dem Tisch warten schon.

Zu Hause ziehen wir uns rasch wetterfest und warm an, verabschieden uns von Claudia und Federico und fahren mit großer Neugierde und freudiger Erwartung meinerseits in Federicos schneesicherem Allrad ins Valle Maggia, das nächstgelegene der drei Täler unseres Kantons. Vorsichtig schrauben wir uns die steilen Serpentinen, an deren Seiten sich mannshoch der Schnee türmt, hinauf ins höchste Bergdorf des Tessins, nach Bosco Gurin. So viele Jahre schon wollen wir dort einmal im Winter hinfahren. Lorenzos Cousine, die in Bellinzona zu Hause ist, hat von ihren Großeltern ein altes Granitsteinhaus mit Scheune und Stadel geerbt und es jahrelang mit ihrer Familie renoviert und ausgebaut. Lorenzo, der eigentlich nicht allzu viel Kontakt zu ihr hat, rief sie vor Wochen an, um zu fragen, ob wir uns für zwei Nächte dort einquartieren dürften.

Bosco Gurin liegt auf 1500 Metern Höhe. Das Dorf besteht noch aus 22 Originalhäusern und ungefähr 30 in den letzten Jahrhunderten gebauten Häusern. Es wurde von einer der Walserfamilien im 13. Jahrhundert gegründet. Ursprünglich kommen die Walser aus dem Wallis, daher auch der Name. Dank der gebärfreudigen Walserfrauen vermehrte sich die Volksgruppe explosionsartig, und so zogen Teile des Clans vom Wallis weiter Richtung Österreich (Vorarlberg) und Deutschland (Allgäu). Auch um ihre Sprache und Kultur zu erhalten und weil viele Walser mit der Politik der Feudalherren unzufrieden waren, siedelten sie sich in diesen nur schwer erreichbaren Tälern an. Ihre Muttersprache ist Walserdeutsch. Ein von vielen Dialekten geprägtes Deutsch, das bis heute in den noch bestehenden Walsersiedlungen gesprochen wird. In der Schule ist es Pflichtfach, neben Französisch und Italienisch.

Als wir nach mehr als einer Stunde endlich oben am Parkplatz ankommen, atme ich erst einmal die wunderbare klare Luft tief ein. Den Rest des Weges müssen wir zu Fuß zurücklegen. Lorenzo nimmt mir meinen Rucksack ab und stapft los, ich folge seinen Trittspuren. Erst verlaufen wir uns ein wenig. Die Häuser liegen zwar dicht beieinander, wurden aber willkürlich, je nach Bodenbeschaffung, einfach hingestellt. Jedes Haus hat somit seinen eigenen individuellen Steig. Die Grundstücke, die zu den Häusern gehören, sind winzig. Das Haus der Cousine ist eines der wenigen, das durch die beiden Nebengebäude über ein bisschen Land verfügt. Aber es ist alles so tief unter Schnee begraben, dass Lorenzo Probleme hat, es zu finden. Plötzlich jedoch stehen wir vor einem selbst gemalten Willkommensschild, auf dem wie eine Krone eine dicke weiße Haube liegt. Offensichtlich hat jemand vor Kurzem den Weg freigeräumt und festgestampft.

An der Haustüre hängt ein Rosensträußchen, eindeutig die gleichen Rosen wie aus meinem Hochzeitsstrauß. Der Schlüssel passt ins Schloss, und wir treten ein. Im Kamin prasselt ein Feuer, überall stehen hübsche ziselierte Glaswindlichter mit weißen Kerzen und tauchen den Wohnraum in ein wunderbares Licht. Eine Kanne mit heißem Tee steht auf einem Stövchen, in einer schönen Schale liegt Gebäck, und auf dem Tisch und Boden liegen wie zufällig hingeworfen Rosen, die uns den Weg zum Schlafzimmer weisen. So zauberhaft und liebevoll alles arrangiert ist, es entbehrt in seiner Kitschigkeit angesichts unseres Alters nicht einer gewissen Komik.

Wir haben beide beste Laune. Ein gewisser Stolz darüber, dass alles so gut geklappt hat, lässt Lorenzos Herz höherschlagen. Er lüpft die Deckel der beiden gusseisernen Töpfe, die auf dem Herd stehen, und stellt triumphierend fest: »Unsrrrr Hochzitsabigässe, Schatzeli, Hochzitssüppli un en Ziegebrate mit Röschti, die scho griaba sin, abi no brate musch, mi brandneu-is wunderbares Frauli, gell!«

Im Schlafzimmer stolpern wir erneut über Rosen, Claudia muss einen ganzen Blumenladen leer gekauft haben. Die Betten sind mit dunkelroter Wäsche bezogen, Handtücher, Bademäntel und Filzpantoffeln liegen wie im Fünf-Sterne-Hotel griffbereit. Ich bin zutiefst gerührt. In all meinen Schweizer Jahren habe ich Lorenzos Verwandtschaft nur selten getroffen, und nun diese Großzügigkeit! Im nächsten Frühjahr werde ich eine Gegeneinladung aussprechen! Das nehme ich mir ganz fest vor.

Bevor wir es uns im Haus richtig gemütlich machen und nachdem wir eine Tasse Tee getrunken haben, wollen wir noch eine kleine Wanderung durch das Dorf machen. Ziel ist die alte, mehrmals von Lawinen verschüttete Kirche, die dem Heiligen Giacomo gewidmet ist. Wir werden dort Kerzen für unsere Lieben anzünden und uns für unser wunderbares Leben und unsere große Liebe bedanken.

Ich schaue auf meine Füße. So weiß sind sie, mitten im Sommer. Weshalb trage ich eigentlich immer Schuhe? Wovor will ich die Zehen beschützen? Oder will ich sie verstecken? Unbewusst! Ich betrachte sie. Schmal sind sie, die Zehen lang und knochig. Die Nägel unlackiert, unbeachtet, eigentlich hübsch, in der Form aber vernachlässigt. Die Füße, früher athletisch trainiert, kräftig und standfest. Heute eher flach, der Hohlraum unterm Rist nahezu platt. Ihr armen Füße, überkommt es mich, wie wart ihr doch früher erotisch. Meine Hände und Füße, Blickpunkte. Manchmal bekam ich Komplimente, jedoch meistens nonverbal, ich genoss es, wenn die stets rot lackierten Nägel auf den geraden, hübschen Zehen gedanklich in Männermündern verschwanden. An ihren Augen konnte ich erkennen, wovon sie träumten.

Ich lackiere meine Nägel seit einigen Jahren nicht mehr. Als ob ich mit etwas abgeschlossen hätte. Jedoch habe ich das nicht! Ich habe nur irgendwann nicht mehr daran gedacht. Es war mir nicht mehr wichtig. Heute bereue ich es, dass sie nicht rot oder blau oder sonst wie gefärbt sind. Das sähe doch schön aus hier im grünen Gras. Selbst wenn nur ich es wäre, die sie betrachten. Ich strecke meine Beine unterm Tisch aus, berühre die Stuhlbeine des gegenüberstehenden Stuhls. Taste mich nach oben auf die Sitzfläche. Plötzlich schießen mir Tränen in die Augen. Mein Herz zieht sich zusammen. Für Sekunden hatte ich seine warmen Oberschenkel an meinen Füßen gespürt, seinen Schritt, den ich mit ihnen berührte. Jetzt weiß ich es. Ich habe aufgehört, sie zu lackieren, als wir aufhörten, miteinander zu schlafen. Zur Strafe habe ich dann meine Füße in Schuhe gesperrt. Wer weiß, vielleicht wäre das nicht passiert, wenn ich weiterhin barfuß mit glänzenden Nägeln herumgelaufen wäre. Mit Schuhen verliert man auch ein wenig die Bodenhaftung. Artistenschuhe haben zeitungspapierdünne Sohlen. Du spürst alles durch, die Erde, das Gras, jedes Steinchen. Es ist, als ob ich mit dieser Entscheidung

ein Kapitel unseres Lebensbuches zugeschlagen hätte. Gleichzeitig habe ich ein anderes geöffnet. Aber das geschah unbewusst, nicht gewollt. Damit muss nun Schluss sein. Das nehme ich mir ganz fest vor. Heute Nachmittag, nach dem Gespräch, spätestens morgen früh suche ich mir ein Nagelstudio. Ich werde eine trendige, außergewöhnliche Farbe wählen, mir Flipflops kaufen, die Hosen hochkrempeln und selbstbewusst in meine mir noch verbleibenden Jahre gehen.

An der Befestigungsmauer des Sees in der Küsnachter Badeanstalt befindet sich ein Ausschnitt. Eine steinerne Treppe führt direkt ins Wasser. Ich lege meinen Badebeutel gut sichtbar auf den Stuhl, damit man zwar die leere Tasse abräumen kann, aber ich gleichzeitig signalisiere, dass ich zurückkomme. Die Lage des Tisches und der Stühle ist genial, weit genug von den anderen entfernt, nah am Wasser, ein samtenes Lüftlein wird das Gespräch umwehen, die Worte werden von ihm getragen. Es wird meine Gedanken mitnehmen und ihnen Flügel verleihen. Ich will und muss Herz und Kopf freibekommen.

Nach wie vor kein Autor in Sicht. Ich setze mich auf die Steinmauer und halte meine Zehen ins Wasser. Ich spreize sie, damit das Wasser dazwischenkommt, dann balle ich sie zusammen und quetsche es wiederum heraus. So elastisch sind sie also noch, stelle ich beglückt fest. Auch das nehme ich mir vor, ich muss wieder wenigsten ein bisschen trainieren, und wenn es nur die Zehen sind. Es ist höchste Zeit, aus der Erstarrung zu kommen.

19

Gegen die Tristesse

Was macht nur dieses erste Jahrzehnt mit uns Menschen? Mit welcher Euphorie und Zuversicht sind wir in das neue Jahrtausend getaumelt. Die Worte Hoffnung und Weltfrieden wurden nie häufiger ausgesprochen als in diesen ersten Monaten. Dann bekamen wir am 11. September 2001 die erste gewaltige Ohrfeige, der noch viele folgen sollten. Wir sitzen in einem Karussell, das sich immer schneller dreht, und wer sich nicht festhält, wird hinauskatapultiert.

Lorenzo und ich halten uns fest. Nicht nur, weil wir uns bei der Eheschließung dieses Versprechen gegeben haben, sondern auch, weil wir für Freunde und Familie eine Konstante bilden. Hans-Ruedi, der in Manhattan im Village ein Loft besaß, aus dem nach dem Anschlag hinter geborstenen Fensterscheiben und meterhohem Staub und Asche so gut wie nichts mehr zu retten war, brauchte unsere Unterstützung. Er hatte Glück im Unglück, weil er zu dieser Zeit nicht in N.Y. war. Ohnmächtige Wut und Hilflosigkeit ergriffen uns, die auch unsere Kreativität erstmals lahmlegte.

Der nächste Schock kam, als 2004 sehr liebe Clownkollegen in ihrem Urlaub vom Tsunami erfasst und getötet wurden.

Noch nie habe ich mich so unbedeutend gefühlt. Was konnten wir schon mit dem bisschen Spaß, den wir verbreiten, zur Verbesserung der Weltlage beisteuern? Ich stellte den Sinn meiner Existenz infrage, und das Gefühl einer schleichenden Depression machte sich bemerkbar.

Lorenzo erging es ähnlich. Nur, als Mann reagierte er anders. Vielleicht auch, weil er Schweizer ist und gewohnt ist, dass immer eine Volksabstimmung die Veränderung besiegelt. Er stimmt immer ab. Ich hingegen bin gewohnt, notfalls auf die Barrikaden zu gehen. Jetzt habe ich ein Problem. Ich bin ja auch Schweizerin! Somit stimme auch ich ab sofort ab. Es gibt aber gar nichts abzustimmen. Auch der Schweizer steht dem Weltgeschehen hilflos gegenüber. Dieser auf ein kleines persönliches Engagement bezogene Einsatz, seien es Umweltschutz oder politische Entscheidungen, die zur Abstimmung kommen, gibt uns das Gefühl der Lächerlichkeit als Bürger. Nicht wichtiger als der Fliegenschiss auf der Windschutzscheibe zu sein, mit einem feuchten Wisch sofort auslöschbar, unerheblich, zum Verstummen degradiert. Was scheren sich diejenigen, die das Sagen haben, um unsere Bedürfnisse? Wo ist sie denn, die Demokratie, für deren Erhalt wir schon vor über dreißig Jahren in Deutschland auf die Straßen gegangen sind, um für die Rechte, die im Grundgesetz verankert sind, zu kämpfen? Unsere Stimmen sind nur dann wichtig, wenn es ums Parteipolitische geht, wenn man für oder gegen jemanden stimmen soll. Ansonsten raucht man uns, das Volk, in der Pfeife, die autokratischen Herren und die sehr wenigen Frauen, die an den Hebeln der Welt sitzen.

Gerade wegen unserer Unerheblichkeit initiieren wir gemeinsam mit einer Anzahl ausgesuchter, international arbeitender und erfolgreichen Clownkollegen ein fünftägiges Festival, das in sieben Ländern stattfindet. Gegen die Tristesse, für das Leben und die Demokratie. Wir verfassen ein Manifest für den Frieden, gegen Terrorismus und die Zerstörung dieser Erde. Binnen weniger Tage wird es in viele Sprachen übersetzt, online gestellt und wirbt für Erstunterzeichner. Eine wahre Welle der Begeisterung und Solidarität bricht über uns Initiatoren herein.

Bereits zwei Monate später stehen in allen beteiligten Ländern die Termine und Orte fest. In Europa sind die Schweiz, Frankreich, Italien, Spanien, Schweden, England und Schottland dabei. New York, Los Angeles und San Francisco kommen dazu, und wenig später schließen sich vier weitere Länder in Südamerika an, danach schafft es auch noch Moskau, dabei zu sein. Weit über eine Million gesammelter Unterschriften liegen ein halbes Jahr später der UNO vor.

Wir spielen gemeinsam mit wunderbaren Schweizer Solisten und Clowns in einem Zelt in Lausanne. In nur zwei Probentagen steht ein 90-Minuten-Programm, Internet macht es möglich. Jeder, der zugesagt hatte, kommt mit seinem Equipment und allem, was er braucht; nur der Ablauf muss organisiert werden. Es ist eine »Hands-On-Veranstaltung« mit viel Enthusiasmus, Freude und großer Professionalität. Die Vorstellungen sind dank niedriger Ticketpreise restlos ausverkauft. Nach Abzug unserer Kosten, Zelt und Platzgebühren wurden gesponsert, überweisen wir eine fünfstellige Summe auf das Konto einer Hilfsorganisation, die den Wiederaufbau der Häuser von Tsunamiopfern unterstützt.

Geld gab es für keinen von uns, aber so viel Zustimmung und Beifall, dass wir lange davon zehren können. Verglichen mit dem unendlichen Leid auf der ganzen Welt ist unsere Aktion nur ein kleiner Anschubser für eine freundlichere Welt, aber wir fühlen uns alle weniger ohnmächtig. Unser Aktivismus hat uns von der aufkeimenden Lethargie befreit, die jeder, egal in welchem Land, gespürt hat. Es hat uns darin bestärkt, weiterhin ein Lächeln auf die Gesichter unserer großen und vor allem kleinen Zuschauer zu zaubern. Wir haben uns allen versprochen, damit nie aufzuhören. Es wird immer einen Grund geben zu lachen, und sei es, damit die Traurigkeit wegzublasen.

20

Das bin ich, Valerie, 64 Jahre

Nein, ich will nichts mit dieser Zahl zu tun haben. Sie geht mich nichts an. Sie sagt nichts über mich aus. Was soll sie schon sagen? Dass es am Alter liegt? Dass ich mich acht Jahre durch meine Menopause geschwitzt habe? Dass Lorenzo Haare am Kopf verliert und mir dafür am Kinn Hexenhaare wachsen? Inzwischen praktiziere ich Qigong, damit ich meine Beweglichkeit nicht verliere. Lorenzo wird immer eigenbrötlerischer und redet manchmal tagelang nur das Nötigste mit mir, ansonsten mit niemandem.

Ich habe meine Lebensfalten längst akzeptiert. Sie sind sichtbar für jeden. Im Gesicht, an den Händen, so what! Das gehört dazu. Bei mir passt es zum Gesicht, dass der Busen eine Etage tiefer hängt. Trotz Qigong. Hingegen beobachte ich, wie Lorenzos Tonsur immer ein Stückchen größer wird. Wie er verstohlen im Badezimmer verlorene Haare aufhebt. Seit einigen Monaten steht eine große Flasche Birkenhaarwasser auf der Ablage des Badezimmerspiegels. Daneben liegt eine weiche hellblaue Kinderhaarbürste. Auf diese träufelt er mehrmals am Tag einige Tropfen des Haarwuchswassers und massiert mit kreisrunden Bewegungen die beginnende Glatze. Ich habe ihn darauf angesprochen. Das war ein Fehler. Jedoch weiß ich jetzt, dass es als Geheimwaffe gegen Haarausfall von Marleen angepriesen wurde. Sie schwor darauf, hatte das Wasser selbst hergestellt, für das sie im Frühling, wenn die Birken ausschlugen, die Blüten säckeweise einsammelte und in großen Glaszylindern mit destilliertem Wasser und Alkohol ansetzte. Die Gläser stellte sie dann in die Sonne. Was sie sonst noch alles hineintat, entzieht sich Lorenzos Kenntnis. Deshalb kauft er das Birkenhaarwasser lieber online. Wenn eine Flasche leer ist, bestellt er eine andere, die im Internet als noch wirksamer angepriesen wird und mit Sicherheit teurer ist. Ich darf nicht darüber lachen, noch nicht mal schmunzeln, geschweige jemals wieder einen Kommentar dazu abgeben.

Jedoch wirft unser Alter tatsächlich eine Frage auf, die uns aus verschiedenen Gründen vor eine Entscheidung stellt. Was machen wir mit unseren Ziegen und dem vielen Käse?

Die Frage stellt sich nicht wegen mangelnder Zeit, sondern auch wegen schwindender Kräfte. Wir beide können uns auch nicht mehr wirklich mit dieser Aufgabe identifizieren. Ebenso wenig Claudia oder Federico. Es kostet uns zudem jedes Jahr mehr Geld, jemanden zu finden, der ein halbes Jahr auf die Alm zieht, im Herbst die Tiere ins Winterquartier bringt und sich um die Lagerung des Käses und den Vertrieb kümmert, als wir daran verdienen. Klar sind wir stolz auf unser eigenes Käselabel, aber jetzt ist es allerhöchste Zeit, dieses Hobby abzugeben. Käse hat nicht wirklich was mit Zirkus zu tun.

Seit Wochen schon sitzt Lorenzo von früh bis spät am Computer. Surft sich durch die Welt, in der Hoffnung, einen ambitionierten, biologisch und nachhaltig orientierten Käser zu finden. Mein sonst wenig vernetzter Gatte schreibt plötzlich ellenlange Mails nach Irland, tippt sich durch ganz Frankreich, die Schweiz und Österreich. Hin und wieder höre ich aus unserem Büro, »boah, Valerie, lueg amal, die mache e Chääs, dös isch da Wahnsinn!« Dann muss ich zu ihm, mich durch Cheddar und Sonstiges kauen, seine Begeisterung teilen und ihn ermutigen, doch die Firma oder den Käser anzuschreiben.

Es gibt doch tatsächlich in Graubünden einen Biokäsehersteller, der seine Käselaibe mit Musik beschallt. Er lagert sie in verschiedenen Räumlichkeiten, in denen mal Mozart, Hip-Hop, Jazz oder Michael Jackson läuft. Er behauptet, der Käse würde allein durch die Schwingungen der Musik seinen eigenen Geschmack bekommen. Mich würde der Mozartkäse interessieren. Eigentlich geht mir das Thema schrecklich auf die Nerven, aber Lorenzo muss sich damit befassen, und am Ende trägt seine Beharrlichkeit Früchte.

Er hat jemanden gefunden! Manchmal ist man ja wirklich blind, und oft liegt das Nahe doch so fern. Noch nicht einmal eine Stunde entfernt von uns, im Valle Versasca hat sich ein junges Paar selbstständig gemacht und einen Biohof mit Käserei auf die Beine gestellt. Sie übernehmen die Ziegen, pachten unsere Alm und zahlen den Freundschaftspreis, den Lorenzo für alles aufgerufen hat. Mir ist es recht so, wir können uns endlich auf den Sommer freuen, den wir in Edinburgh verbringen werden.

***

Das Edinburgh Contemporary Clown Festival ist ein Weltklasse-Festival, zu dem die besten Clowns der Welt reisen und auftreten. Für dieses Festival angefragt zu werden ist eine Ehre. Wir fühlen uns geehrt, denn wir wurden angefragt. Beziehungsweise wurde ich angefragt, ob man Lorenzo anfragen dürfte. Ich hatte die Ehre, dies zu bestätigen. Eitelkeit beiseite, natürlich bin ich stolz darauf, mich mit Lorenzo in unserem immer noch gut funktionierenden Vehikel auf den Weg nach Edinburgh zu machen. Es wird eine lange Reise werden, und wir freuen uns darauf, durch die Schweiz, Frankreich, Belgien, England nach Schottland zu fahren.

Dieses sehr besondere Festival findet nicht an einem zentralen Ort statt. Die ganze Stadt befindet sich für ein paar Tage im Ausnahmezustand. Jeder geeignete Platz, sogar die Gassen sind bevölkert mit als Clowns verkleideten Touristen

196

und Einheimischen. Jedes Theater, und sei es noch so klein, zeigt in dieser Zeit Performances. Berühmte internationale Stars treten im Festival Theatre auf. Zehn Tage lang hat man Gelegenheit, die Besten der Besten zu treffen und sich ihre Performance anzusehen. Jeder ist gespannt, freut sich auf Überraschungen, und auch Enttäuschungen bleiben nicht aus, weil einige doch nicht kommen und andere schlicht alt geworden sind und die Erwartungen nicht mehr erfüllen. Genau das ist Lorenzos Thema.

Mit Mitte sechzig ist man als Clown noch nicht zu alt. Natürlich verändert sich auch der Körper eines Akrobaten. Die Elastizität ist nicht mehr so, wie sie einmal war. Dadurch verändern sich die Gangart, das Tempo und auch die Maske. Man muss alles anpassen, und im besten Fall passiert das in kleinen Schritten von Jahr zu Jahr, fast unmerklich. Man passt sich dem an, und der Zuschauer ebenso. Warum also nicht eine Perücke tragen, wenn sich selbst mit Birkenwasser die Mönchstonsur nicht mehr schließen will? Mit Lorenzo über dieses heikle Thema zu sprechen ist wirklich nicht einfach. Seit Tagen überlege ich, wie ich es am geschicktesten verpacke. Lorenzo hat sich, so wie alle Clowns, eine Marke erarbeitet, wodurch man ihn sofort erkennt. Wenn er sich neu erfindet, muss er also sofort wiedererkennbar sein. Wir müssen ihn sichtbar altern lassen, und das während einer laufenden Nummer. Die Verwandlung muss in mehreren Schichten geschehen. Dafür müssen wir mindestens vier verschiedene Masken bauen, die abnehmbar sind und das Altern sichtbar machen. Sie müssen leicht sein, aus Silikon. Ebenso müssen wir mit Perücken oder Haarteilen arbeiten. Das Kostüm kann dasselbe sein, zeitlos und schlicht. Lorenzo hat schon seit Jahren ein Alltagsgewand kreiert, das sich mit minimalen Tricks verwandeln lässt. Akrobatenschuhe, die sich durch verlängerte Spitzen und Absätze in Sekundenschnelle verändern lassen. Eine Hose mit unsichtbaren, von Klettverschlüssen gehaltenen unterschiedlichen Längen, verschiedene Socken, solche, die schlabbern, von denen sich Teile lösen können und beim Handstand auf den Boden fallen, andere, die mit langen Trägern in der Taille befestigt sind und mit einem schnellen Griff nach oben schnalzen. Hemden hat er in allen Größen mit unterschiedlich langen Ärmeln. In manchen sind Löcher, durch die man allerhand durchziehen kann und in denen sich vieles verstecken lässt, je nachdem, was er für seine Auftritte benötigt. Einige haben sehr feste Verstärkungen, daran kann er Haken in stabile Ösen einklemmen, und sie halten ihn sogar selbst. Enorm wichtig ist die Jacke, die er über allem trägt. Sie ist wie ein Fass ohne Boden. Sie birgt das Geheimnis, das eine gute Nummer zu einer perfekten Nummer macht. Ich habe sie mitgestaltet und genäht. Es gibt so viele geheime Tricks, mit denen ein Clown verblüffen kann. Das oberste Gebot ist, alles muss schnell und simpel funktionieren. So manches Mal haben wir wochenlang an einem Trick gearbeitet, bis er perfekt funktionierte.

Heute Morgen ließ ich mir eine heiße Badewanne ein. Es hatte die ganze Nacht geschneit, und draußen lagen mehr als 20 Zentimeter Neuschnee. Fluchend stieg Lorenzo in Skihose und Anorak, zog die wärmsten Stiefel an und holte die Schneefräse aus der Garage. Ich machte Kaffee und stieg mit meinem Kaffeebecher in die Wanne. Herrlich, das Gefühl, Lorenzo kämpft sich durch den Schnee, ich liege hier im wohlig warmen Wasser, und mir kann nichts passieren. Wenn ich später rausgehe, ist der Vorplatz schön geräumt, man kann, so man will, auch hinaus zur Straße laufen, ich werde meinen tapferen Krieger tüchtig loben und sagen, dass er seiner Aufgabe als Hausherr alle Ehre gemacht hat. Dann kriegt er ein Frühstück, und während er sich von den morgendlichen Strapazen erholt, werde ich das Thema »Die wundersame Alterung des Clowns Lorenzo« in Angriff nehmen.

Als Lorenzo von draußen reinkommt, sich den Schnee abklopft und die nasse Mütze vom Kopf reißt, entfährt mir ein schallender Lacher. Er hat sie von hinten nach vorne abgezogen. Seine viel zu langen Haare, die sich wacker im Kreis um die Platte gegen den Ausfall wehren, stehen im 45-Grad-Winkel mit Tendenz nach vorne wild vom Kopf ab. Er sieht aus, als wäre er mit Rückenwind in einem Schneesturm gewesen. Total witzig und verrückt. »Hier ist sie«, rufe ich ihm zu, »lueg amal in den Spiegel, das ist der Lorenzo für die kommenden Jahre. Ich lass dir genau so eine Perücke knüpfen, die wird zum Schreien komisch!« Selbst Lorenzo muss bei dem Blick in den Spiegel kurz lachen. »Wir schreiben eine Nummer, in der du sozusagen gegen Windmühlen ankämpfst, sprich, gegen das Altern, also ein sinnloser Kampf, den du nur gewinnen kannst, indem du es akzeptierst. Das ist doch eine schöne Idee. Zu Beginn bist du der, den man von früher kennt, der intellektuelle Hippie, der den Charme vergangener Zeiten bewahren will.«
Ich rede mich in Fahrt und lasse meiner Fantasie freien Lauf. Korrigiert wird später. Lorenzo denkt anfänglich, dass ich ihn veräpple, setzt sich betont lässig auf den Stuhl neben mich und köpft sein Frühstücksei. »Da schau«, fahre ich fort, »wie du grad dein Ei geköpft hast, zack!, so schnell muss die erste Perücke runter. Der Zuschauer muss abgelenkt sein, und wenn er sich wieder auf dein Gesicht konzentriert, hast du dich ein wenig verändert. Erst wundert er sich, bis er kapiert, dass du dich auch anders bewegst. Wir müssen ihn langsam durch deinen Reifeprozess führen. Ganz selbstverständlich, so wie es im Leben jedem geschieht. Es darf ihn weder zum Lachen reizen noch zu Mitleid. Es ist ein Prozess, bei dem man dir wünscht, dass du ihn mit Bravour meisterst. Man soll dir den Erfolg am Ende gönnen, dich dafür bewundern und für sich selbst etwas daraus lernen. Du sollst das Alter Ego des Zuschauers werden. Sie werden dich für diesen Mut und deine Ehrlich-

keit lieben. Das ist der richtige Weg, mit dieser Performance kannst du getrost alt werden. Vertrau mir.« Warum nur können Männer noch schlechter mit ihrem Alter umgehen als Frauen? Es ist doch geradezu lächerlich, sich wegen einer beginnenden Glatze die Lebenszeit zu versauen. Alles andere ist doch noch eins a in Schuss. Der Kopf, die Glieder, die Kreativität, alles funktioniert, und das Beste ist, in allem steckt eine immense Erfahrung, die uns niemand nehmen kann. Lorenzo muss nachdenken, er braucht jetzt seinen Rückzugsort und geht in seine Werkstatt. Draußen zeigt sich hinter den Schneewolken die Sonne, später werde ich ihn zu einer kleinen Wanderung überreden, nehme ich mir vor. Die klare Luft wird ihm guttun. Während ich sehr langsam den Haushalt erledige, was beinahe meditativen Charakter hat, tauchen Bilder vor mir auf. Ich sehe Lorenzos Bewegungsabläufe. Ich beame mich in Zehnerschriten in die Vergangenheit. Lasse ihn die gleichen Kopfdrehungen machen, sehe mir seinen Schulterbereich an, beobachte, wie er seine Arme hebt, die Füße voreinander stellt, sich in die Hocke begibt, und stelle wenig Veränderungen fest. Er ist enorm gelenkig geblieben. Grundsätzlich war es ja auch noch nie sein Ding, schwierige Akrobatik in seine Nummern einzubauen. Er spielte immer die neugierige, experimentierfreudige Jedermannfigur, die erst vor einem Rätsel steht, Verschiedenes ausprobiert, mal mit mehr, mal mit weniger Erfolg, um am Ende dem Publikum eine überraschende Lösung zu bieten. Der Weg dahin muss immer verblüffen, und die Zuschauer müssen mit ihm bangen und hoffen, die Lösung jedoch muss simpel und genial sein.

Mir ist klar, wir werden um den Helden eine Geschichte spannen, die sich durch drei bis vier Altersabschnitte zieht. Wie bei vielen Menschen im wahren Leben gelingen oftmals die kleinen Dinge nicht und ziehen sich wie ein roter Faden durchs Leben. So ist es auch beim Clown, der erst im letzten Lebensabschnitt zum Ziel kommt. Die Hindernisse in den Stadien davor können menschliche Unzulänglichkeiten sein wie Ungeduld, Scheu, Zorn, Gier, vielleicht hindert ihn aber auch der Fokus auf die Liebe daran, erfolgreich zu sein.

Ich überlege, eventuell mit einer Rückprojektion, eine Leinwand, auf der ein Film abläuft, zu arbeiten, ihn auf ein Rollband zu stellen, Musikinstrumente einzubauen. Lorenzo hat viel mit Flöten und Geigen gearbeitet. Er beherrscht sie leidlich, aber Übung macht den Meister. Seine Fähigkeiten könnten mit der Nummer wachsen, somit können wir einzelne Lebensabschnitte darstellen. Wir könnten mit Claudia zusammenarbeiten, und ich verspüre große Lust, gemeinsam mit ihm auch meine musikalischen Fähigkeiten zu verbessern. Ja so ein Familienprojekt könnte verdammten Spaß machen.

Ein letztes großes Projekt, das ihn in diesem Jahrzehnt begleitet. Plötzlich bin ich Feuer und Flamme. Meine Überlegungen gehen auch in Richtung Kostüm und Maske. Wir haben in unserer Ausbildung gelernt, wie man ein Gesicht minimal verändern kann und dabei eine große Wirkung erzielt. Sowohl die Masken als auch Haarteile und Perücke müssen in Schichten übereinanderliegen. Ganz kleine Details, die sich in Windeseile entfernen lassen. Allein aus dieser Schule haben sich ein paar Menschen darauf spezialisiert. Wir werden mit ihnen Kontakt aufnehmen, sie können uns helfen. Wir brauchen Zeit für diesen letzten Coup, so ein Unternehmen wird uns ein Jahr beschäftigen. Gottlob hat Lorenzo genug wunderbare, stets abrufbare Nummern auf Lager, die er jederzeit auffrischen kann. In Edinburgh kann er mit mindestens fünf dieser alten Nummern antreten. Mir wird immer klarer, diese Performance muss der Höhepunkt seiner Karriere sein, dazu brauchen wir das richtige Festival am richtigen Ort, und dort werden wir brillieren.

Als ich wenig später zaghaft an die Türe seiner Werkstatt klopfe und eintrete, sehe ich einen in sich zusammengesunkenen Lorenzo auf einem Schemel. Ich knie vor ihn hin und umarme ihn stumm. Einige Minuten später kommt ein tiefer Seufzer aus seiner Kehle. »Valerie, wir lasset das mit Edinburgh, i kann es nit mache, i schoff es nümme. Lass es guad si.«
Oh Gott, was ist das? Eine Depression? Warum? Gerade noch hat er sich gefreut, war stolz, angefragt zu sein, voller Pläne und Optimismus, und nun sitzt er wie ein Häufchen Elend da und will aufgeben. Erst mal bin ich sprachlos. »Komm, zieh dich an, die Sonne scheint, ich mag jetzt mit dir durch den Schnee stapfen und nicht hier drin Trübsal blasen«, sag ich endlich und hole meine Jacke und die Stiefel. Danach stelle ich mich vors Haus in die Sonne und warte, was passiert. Nach einer gefühlten Ewigkeit, mir glühen schon die Wangen von der starken Wintersonne, kommt er raus und tut so, als wäre alles in bester Ordnung. Ich spiel das Spiel mit und lasse ihn in Ruhe.
Es wird ein herrlicher Spaziergang an diesem klirrend kalten, sonnendurchfluteten Wintertag. Die Luft ist knackig. Schneekristalle, vom Wind aufgewirbelt, prickeln auf unseren Gesichtern, unsere Nasenspitzen sind rot gefroren, und ich stelle mir vor, dass sie bei einer Berührung abbrechen und klirrend zu Boden fallen. So liebe ich den Winter in den Tessiner Bergen. Wir sprechen über alles Mögliche, auch über meine Eltern, die wir heute Abend dringend wieder anrufen müssen. Beide gehen auf die neunzig zu, leben schon seit einigen Jahren in einem sehr feudalen Alterswohnheim direkt am Bodensee, mit Betreuung und Pflege. Sie verbringen ihren Lebensabend in netter und angenehmer Gesellschaft, und beim allwöchentlichen Tanztee gibt meine Mutter immer noch den Schritt vor. Welch ein Geschenk für uns, sie so wohl aufgehoben zu wissen. Ich will sie unbedingt noch vor unserer Schottlandreise für ein paar Tage besuchen.

Ohne nochmals den Gesprächsfaden wieder aufgenommen zu haben, beginnen wir zwei Wochen später, darüber zu reden, wie die neue Performance aussehen soll. Lorenzo stellt die Frage einfach in den Raum. Er scheint wieder besser drauf zu sein, und ich verzichte auf eine Entschuldigung seinerseits, jedoch bin ich mir nicht so sicher, ob ich mir auf Dauer seinen immer wieder aufkeimenden Missmut gefallen lasse. Einerseits habe ich auf einen Konflikt keinen Bock, andererseits vermisse ich den liebevollen Umgang, den wir sonst pflegen. Ich würde gerne wissen, warum ihm immer häufiger eine Laus über die Leber läuft.

Selbst wenn sich sein temporärer Groll nicht gegen mich richtet, werde ich leider einbezogen. Diese Wand, die er dann zwischen uns hochzieht, kann ich auch mit Humor nicht einreißen. Plötzlich bin ich auf der Hut. Ich bewege mich leiser und langsamer, spreche mit kleinen Pausen, weil ich Reizwörter vermeiden will, überlege mir jeden Tag, was ich koche, anstatt wie sonst mal schnell eine Pizza aufzutauen. Ob Lorenzo meine Bemühungen überhaupt bemerkt, bin ich mir gar nicht so sicher. Dass mich meine Unsicherheit mehr und mehr verspannt, spüre ich im Schulter- und Rückenbereich. Nachts im Bett jedoch kuscheln wir wie eh und je, beim Aufwachen aber denke ich sofort wieder darüber nach, wie der Tag heute wohl sein wird und wie seine Laune ist. Ist sie gut, kann auch ich loslassen, jedoch bei der kleinsten Kleinigkeit zucke ich innerlich zusammen. Ich weiß, ich muss was dagegen tun, so kann das nicht weitergehen, ich muss mit ihm reden.

Wie es halt oft so ist, platzt mir wegen einer absoluten Nichtigkeit der Kragen. Im Bad lag sein Handtuch auf dem Boden, der Wasserhahn war nicht richtig zugedreht, und Zahnpasta war am Beckenrand verschmiert. Wortlos brachte ich alles in Ordnung, aufgestaute Wut kroch in mir hoch, und dann beklagte ich mich lautstark über seinen Egoismus, seinen mangelnden Respekt, jeden Tag alles zu nehmen, aber auch nicht im Ansatz etwas zurückzugeben. Diese Selbstverständlichkeit, mit der er sich von morgens bis abends bedienen ließe, würde mich nicht nur immens wütend machen, sondern auch traurig. Entweder gibt er mir eine vernünftige Erklärung, was eigentlich mit ihm los ist, und zwar auf der Stelle, oder ich packe jetzt ein kleines Köfferchen, fahr zum Flugplatz und nehme den erstbesten Flieger irgendwohin, wo es warm und schön ist.

Lorenzo schluckt erst mal, während mir die Tränen runterlaufen. »Tesoro, i bin ä richtigs Arschloch un i ka verstähe, wenn du es Köfferli packsch. I bin so unzufriäde mit mi, wir i usgsäh un was i mach. Es isch alles a halbi Sach un ned es große Ganzi, was i imme agstrebt ho. I wois, wenn i jetzt uffgäb, denn kann i mi glei eigrabe lasse in ä mä Schuhschächteli uff'm Friedhof mitänam Piccoloflöte obe dro.« Er rührt mich, und ich muss noch mehr heulen. Wir liegen uns in den Armen und heulen wie Schlosshunde, küssen uns zärtlich und ungestüm, und nachdem wir uns auch noch leidenschaftlich geliebt haben, ist der Knoten geplatzt, und wir liegen eng aneinandergeschmiegt auf der Couch und reden endlich, wie wir es immer getan haben.

All die Jahre unserer Gemeinsamkeit war er so stark, hat immer für zwei gedacht und versucht, mich nicht spüren zu lassen, dass andere mich als sein Beiwerk angesehen haben. Er rechnet es mir hoch an, dass ich so selbstlos an seiner Seite bin und ihn in allen Lebenslagen unterstütze und von ihm fernhalte, was er ungern tut und was ihm lästig ist. Er vertraut mir in allem zu 100 Prozent, in beruflichen Dingen sind ihm meine Meinung, meine Ideen absolut unverzichtbar, mein untrüglicher Instinkt für Situationen, Zeitgeist und auch für Spielstätten geben ihm die Sicherheit, seinen Beruf auszuüben, denn ich würde ihm den Boden für seine Auftritte bereiten. Immer noch sei er sehr verliebt in mich und fände mich wunderschön, aber er schäme sich, wenn er sich selbst im Spiegel betrachte, und es wäre ihm arg, sich so vor mir zu zeigen. Doch inzwischen hadert er mit sich, glaubt nicht mehr an die große Begabung, die man ihm immer andichtet. Er hätte schon seit einiger Zeit das Gefühl, den Erwartungen nicht mehr standzuhalten. Zunehmend ertrüge er auch dieses ganze Geschwafel und Getue anderer Menschen nicht mehr. Am wohlsten fühlt er sich mit mir allein. Vielleicht liegt es an Edinburgh. Dort trifft er auf so viele begabte Artisten und stellt vielleicht fest, dass er sich mit ihnen nicht mehr messen kann und der Opa unter ihnen ist. Andererseits würde er so gerne mit mir dorthin reisen. Allein diese Fahrt durch so unterschiedliche Länder und Landschaften wäre großartig. Wir beide ganz allein, mit viel Zeit. Wir könnten uns inspirieren lassen von dem, was wir auf dem Edinburgh Festival sehen.

Ich höre mir alles mit großer Ernsthaftigkeit an, dann mache ich ihm einen Vorschlag. Wir reisen nach Schottland und treten dort auf. Jedoch nutzen wir die Zeit bis zu unserer Abreise, um wieder fit zu werden. Wir sind beide ein bisschen faul geworden in den letzten Jahren, geistig wie körperlich. In Marleens Handbuch gibt es bestimmt eine Menge Kräuter, die unser Vorhaben unterstützen. Wir machen hier sozusagen unser eigenes Home Spa auf mit Gesundheitsfarm. Gehen so oft wir wollen in unsere Fasssauna im Garten, und solange Schnee liegt, rollen wir uns anschließend nackt durch den Garten. »Das klingt sexy«, meint der Opa.

Aus meinem Badebeutel ertönt eine Fanfare. Es ist die Fanfare des Schweizer Postautos. Ein Scherz von Lorenzo, der sie mir vor Jahren auf mein Handy geladen hat. Es wäre einfach unerträglich, meinte er, dass ich entweder so gut wie nie ans Handy ginge oder halt doch langsam schwerhörig sei und den Klingelton überhöre. Nun, mit dieser Fanfare sind Ausreden zwecklos. Ich habe sie gelassen, die Fanfare, aus Sentimentalität und auch, weil ich mich an sie gewöhnt habe, selbst wenn sie sehr selten ertönt.

Wieder ist es die Sekretärin der Assistentin des Assistenten des Chefredakteurs. Sie hätte soeben einen Anruf des Autors bekommen, seine Ankunft bei der Badeanstalt würde sich nun doch noch etwas hinziehen. Es ist Mittagszeit, der Fährverkehr pausiert. Er fährt nun mit seinem Auto über Zürich. In ungefähr einer Stunde müsste er bei uns sein. Er würde sich über alle Maßen auf das Interview freuen und darüber, Lorenzo und selbstverständlich auch mich kennenzulernen.

Die Stimme der Sekretärin klingt pikiert und gleichzeitig so, als würde sie mit einem ordentlichen Donnerwetter rechnen. Tatsächlich verschlägt es mir ein wenig die Sprache. Ich bleibe jedoch gelassen und antworte freundlich, dass es Murphys Gesetz wäre: Wenn etwas schiefgeht, dann läuft in Folge noch mehr schief.

Innerlich juble ich, denn nun steht einem ausgiebigen Bad im See und einer Forelle mit Butterkartoffeln, glasierten Möhren und einem kleinen grünen Salat nebst einem frischen Glas Rosé nichts mehr in Wege.

21

Die Reise nach Schottland

Nackt stehen Lorenzo und ich vor unserem großen Spiegel im Studio und ziehen Bilanz. Sechs Wochen haben wir uns kasteit, unsere Körper trainiert, sind täglich die Hügel hinauf- und hinuntergehüpft, gerannt oder rückwärtsgegangen, haben Mineralien und Vitamine geschluckt, bis wir uns vor lauter Vitamin B nicht mehr riechen konnten. Wir waren zweimal beim Friseur, gemeinsam, haben uns denselben Haarschnitt verpassen lassen, nicht zu kurz, für beide kleidsam, seiner etwas lichter. Kein Tropfen Alkohol, dafür fleischlose, brotlose, gemüsereiche Kost. Ein Wunder, dass wir uns nicht an die Gurgel gegangen sind. Doch wir fühlen uns wohl in unserer Haut. Sie sieht auch glatter und rosiger aus. Drahtig und muskulös, fast wie Tänzer, zugegeben wie alternde Tänzer, aber nicht schlecht. Mein rechtes Knie ist ein wenig beleidigt, hat sich nach so manchem Spurt einen an- und abschwellenden Knödel in der Kehle zugelegt. Ich ignoriere es. Lorenzo hat öfters Kopfweh und behauptet, es liege an dem koffeinlosen und daher trostlosen Dasein. Ich schenke ihm dann ein mildes Lächeln.
In einer Woche sind wir startklar. Dann liegen für dieses Abenteuer nach Schottland hin und zurück insgesamt 3600 Kilometer Fahrt in unserem Vehikel vor uns. In dieser Woche werde ich packen, lange Listen erstellen, auf denen alle Requisiten nummeriert aufgelistet sind, Lorenzo überprüft seine Kostüme, die ich, wenn nötig, reparieren, nähen, färben, erneuern werde. Zur Sicherheit packe ich unseren Werkzeugkasten ein.

Wir haben beschlossen, uns auf der Reise kulinarisch verwöhnen zu lassen, unsere Bordküche bleibt kalt, und spätestens, wenn wir französischen Boden befahren, in ein Burgunderfass zu fallen. Danach werden wir unsere wohlig betäubten Häupter in Hotelkissen betten und erst dann weiterfahren, wenn genügend Koffein den Kopf freigemacht hat.

Für diese 1800 Kilometer nach Edinburgh planen wir sieben bis acht Tage, ebenso zurück. Dazwischen liegen vierzehn Tage Fringe. So nennt man das absolut verrückteste Clownfestival des Königreichs. Schotten sind nicht nur enorm trinkfest, sondern auch besonders lustig und gastfreundlich. Noch haben wir keine verbindlichen Zusagen von einigermaßen ruhigen Stell- und Übernachtungsplätzen. Das ist Lorenzos Part. Ich muss heute den zeitlichen Ablauf seiner drei Performances organisieren. Hinzu kommt ein Licht- und Soundplan. Für den Notfall packen wir kleine Scheinwerfer mit farbigen Plexiglasscheiben ein.

Lorenzos Masken und der Schminkkoffer müssen gesichtet und gegebenenfalls erneuert werden. Mastix, Silikon, Farbpalletten, Aceton, ein Sortiment von breiten bis ganz feinen Pinseln, die in eine gesonderte Holzkiste gelegt werden, bedeckt und geschützt mit einem dunkelroten Samttuch. Alles muss perfekt sein. Unverzichtbare Rituale. Ob und wie viele Instrumente Lorenzo mitnehmen möchte, überlasse ich ihm, aber ich muss den Platz fürs sichere Verstauen einplanen.

Allzeit griffbereit muss unsere Entspannungsmusik liegen. Die Playlist überlasse ich ihm. Falls ich die falsche Musik auflege, kann schnell schlechte Stimmung aufkommen, da halte ich mich besser raus. Und dann muss noch die präventive Notfallkiste gefüllt werden. Da kommt alles hinein, von Gummibären bis Bärendreck.

In den nächsten Tagen wird Lorenzo das Vehikel in Bellinzona gründlich durchchecken lassen, und wir können nur beten, dass es keine bösen Überraschungen gibt, die die Abreise verzögern.

Das Festival Fringe findet in diesem Jahr vom 4. bis 23. August statt. Jetzt haben wir Mitte Juli. Das olle Gefährt muss durchhalten, genau wie wir, wer weiß, ob wir noch mal mit ihm so eine lange Reise machen werden. »Wir drei Oldies«, fügt Lorenzo grinsend hinzu. Fringe steht für Kleinkunst, Innovation, junge Talente, alte Hasen, Workshops und vor allem für viel Spaß und großes Miteinander. Als wir jung waren und es uns finanziell leisten konnten, für ein paar Tage mit dabei zu sein, genossen wir es, danach mit einem Sack neuer Impulse heimzukehren. Voller Elan stürzten wir uns in neue Prozesse und Denkweisen, die uns wachsen ließen.

Jetzt sind wir verdammt erwachsen, was zieht uns da eigentlich noch mal hin? Wollen wir uns beweisen, noch mithalten zu können mit dem jungen Gemüse? Oder treten wir dort als Spione auf, um zu erfahren, was heutzutage einen erfolgreichen Clown ausmacht? Sicherlich werden wir auch dieses Mal Impulse bekommen, und die können wir dann in Lorenzos großem Farewell-Auftritt einbauen.

In diesen Tagen vor unserer Abreise nutze ich auch die Zeit für ausführliche Telefonate mit Birger und Christian in Deutschland. Irgendwann vor vielen Jahren haben wir das Paar auf einem Festival kennengelernt. Sie sind beide Maskenbildner. Birger ist als Spezialeffekt-Mann unschlagbar und kennt sich mit Materialien bestens aus, und Christian knüpft fantastische Haarteile, Perücken und Bärte. Wir brauchen sie für Lorenzos Alterungsprozess. Ohne die beiden und ihre Erfahrung wird die Verwandlung nicht möglich sein.

Alles ist und bleibt spannend, wenn wir nur dranbleiben und weiterhin für diesen unsagbar schönen Beruf brennen. Die Euphorie, die sich bereits nach dem ersten Gespräch mit den beiden in mir ausbreitet und mit der ich auch Lorenzo an-

209

stecke, zeigt uns, dass noch so viel möglich ist und wir uns noch mittendrin im Geschehen tummeln können. Wir müssen es nur wollen. Ich will, unbedingt! Ich kann ja auch nichts anderes, hab es mein Leben lang gemacht. Was soll ich denn tun, wenn diese Hingabe wegfällt? Den Kopf in den steinigen Tessiner Sand stecken? Nur keine Resignation und Tristesse aufkommen lassen, wir müssen in Bewegung bleiben. Es wird nicht ganz einfach sein, manchmal vielleicht auch ein Kraftakt werden, aber ich werde Lorenzo beständig mit Inspiration füttern und ihn daran hindern, sich in sein Schneckenhaus zu verkriechen. Ich brauche ihn als Partner, im Beruf und als seine Frau. Ich fordere sein Commitment ein. Sein »Komm mit mir mit«-ment.

Ausgestattet mit vier neuen Reifen, neuem Öl, vollem Wasser- und Benzintank, einer Ersatzbatterie, einem Satz Zündkerzen und einem Keilriemen, gewaschen und poliert, vollgepackt inklusive Dachcontainer, in dem die Requisiten verstaut sind, starten wir am 22. Juli bei absolutem Scheißwetter. Es regnet seit zwei Tagen ohne Unterlass, aber wir müssen jetzt losfahren, weil die Tickets für den Eurotunnel am 25. von Calais nach Folkestone gebucht sind. Für die Fähre nach Dover war der Aufpreis für unser Vehikel wegen der Ferienzeit wahnsinnig teuer, und außerdem würden wir zwei Tage verlieren, also fahren wir mit dem Zug.
Im Gegensatz zu manch anderer gemeinsamen Reise hat Lorenzo beschlossen, sich mit mir die vielen Kilometer zu teilen. Das erstaunt mich, denn er liebt es, Co-Pilot zu spielen, um als Navigator sozusagen die Fäden in seiner Hand zu halten. Vielleicht hat er auch ein wenig Sorge, weil ab Folkestone Linksverkehr herrscht. Mir soll es recht sein. Ich fahre also bis zum Eurotunnel und er ab Folkestone nach Edinburgh. Notfalls kann ich ihn ablösen, falls ihn die Müdigkeit überfällt.

Mit unserem Bus einen legalen Stellplatz für einige Stunden zu finden ist in England eine echte Herausforderung. Tiefgaragen sind ausgeschlossen, weil der Bus viel zu hoch ist, außerdem können wir unsere wertvolle Fracht auch nicht unbeaufsichtigt stehen lassen. Das wäre ja geradezu eine Aufforderung, uns auszurauben. Wir wollen auf der Fahrt auch nicht im Bus schlafen, sondern in kleinen hübschen Hotels oder B&Bs mit Frühstück und bewachtem Parkplatz. Der Co-Pilot checkt morgens die Strecke, sucht die beste, schönste und eindrucksvollste Route, legt die Anzahl der Kilometer an dem Tag fest, guckt, wo es unterwegs eventuell einen Markt gibt, und, ganz wichtig, in welches Restaurant man abends einkehrt. Voraussetzung ist immer, dass die Strecke zwischen Unterkunft und Mahlzeit fußläufig zu bewältigen ist. Uns wird nicht langweilig. Mit jedem Kilometer fällt so manche Beklemmung oder Angst von uns ab. Es stellen sich eine Leichtigkeit und Unbeschwertheit ein, wie wir sie schon lange nicht mehr gespürt haben. Die Freiheit, die nächsten vier Wochen einfach auf uns zukommen zu lassen, nur wenigen Verpflichtungen nachkommen zu müssen, keinen Konkurrenzdruck zu verspüren, nur puren Spaß, versetzt uns zurück in frühere Zeiten.

Ich bemerke, wie Lorenzo mich ansieht, wenn ich am Steuer sitze. Spüre seinen Stolz. Freue mich, wenn er mich vorsichtig berührt, mir seine Hand auf die Schulter legt. Merke, wie er sich mir annähert und so manche Ruppigkeit der letzten Jahre vergessen machen will. Und ich komme ihm entgegen, mache mich freudig auf, seine kleinen Zärtlichkeiten und stillen Entschuldigungen anzunehmen. Sich zu verzeihen und dankbar zu sein für diese tiefe Liebe und Vertrautheit, die nach so vielen gemeinsamen Jahren immer noch existieren. Fast möchte ich sie als Symbiose bezeichnen. Zwei Individuen, die im Gleichschritt laufen. Immer öfter bemerke ich, wie wir spontan über irgendetwas lachen. Wie wir über eine Landschaft oder eine

Stadt oder eine besonders schöne Kirche geradezu in Verzückung geraten. Wir spornen uns gegenseitig an, Besonderheiten zu entdecken, führen eine Art Reisetagebuch, in das wir eintragen, was uns gefallen hat und wo wir gut genächtigt oder gegessen haben. Da wir rein zeitlich auf einen Aufenthalt in London verzichten müssen, nehmen wir uns fest vor, spätestens im nächsten Jahr einfach mal hinzufliegen und uns ein paar schöne Tage zu machen. Dafür schauen wir uns Cambridge an. Parken am großen Busbahnhof und fahren in die wunderschöne alte Universitätsstadt mit dem City Hop-on and Hop-off Bus. Wir haben ein 24-Stunden-Parkticket bezahlt, unseren kleinen Übernachtungsrucksack auf den Rücken geschnallt und werden uns in der Innenstadt ein schnuckeliges Hideaway suchen. Wir lechzen nach einem dunklen Ale und Gurkensandwich, müssen unbedingt einen klebrigen Schokoladenpie essen und Tee mit Milch dazu trinken. Und wir müssen eng umschlungen auf unserer Picknickdecke im Park liegen und uns die Sonne auf die vollen Bäuche scheinen lassen.

Das Leben ist schön!

22

Das Festival Fringe

Der Teufel ist ein Eichhörnchen! Just eine Stunde bevor wir nach ermüdender Fahrt in Edinburgh eintreffen, bekommen wir eine E-Mail, dass der Dauerstellplatz, den Lorenzo für unseren zweiwöchigen Aufenthalt gebucht hat, leider doch zu klein ist. Dies hätte man erst jetzt erkannt, und nun sei es zu spät. Da Lorenzo bereits eine Anzahlung geleistet hat, könne man uns einen anderen Platz anbieten, dieser wäre auf einem privaten Grundstück mit Wohnhaus, absolut sicher und sogar näher an der Altstadt, unten am Fluss. Familie Brian und Wendy Woodhead, Rockmusiker, ein bisschen Punk und Grunge, unfassbar nett und gastfreundlich, treten bei Fringe mit mehreren Konzerten auf. Sie haben genug Platz auf dem Hof und freuen sich auf uns. Na dann, nichts wie hin. Wir sind müde und hungrig. Sie sind in der Tat reizend und sehr schräg. Kinder und Hunde toben durchs Haus, und wir müssen sofort mit ihnen ein Pint trinken. Es gibt Schlimmeres.

Im Vehikel etwas später gestehen wir uns, dass wir sehr froh sind, etwas entfernt auf dem Hof zu übernachten und die Tür hinter uns schließen zu können. Erfreulich ist auch, dass wir dabei wesentlich günstiger wegkommen, da wir sozusagen als Freunde hier logieren und daher keine Steuern erhoben werden. Cash in die Täsch.

***

Während wir uns in Edinburgh die ersten beiden Tage nur treiben lassen und verzaubert vom bunten Treiben von Theater zu kleinen Zelten, von engen Gassen zu vollen Marktplätzen, vom Castle zum Picknick am Fluss, von Pubs zu Cafés mit den Massen zogen, vogelfrei und unbekümmert, treffen wir unseren alten Freund und Wegbegleiter Hans-Ruedi.

Wir standen gerade mitten auf einem der wunderschönen Plätze in der gotischen Altstadt Edinburghs und schauten Stelzenläufern zu, die in schwindelnder Höhe mit ihren Stelzen über das Kopfsteinpflaster liefen, dabei jonglierten und so taten, als wäre das kinderleicht. Wir hatten unsere Köpfe in den Nacken gelegt und blickten nach oben, und nicht mal zwei Meter entfernt von uns stand ein Mann in der gleichen Haltung. Als wir uns anschickten weiterzugehen, löste auch jener Mann seinen Blick vom Himmel, und wir drei blickten uns voller Erstaunen an. Welch eine Überraschung! Damit hätten wir nie gerechnet. Zugegebenermaßen hatten wir ihn auch vorher nicht kontaktiert. Wir hatten gar nicht in Erwägung gezogen, ihn zu fragen, ob er auch zum Fringe, diesem für seine Ansprüche viel zu unbedeutenden Kleinkunsttheater und Clownfestival, reisen würde. Aber so kann man sich täuschen. Hans-Ruedi genoss gerade eine Auszeit.

Seit Jahren ist sein Standort New York, und von Juli bis September versucht jeder, der es sich leisten kann, die stickige Stadt zu verlassen. So beschloss er, über London nach Italien ans Meer zu reisen. Er ist eine ganze Woche hier in Schottland, und wir konnten uns nichts Schöneres vorstellen, als diese Woche gemeinsam zu verbringen. Genau das haben wir gemacht. Tagsüber treffen wir uns vormittags zu einem verspäteten schottischen Haferbrei mit Tee irgendwo in der Altstadt, ratschen über wichtige oder auch nebensächliche Themen, holen Erinnerungen aus der Mottenkiste, lästern über frühere Kommilitonen oder jetzige Konkurrenten, lachen uns schepps, was alles jedem von uns so passieren kann, und es fühlt sich an, als hätten wir uns erst gestern voneinander verabschiedet. Unsere Freundschaft besteht immer noch, selbst wenn ein Ozean zwischen uns liegt und man nicht wöchentlich telefoniert oder schreibt. Das ist das Schöne an alten Freundschaften, sie sind so tief verankert, sie überdauern gute wie schlechte Zeiten. In dieser Woche hat Lorenzo zwei Auftritte, und es ist so schön für mich, Hans-Ruedi an meiner Seite zu haben. Seine Begeisterung und die echte Bewunderung für Lorenzo und seine Kunst erfüllen mich mit Stolz. Wenn einer etwas von unserem Metier versteht und es beurteilen kann, dann unser Freund. Seine Meinung gilt. Eines Abends hält er einen langen Monolog, der bis ins Detail die Begabung, das Können und Charisma Lorenzos beleuchtet. Wir sprechen auch ernsthaft über unsere Zukunft. Darüber wie sich unser Beruf verändert hat. Welche Möglichkeiten einem fast siebzigjährigem Clown noch offenstehen. Ich erzähle ihm von unserer Idee, eine kleine Fairwell-Tournee durch schöne Theater zu machen und eventuell an ein bis zwei hochkarätigen Festivals teilzunehmen, und berichte Hans-Ruedi von der Zeitreise durch Lorenzos Leben, die ihn in unterschiedlichen Altersabschnitten zeigen soll. Erkläre, wie ich mir dazu die Masken vorstelle, um ihn am Schluss pur zu zeigen, demaskiert, die letzte Maske ist gefallen, großes Drama wie bei Shakespeare. Hans-Ruedi ist begeistert.

Ein paar Tage nach seiner Abreise rief er mich an. Beteuerte erneut, wie sehr er uns beide in unserer künstlerischen Arbeit schätzt. Wir hätten in dieser Woche seine Batterien aufgefüllt, er platze nun geradezu voller Freude, und nachdem er gerade eine Stunde durchs Mittelmeer gekrault sei und ihm dabei immer die besten Ideen kommen, möchte er uns fragen, ob wir nicht unsere Fairwell-Tournee im Fürstentum Monaco starten wollen, beim großen Zirkusfestival in Monte Carlo?

Der GOLDENE CLOWN würde doch als Maskottchen fürs Lebenswerk gut ins Regal passen!

Unsere restlichen Tage in Edinburgh verbringen wir mit sehr gemischten Gefühlen. Einerseits freuen wir uns über dieses grandiose Angebot und die Chance, nach dem Olymp zu greifen, andererseits sind es bis Mitte Januar nur noch viereinhalb Monate, und wir haben zwar eine vage Idee, wie die Performance ablaufen könnte, sind jedoch weit davon entfernt, mit Proben beginnen zu können. Dieser sogenannte letzte Vorhang muss perfekt sein, und wenn er fällt, müssen alle weinen.

Um schnell zu Hause zu sein, reisten wir zwei Tage früher ab, hofften, einen Platz auf dem Autozug zu bekommen, fuhren die schnellste Strecke ohne romantische Abzweigungen und hatten in vier Tagen die 1800 Kilometer hinter uns gebracht. Das war sportlich, und dementsprechend fertig waren wir bei unserer Ankunft. Unsere Laune jedoch war großartig. Wir hatten viele gute Auftritte gesehen und in unseren Köpfen gespeichert. Wir klauen nicht, lassen uns nur inspirieren. Das ist legitim, das machen alle. Die Kunst ist, das Erlebte einzuweben in die unverwechselbare Art Lorenzos. Das ist meine Arbeit. Schreiben muss Lorenzo, es ist seine Nummer, sie braucht seinen Pulsschlag. Wenn er mutig ist und seine Ängste zulässt, seine Unzulänglichkeiten benennt, die Betroffenheit darüber offen zu zeigen und am Ende daraus zu lernen und weise, ganz leise seinen Hut zu nehmen, dann wird es ein Erfolg, das weiß ich ganz sicher.

Ich packe dann das Ganze in die Form. Eine Mammutaufgabe für uns beide, die viel Konzentration erfordert. Ich werde nach München fahren und mit Birger und Christian die Masken erarbeiten. Werde in Augsburg ins große Stofflager fahren, wo alle Kostümbildner einkaufen, und hoffe, dort die geeigneten Materialien zu finden, aus denen ich Lorenzos verwandelbares

Kostüm nähen kann. Im Glockenbachviertel in München, beim Gärtnerplatztheater, gibt es einen Schuhladen für Tänzer und Artisten, auch da werde ich vorbeigehen.

Und auf dem Heimweg werde ich meine Eltern besuchen und dort ein wenig bleiben, um zu sehen, wie es ihnen wirklich geht, und wenn auch nur kurz eine gute Tochter sein.

Schwimmt man von Küsnacht aus Richtung Zürich, taucht wenige hundert Meter nach der Badeanstalt eine lange Steinmauer auf. Zierliche Steinfigürchen stehen darauf, die Füllhörner oder Blumenkränzchen in den Händen halten. Dahinter erstreckt sich, sanft ansteigend, ein wunderschöner Garten mit Rosenrabatten, Ziersträuchern und beschnittenen Bäumen. Ein Jahrhundertwendehaus mit breiter Terrasse und seitlichen Säulen thront mittig auf der Anhöhe. Gerade so hoch, dass es die Mauer überblicken kann und freie Sicht hat über den See.

Vor vielen Jahren, als ich schon einmal bewundernd vorbeischwamm, hat mir auf meine Frage, wer wohl dort wohnen würde, ein Badegast hinter vorgehaltener Hand leise zugeflüstert: »TINA TURNER!« Ob's stimmt? Wer weiß!

Jetzt gerade schwimme ich wieder dort vorbei. Bewundere erneut dieses bezaubernde Anwesen und wünsche von Herzen, dass diese großartige Sängerin und Diva dort weitgehend unbehelligt all das machen kann, was sie will. Vielleicht steigt sie morgens nach dem Aufstehen nackt in den See, backt Kuchen für ihre vielen Enkelkinder, buddelt Tulpenzwiebeln in die Erde, glotzt auf einer großen Leinwand Filmschnulzen und bohrt in der Nase, wenn es nötig ist. Dieser Platz ist so geeignet wie kaum ein anderer für den letzten Lebensabschnitt.

Ich bin nicht neidisch, ich kann bei mir daheim auch vieles davon machen, wenngleich mir der Blick auf den Lago Maggiore fehlt, aber es gibt einen feinen Unterschied zu Tina. Ich bin dort allein. Ein Stich bohrt sich tief in mein Herz. Ich schnappe nach Luft, unter mir nur Wasser, kein Boden, auf dem ich kurz stehen bleiben kann, ich bin zu weit draußen im See. Lege dich auf den Rücken, denke ich, lass dich treiben, nur keine Panik! Aber ich habe Panik, nicht vorm Ertrinken, sondern vor meiner Zukunft. Warum ausgerechnet jetzt? Warum hier, mitten im See? Bis vor einer Minute war alles so gut, so entspannt. Wie sehr habe ich die gestrige Anreise genossen, war stolz auf mich, die Reise in meinem kleinen Auto gemeistert zu haben, bin gelassen ob der Unzuverlässigkeit meines baldigen Gesprächspartners, spüre so gut wie keine Nervosität wegen des bevorstehenden Interviews. Was hat mich plötzlich getriggert? Was war der Auslöser?

Ich schaffe es nicht, mich auf den Rücken zu drehen. Unweigerlich dreht sich mein Körper wieder um, und mein Gesicht taucht ein ins Wasser. Ich rudere mit den Armen, strample mit den Beinen. Bin unfähig, um Hilfe zu rufen. Plötzlich strecken sich meine Beine gerade nach unten, als zöge mich etwas ganz sacht, aber stetig tiefer und tiefer. Ruhe kehrt ein. Ich öffne die Augen und sehe einen breiten Sonnenstrahl, der von oben einschießt in das flusige Graublau um mich herum. In meiner Nase kitzelt es, und kleine Bläschen dringen nach außen, das fühlt sich lustig an. Mir ist, als würde ich eine rhythmisch geschlagene Triangel hören, ding, ding, ding. Klingt so mein Herz? Ich sinke, das Wasser fühlt sich kälter an als vorhin. Meine Füße dringen ein in den schlammigen Boden, und blitzartig graust es mir. Ich ekle mich vor undefinierbarem Schlamm, man weiß nie, was dort alles so kreucht und fleucht. Die Füße finden Halt auf etwas Steinigem, und instinktiv gehe ich leicht in die Hocke und stoße mich mit aller Kraft ab in Richtung Licht. Ich will Luft, brauche ganz dringend frische Luft, es ist noch nicht so weit! Ich habe noch so viel vor.

Wie ein Pfeil schießt mein Kopf aus dem Wasser. Mein Mund öffnet sich, und ein riesiger Schwall Wasser jagt eruptionsartig nach außen. Jetzt kann ich atmen und meine Arme ausbreiten, mich vorsichtig nach hinten legen, langsam mit den Füßen paddeln. »Du musst zur Ruhe kommen, Valerie«, sage ich mir. »Du hast eine Aufgabe, und die musst du bewältigen, du musst jetzt zurückschwimmen und deine Forelle essen, sie wartet auf dich.« Die Sonne streichelt mein Gesicht, das tut gut, denn mein Körper fühlt sich eiskalt an, er zittert. Während aus meinem Mund klagende Laute ertönen und mir unaufhörlich Tränen übers Gesicht laufen, schwimme ich mehr schlecht als recht Richtung Land. Sobald ich Boden unter mir fühle, gehe ich in Richtung der schönen Mauer des Anwesens. Dort kann ich richtig stehen, schaue sogar, während ich mich an die warme Steinmauer lehne, mit dem Oberkörper aus dem Wasser. Nun drücke ich mich entlang der Mauer zur Badeanstalt, Schritt für Schritt. In mir schreit beständig eine Stimme nach Lorenzo, schreit, hilf mir, Lorenzo, hilf mir!

Irgendwann erreiche ich die Treppe der Badeanstalt. Mit einem großen Badehandtuch steht da der Kioskbesitzer und hilft mir aus dem Wasser. »Signora, was machen Sie da, warum schwimmen Sie alleine so weit hinaus, wir haben uns alle hier Sorgen gemacht!«

Er reicht mir das Badetuch, und ich hülle mich dankbar darin ein. »Ich habe Ihr Mittagessen warm gestellt, nun ruhen Sie sich ein wenig aus und geben mir ein Zeichen, wenn Sie bereit sind zu essen, Signora.« Ich nicke ihm zu und könnte schon wieder in Tränen ausbrechen.

23

Vorbereitungen

»Wann müssen wir spätestens in Monte Carlo sein?«, ruft Lorenzo, der mit einem Schweißgerät versucht, die auf dem Rückweg abgefallene Stoßstange anzulöten. »Am 16. Januar, warum fragst du?«, erwidere ich aus der Küche. Seit zwei Tagen sind wir wieder zu Hause, und ich bereite Rösti mit gartenfrischem Salat zu. »Ich frag des nur, weil ich grad seh, dass die Hinterachse und teilweise das Blech rundherum total verrroschtet is, und wenn wir mit dem Ding im Winter nach Monte Carlo fahren wollen, muss ich die uswechsle lasse und das ganze Bodenblech schweißen, des is a Sauarbeit, un ich bruch mindeschtens an Monat lang, da hänn ich kein Kopf für es Galöri«, erwidert mein Tessiner Urgestein. »Ja, mi Schätzeli, es bleibt abrr nix anders übrig, da musst du halt zaubern«, rufe ich zurück.

Wenige Tage danach sieht es in unserer Küche aus wie im Krankenhaus.
Lorenzo liegt auf dem Eichentisch. Zwei abgeschnittene dicke Strohhalme ragen aus seinen Nasenlöchern, die Augen sind mit Wattepads belegt, und um seinen Kopf herum liegen Mullbinden. Die tauche ich in eine Schüssel mit flüssigem Gips und lege sie schichtweise über sein Gesicht. So wird er mindestens 20 Minuten regungslos ausharren müssen, bis ich die Gipsmaske vorsichtig abheben kann. Am Tag drauf, wenn sie richtig trocken ist, gieße ich sie mit Harz aus, sodass ich Loren-

zos Abdruck hart und stabil in den Händen habe, um darauf Hängebäckchen, Doppelkinn, Tränensäcke und andere »Alterserscheinungen« mit einem angedickten Acrylpulver zu bauen. Das ist relativ einfach, ich habe es mir in München zeigen lassen und mehrfach ausprobiert. Wenn die Teile trocken sind und man sie auf der Rückseite abpudert, kann man beliebig viele Schichten aufeinanderlegen. Die kleben dann zwar wie Tattoos aus dem Kaugummiautomaten aneinander, lassen sich aber in Sekundenschnelle ablösen. Es ist nur eine Frage der Übung. Selbst Grimassen könnte man mit ihnen schneiden, so elastisch, wie sie sind, was Lorenzo ohnehin nicht tut, sie würden nicht abfallen.

Mit den Haarteilen verhält es sich ähnlich. Auf Lorenzos Oberkopf klebt für den Zuschauer unsichtbar Tüll. In vier Schichten, die mit winzigen Klettstreifen versehen sind, wird der Alterungsprozess auf dem Tüll befestigt. Die erste Phase ist ein pausbäckiger, blond gelockter Junge. Die zweite darunter ein gut aussehender junger Mann, dem man seine Hippievergangenheit ansieht, die dritte ist der reife Mann mit akkurater Frisur, der Karriere gemacht hat und weltgewandt ist, die letzte Phase ist der alte Mann mit beginnender Glatze und großen Geheimratsecken.

Die wunderbaren Stoffe, die ich in Augsburg gefunden habe, hängen griffbereit über den Stühlen am Esstisch, um in vier Kostüme verwandelt zu werden. Teilweise sind es nur Details, die befestigt oder abgerissen werden können, Lorenzo wird alles in Schichten übereinanderziehen. Kurze Hosen werden mit einem Handgriff lang, ebenso Jackenärmel. Vorderteile einer Weste werde ich beidseitig in verschiedenen Farben nähen, sodass sie ratzfatz umgedreht werden können. Geschlossene Bekleidungsstücke werden dank Klettverschluss in Sekundenschnelle heruntergerissen, und darunter taucht jeweils eine Überraschung auf. Viel Arbeit, die da auf uns zukommt, und wir müssen eine

Menge Hirnschmalz aufbringen. Jedoch waren wir nicht umsonst in San Francisco, dort haben wir alles gelernt, was man als Basis benötigt, jetzt können wir uns austoben.

***

Wir haben uns auf den Weg gemacht. Im Gepäck eine ausgefeilte, wie ich meine grandiose Nummer für Lorenzos letzten Auftritt. Wir waren fleißig, und erstaunlicherweise war Lorenzo kooperativ und hat sich lammfromm, ja geradezu gläubig in meine strenge Regiearbeit hineinbegeben. Da er mir eine wundervolle Grundlage mit seinem Storyboard gegeben hatte, war es nicht schwierig, alles dramaturgisch und choreografisch umzusetzen. Zumal ich als Spiegel für ihn die Nummer mit einstudierte, damit er, indem er mich beobachtete, an seiner Performance arbeiten konnte. Ein guter Trick, wir haben es schon mehrmals ausprobiert, und es hat immer funktioniert.
Auf dem Dach im Container befindet sich ein zehn Meter langes, in fünf Einzelteile zerlegtes Rollband, das ein befreundeter Schlosser angefertigt hat. Es wird elektrisch angeschlossen und lässt sich in zwei Richtungen fahren. An beide Seiten habe ich eine 15 Zentimeter hohe künstliche Blumenwiese getackert, sodass man das Rollband nicht sieht und es aussieht, als ob Lorenzo durch eine Wiese läuft.
Des Weiteren liegen aus Holz gesägt und von mir bemalt Fragmente eines angedeuteten Hauses für das eine Ende des Rollbandes und ein hohler Baum für die andere Seite. In diese beiden Kulissen läuft das Rollband hinein, und Lorenzo wird in Sekundenschnelle dort seine jeweilige Verwandlung vornehmen und den Schalter umlegen, damit das Band in die andere Richtung läuft.
Er tritt auf als Bub, mit Lockenkopf, barfüßig und in kurzen Hosen, Hemd und Weste. Er kommt aus dem Haus und trägt

vorsichtig einen Hut mit drei Eiern. Die Eier reizen den Buben, damit zu jonglieren, was er noch nicht wirklich gut kann. Mehrmals fallen sie fast auf den Boden, und er fängt sie in letzter Sekunde. Er fängt sie auch mit dem Hut, setzt ihn dann auf. Er stolpert. Hut und Eier fallen hinunter, er fängt jedes Ei mit der Hand und gleichzeitig den Hut mit seinem Fuß, und so geht das einige Minuten lang, während das Rollband läuft. Kindlich spielerisch und voller Freude darüber, was man alles mit Hut und Eiern machen kann, entsteht bei ihm die Idee, dass es ein Spiel fürs Leben werden könnte.

Kaum im Baum verschwunden, taucht kurz danach in Schlaghosen, Hemd und Fransenweste, mit langer Hippiemähne, an den Füßen holländische Holzpantinen und mit Hut auf dem Kopf, ein junger Mann auf. Sehr selbstsicher hält er fünf Eier in den Händen, um sie vermeintlich jemandem zu bringen. Das Rollband läuft in die andere Richtung. Er wirkt ein bisschen bekifft und nimmt seine Aufgabe nicht so ernst. Auch verliert er immer wieder Hut und Eier, jedoch fallen die Eier nie auf den Boden, sie verschwinden manchmal im Ärmel des Hemdes und kullern dann wieder auf der anderen Seite zu seinem Erstaunen heraus, oder er steckt eines in die Hosentasche, das kurz darauf unten aus einem Bein der Schlaghose in einen der Holzclogs plumpst, aus dem er eine Sekunde vorher herausgestiegen ist. Dem Hut jedoch muss er hinterherjagen, er fällt der Länge nach hin, rappelt sich auf, macht einen Rückwärtspurzelbaum, fängt Eier, jongliert sie gekonnt. Der Hut wird ihm immer wieder, als gäbe es kräftige Windstöße, vom Kopf geweht. Der Hut jedoch ist ihm wichtig, er will ihn nicht verlieren. Bei all der Akrobatik mit Hut und Eiern zeigt ihm der Weg des Lebens, auf dem er sich befindet, wie es immer besser geht und wie viel Freude er dabei empfindet.

Während alles beiläufig und unaufdringlich wirkt, lässt diese Akrobatik einem den Atem stocken, bis er am Ende im Haus verschwindet.

Ein sichtlich erfolgreicher, mittelalter Herr mit gepflegtem Haarschnitt und bekanntem Hut, einer Anzughose ohne Schlag, mit einer Weste, an der keine Fransen hängen, schicke Schuhe an den Füßen, tritt aus dem Haus. Er hält sieben Eier in den Händen. Von Weitem hört man Discomusik. Offensichtlich ist er auf eine Party eingeladen, denn er hat gute Laune und beeilt sich, tanzend auf die andere Seite Richtung Baum zu kommen. Dieser Weg jedoch hat seine Tücken, die er virtuos meistert. Er tanzt im wilden Mix aus Beat, Hip-Hop und Techno. Eier und Hut fliegen und fallen im Rhythmus mit der Musik, bis jäh der Hut auf einem hohen Ast des Baumes hängen bleibt und er ihn nicht erreichen kann. Er ist verzweifelt. Springt in die Höhe, jedoch es ist zu spät. Erbarmungslos rollt ihn das Band in den dröhnenden Discobaum. Die Musik wird leiser.

Als sie nicht mehr zu hören ist, tritt ein alter Mann mit merklich schütterem Haar, einer Wolljacke über geflickter Weste und verbeulter Hose auf, er schlurft in alten ausgetretenen Pantoffeln. In seinen Händen balanciert er vorsichtig neun Eier in einem Taschentuch. Merklich hat er Probleme mit seinen Beinen beim Laufen. Er möchte ins Haus, hat aber Gegenwind. Er kämpft dagegen an, läuft in Schräghaltung, Eier fallen aus dem Tuch, erst eins, dann zwei, schließlich alle. Er jongliert mit ihnen, versucht sie in das Tuch zu legen, mal rückwärts gehend, humpelnd hinterherschlurfend, glücklich und erstaunt, dass es ihm trotz des Sturms gelingt, die Eier zu retten. Das gibt ihm Mut und Selbstvertrauen, es geht noch, noch kann er mitspielen im Karussell des Lebens, er wird seine Eier wohlbehalten ins Haus bringen. Kurz bevor er hineintritt, fällt sein Blick auf den Hut am Baum. Er dreht sich um, nun hat er den Wind im Rücken, das treibt ihn an, obwohl sein Band des Lebens ihn unaufhörlich zum Haus bringen möchte. Er jedoch braucht seinen Hut, er muss ihn holen. Er hängt zu hoch. Mit letzter Kraft erreicht er den Baum, kann einen unteren Ast mit einer Hand greifen, ihn abreißen, während die andere Hand die Eier im Tuch festhält. Das Band rollt unaufhörlich zurück Richtung Haus, in seiner Not nimmt er den Ast quer wie eine Balancestange in den Mund, knüpft das Taschentuch kreuzweise über den Eiern zu einem Knoten und hängt das Päckchen vorne an den Ast. Dabei kämpft er sich vor bis zum Baum. Unter großer Anstrengung gelingt es ihm, mit dem Ast den Hut aufzuspießen. Erstaunlicherweise hängt danach das Eierkörbchen an der Stelle. Er steckt den abgerissenen Ast zurück in den Baum und betrachtet liebevoll seinen Hut. Ganz langsam, kaum merklich bewegt sich das Band zum Haus. Der Sturm hat aufgehört. Er kann ruhig durchatmen. Er lächelt, ist zufrieden mit sich, seinem Leben und kann nun in aller Ruhe seinen Hut nehmen und abgehen. Damit verschwindet der alte Mann im Haus. Ein Metronom schlägt Tick Tack Tick Tack. Ende.

***

Lorenzo, der es hasst, unter Zeitdruck zu stehen, hat es sich ausbedungen, die Strecke in zwei Etappen zu fahren. Er navigiert, und ich darf das Vehikel fahren. Es geht über Mailand auf der Autostrada runter nach Genua und von dort an die Riviera. Irgendwo bei Savona möchte er am Meer in einer der Fischerbuden einen kühlen Rosé trinken und Muscheln essen. Es sei »Januarrrrr, der perfekte Monat für Muscheln«, meint er. Absolut perfekt, stimme ich ihm zu. So suchen wir uns einen Schlafplatz und bummeln runter Richtung Meer.
Seit einigen Tagen bemerke ich, dass Lorenzo manchmal sein rechtes Bein ein wenig nachzieht. Manchmal massiert er es, was scheinbar den Schmerz verringert. Als ich ihn darauf anspreche,

wischt er das mit einer abfälligen Bemerkung beiseite; da wäre nichts, ich soll ihn nicht immer so beobachten. Um mich zu beruhigen, erklärt er etwas später, er hätte sich wohl etwas überdehnt, und nun zwicke halt ein Muskel. Natürlich mache ich mir Sorgen, und seine Sturheit, mich grundsätzlich bei jeder Malaise außen vor zu lassen, macht mich sauer. Immerhin trage ich die Verantwortung dafür, dass er am nächsten Tag auftreten kann. Heimlich beobachte ich, wie er sich beim Gehen in die Leistengegend greift und mit der Hand dagegen drückt. Es ist mir klar, dass ich ihn nicht dazu bewegen kann, hier in Savona einen Arzt aufzusuchen. Instinktiv lese ich jedoch die Schilder an den Häusern und merke mir, wo ein Arzt seine Praxis hat. Nur so zur Sicherheit, falls er sich nach dem Essen doch dazu entschließen sollte.

Der Wein und die Muscheln versetzen uns jedoch in Hochstimmung, dazu kommt noch die milde winterliche Sonne, sodass wir jeden negativen Gedanken von uns schieben und lieber noch bei einem Caffè ein Weilchen vor uns hin dösen, bis die Sonne untergeht. Allein, als er vor dem Zubettgehen noch eine Zeit lang in unserem Duschkabinett verweilt, meine ich ihn einmal kurz stöhnen zu hören. Der Wein und die Reise haben mich schläfrig gemacht, und so bemerke ich ihn gar nicht, als er ins Bett krabbelt.

Am nächsten Morgen stehen wir frühzeitig auf und beschließen auf dem Weg nach Monte Carlo, der über die Küstenstraße führt, wo Grace Kelly damals tödlich verunglückte, an einem malerischen Aussichtsplätzchen zu frühstücken. Unterwegs kauft Lorenzo Croissants. Müsli, Obst und Joghurt sind im Kühlschrank. Ich mache uns einen schnellen Espresso, und dann fahren wir los.

Als wir gegen Mittag in Monte Carlo eintreffen und zum Veranstaltungsort, dem Chapiteau de Fontvieille, fahren, bin ich erst einmal erschlagen von der Größe des Zeltes, in das 3800 Zuschauer passen. Lorenzo, dem unterwegs schlecht geworden ist, weil ich, wie er meinte, »wia de lätschte Säckl i d'Kurve fahr«, hatte sich hingelegt. In unserem Vehikel ist das möglich, weil wir unser Bett wie einen Korb gebaut haben, damit keiner nachts rausfallen kann.

Jetzt klettert er zu mir nach vorne und ist ebenso beeindruckt wie ich. Wir fragen den Pförtner des großen Vorplatzes, auf dem die Zirkuswagen stehen, wo unser Stellplatz ist. Nachdem wir unsere Pässe gezeigt haben und ihm erklärten, dass für unseren Wagen bereits ein Platz angewiesen sein muss, entdeckt er ihn auf seinem Plan und läuft vor uns her zu unserem Stellplatz. Strom- und Wasseranschluss sind da, und wir müssen uns nur noch anstöpseln. Auch dieser Platz ist riesig, und es herrscht bereits emsiges Treiben.

Ich mache mich auf die Suche nach Hans-Ruedi. Ich freue mich richtig auf ihn, wir hatten es in Edinburgh so schön miteinander. Nachdem ich den Direktionswagen gefunden habe, in dem jedoch niemand ist, mache ich mich auf den Weg zum Zelt. Die Neugierde treibt mich in die Manege. Ehrfürchtig bleibe ich im großen Rund des Zeltes stehen. Alle Sitze sind mit rotem Samt bezogen, es gibt mehr als zwanzig Ränge hinauf, die sich bis zum Ausschnitt des Artisteneingangs ziehen. Über dem roten Samtvorhang steht in großen Lettern geschrieben: »44. Festival International de Monte Carlo.« Und wir sind dabei!

Ich muss mich eine Weile einfach hier hinsetzen und zuschauen, das laute Durcheinander vieler Sprachen in mich aufsaugen, Zirkusluft schnuppern, die für mich immer nach Pferdeäpfeln und Sägespänen duftet. Ich zücke mein Handy und mache Fotos. Schlechtes Gewissen macht sich in mir breit, weil ich vor der Abfahrt vergessen habe, meine Eltern anzurufen, wie ich es sonst immer tue. Also rufe ich sie schnell an und schreie über den Lärm hinweg, dass wir gut angekommen sind und es hier großartig sei und wir sehr dankbar sind, dabei sein zu dürfen. Meine alten Eltern, die geistig noch total fit sind, wünschen uns toi, toi, toi für heute Abend und freuen sich auf die Direktübertragung des Festivals im Deutschen Fernsehen. Meine Mutter sagt, sie würden sich beide schick dafür machen und Champagner kommen lassen. Ich soll Lorenzo herzlich von ihnen umarmen, und sie wünschten sich, dass er den Goldenen Clown gewinnt. Ich bin so glücklich, die beiden noch zu haben.

Nun muss ich mich beeilen, Hans-Ruedi zu finden, denn es gibt für mich, in den kommenden Stunden sehr viel zu tun und zu organisieren, und ich brauche jemanden von den Roadies, der die Kulissen vom Dach holt.

Im Organisationsbüro finde ich unseren Freund hinter mehreren Monitoren sitzen, die das Geschehen im Zelt zeigen. Er telefoniert und winkt mich herein. Beflissen eilt seine Assistentin zu mir, begrüßt mich herzlich, bietet mir zu trinken an und erkundigt sich, ob wir eine gute Anreise hatten. Ich bestätige dies und bitte sie um Hilfe, damit wir die Kulissen und Requisiten holen und ich alles für den Auftritt vorbereiten kann.
»Wart ä Momentli, i hänn i fif Minute Zit und zeig dir allis, Valerie.«
So setze ich mich auf einen Stuhl und warte. Ein fescher Mann, denke ich mir, er altert gut und strahlt Energie und Autorität aus, wie er da in freundlichem Ton seine Ansagen macht. Ganz selbstverständlich parliert er in verschiedenen Sprachen. Switcht zwischen Englisch, Italienisch, Französisch und Schwyzerdütsch hin und her, ohne nachzudenken. Es plumpst einfach so aus seinem schönen Mund.
Dann springt er plötzlich auf, greift nach seiner dicken Jacke, umarmt mich herzlich, hakt mich unter, und wir verlassen das Büro. Er müsse jetzt erst mal Lorenzo begrüßen, und dann

organisiert er alles für mich, sagt er, während wir eiligen Schrittes über den Hof laufen.

In unserem Vehikel angekommen, treffen wir einen in sich versunkenen Lorenzo an.

Oh nein, denke ich mir, jetzt bloß keine Krise, keine Depression! Lorenzo jedoch fängt sich sofort beim Anblick von Hans-Ruedi, erhebt sich und umarmt ihn innig. Wir haben keine Zeit für längere Gespräche, daher sprechen wir nur über den organisatorischen Ablauf des Abends. Wir bekommen ein schön gebundenes Heft mit allen Details ausgehändigt sowie zwei Ausführungen des Programms und der auftretenden Artisten und deren Biografie. Er gibt uns eine Liste mit Namen und Telefonnummern der Ansprechpartner für die Zeit, in der wir hier sind. Versichert augenzwinkernd, dass uns jeder Wunsch erfüllt wird, jetzt wäre noch Zeit, jetzt könne man noch alles besorgen. Wenn die Vorstellung läuft, gibt es keine freien Kapazitäten mehr. Etwas ratlos blicken Lorenzo und ich uns an, denn wir haben alles, was wir für heute Abend brauchen.

»Wir sind hier in unserem mobilen Heim total autark«, erkläre ich Hans-Ruedi.

»Super! Ich freue mich so auf deinen Auftritt, Lorenzo, das wird der Hit«, meint er, spuckt uns beiden dreimal über die linke Schulter, betont, der Champagner für nachher sei schon kalt gestellt, er müsse jetzt leider weiter und würde mir in der nächsten Viertelstunde zwei Helfer schicken. Damit ist er weg.

Die Viertelstunde benötige ich, um für Lorenzo die Atmosphäre zu zaubern, die er braucht, um sich auf heute Abend einzugrooven. »Geh bitte ein bisschen spazieren, schau dir das Zelt an oder mach irgendwas, nur geh mir hier aus dem Weg, ich muss mich konzentrieren, damit ich nichts vergesse, mein Schatz«, raunze ich meinen Liebsten an. Dann ginge er jetzt aufs Klo, antwortet Lorenzo beleidigt und verschwindet in der Duschkabine. Ich könnte mir auf die Zunge beißen, weil ich manchmal so undiplomatisch bin, aber ich merke, wie sich Nervosität in mir breitmacht.

Ich koche Tee, schnipple einen bunten Teller mit Obst, schneide Brot und Käsestückchen und lege sie auf ein Holzbrett. Mehr wird er vor der Vorstellung nicht essen. Am liebsten spiele er hungrig, dann habe er den richtigen Biss, betont er immer. Ich hole die verstauten Maskenteile sowie Perücken und Haarteile aus den Fächern. Alles habe ich in mehrfacher Ausführung, falls etwas kaputtgehen sollte. Drapiere die Sachen sowie Schminkpaletten, Kleber, Pinsel, halt alles, was mein Clown so braucht, auf den Schminktisch. Hole die Kostüme aus dem Schrank, jedes Teil hängt einzeln auf einem Kleiderbügel, und hänge sie an Knöpfe, die an der Wand befestigt sind. Accessoires und Schuhe stelle ich auf eine Ablage.

Es klopft an der Türe. In einem schwer verständlichen Französisch gibt mir ein junger Mann, der eine Leiter trägt, zu verstehen, dass er mein Roadie sei und mir nun helfe. Ich rufe Lorenzo zu, die Luft sei rein, er könne wieder rauskommen! Mit einem »I love you«, fällt hinter mir die Türe zu.

Mein Blick auf die Armbanduhr zeigt 16.15 Uhr. Lorenzos Auftritt ist zwischen 20.35 und 20.50 Uhr. Wir haben also genug Zeit, um in Ruhe alles vorzubereiten. Bis 19 Uhr werde ich ihn absolut in Ruhe lassen.

Mein Handy, auf dem er mich notfalls anrufen kann, steckt in meiner Hosentasche. Danach werden wir unser gemeinsames Ritual, eine Massage und eine Meditation, durchführen, dann steigt er ins Kostüm, und ich werde ihn bis hinter die Manege begleiten, den Aufbau seiner Kulissen in der Arena verfolgen und notfalls eingreifen. Das ist immer der nervenaufreibendste Moment. Natürlich wird es klappen, wir haben alles so gut durchdacht, maximal ein Stromausfall könnte die Nummer versauen. Aber dann ist eh alles dunkel, tröste ich mich. Nein, es wird klappen. Jetzt soll der Typ erst mal aufs Dach steigen und die Sachen runterbringen.

In einer riesigen Lagerhalle außerhalb der Arena werden die Kulissen jeder einzelnen Artistennummer gesammelt. Für dieses Highclassfestival, wo nur die besten Artisten der Welt auftreten dürfen, sind in diesem Jahr fünfzehn Truppen, Solokünstler oder Duos engagiert. Bis auf diejenigen, deren Handwerkszeug in der Kuppel hängt, liegen dort für alle anderen, mit einer Auftrittsnummer versehen, die Requisiten. Mein hilfsbereiter Rumäne zieht unser Equipment auf einem Anhänger hinter sich her und reiht sich hinter die Nummer vier ein. Er gibt mir zu verstehen, jedes einzelne Teil mit einer Zahl zu versehen, das dann in der Reihenfolge, in der ich es nummeriert habe, auf das Förderband kommt, das direkt in den Vorraum fährt, von wo aus es in die Arena geht. Dort stehen die Kulissenträger, die alles aufbauen. Um 17 Uhr beginnt eine Umbauprobe. Für mich beginnt sie in circa einer halben Stunde. Zeit genug, um in aller Ruhe die Reihenfolge festzulegen.

Vor uns läuft am Abend eine Hochseil-Trapeznummer, und während die durch die Luft fliegen, kann Lorenzos Auftritt vorbereitet werden. Auch die Truppe, die im Lagerraum arbeitet, wird gebrieft und eingearbeitet. Mit einem genuschelten »au revoir« macht sich mein Helfer aus dem Staub. Ein Mann mit iPad, der für die Logistik zuständig ist, hilft mir bei der Reihenfolge. Als ich dran bin, treibt er seine Mitarbeiter an, alles auf das Förderband zu legen, neben dem ich mitlaufe. Dann erkläre ich einem neuen Mann mit iPad, wie alles aufgebaut werden muss. Er notiert es, und es wird mehrmals geprobt. Erst langsam, dann immer schneller, bis der Aufbau nicht länger als eine Minute dauert. Ich bin platt, zu Hause, wenn Lorenzo und ich das geübt haben, hat es immer dreimal so lange gedauert.

Mir ist flau im Magen. Seit heute Vormittag habe ich nichts mehr gegessen. Im Gegensatz zu Lorenzo kann ich Hunger nicht einfach wegschieben. Essen ist für mich wichtig, am liebsten regelmäßig, aber vorhin, als ich für Lorenzo alles hergerichtet habe, hatte ich keine Zeit, mir wenigstens ein Brot zu machen. In unser Wohnmobil gehen möchte ich nicht, da störe ich jetzt den Künstler. Also mache ich mich auf die Suche nach der Kantine. Vielleicht treffe ich dort ein paar Artisten und schwätze ein wenig mit ihnen, ich habe ja noch fast eine Stunde, bevor ich zu meinem Sensibelchen zurückkehre.

Es gibt eine Bouillabaisse mit Baguette, und ich gönne mir ein Glas Weißwein dazu. Herrlich, ich werde es genießen, meine Arbeit ist so gut wie erledigt. Das Lampenfieber, das mich unweigerlich überfallen wird, selbst als Zuschauerin, lässt sich mit einem kleinen Alkoholspiegel viel besser ertragen. Lampenfieber! Was für ein komischer Ausdruck. Auf Französisch sagt man schlicht »Trac«, oder auf Italienisch »Febbre«, woher kommt die Lampe? Auf Schwyzerdütsch heißt es »Ranzeflattere«. Das kann jeder nachvollziehen. »Magenflattern«, aber die Lampe leuchtet mir nicht wirklich ein.

Mein persönliches Lampenfieber läuft immer gleich ab, und ich hasse es. In meinem Kopf breitet sich Leere aus. Einen Gedanken zu Ende zu denken erscheint unmöglich, weil sich gleichzeitig der Magen zusammenzieht. Mir wird schlecht. Selbstzweifel zermartern mein Hirn, und ich möchte einfach nur weglaufen. In diesem Stadium muss ich dann meistens hinaus auf die Bühne. Nach den ersten Schrecksekunden bekomme ich wieder Luft. Auch Lorenzo geht es nicht anders. Deshalb meditieren wir vorher, machen leichte Yogaübungen, leise Meditationsmusik bringt uns ganz zu uns selbst, und wir massieren uns gegenseitig, dazu benützen wir ein duftendes Minzöl. Am Ende des Rituals sagen wir zueinander: Sei ganz du selbst, genieße deinen Zauber, sei dein Geschenk.

Ich mache mich auf den Weg, Lorenzo wird mich bereits erwarten.

Im Zürichsee werden die Forellen sicher nicht für hungrige Touristen gezüchtet, beruhige ich mich. Eine dicke alte Forellenmama hat im Schlamm zwischen quakenden Fröschen Hunderte von Eiern gelegt, und meine, die bestimmt schon ein paar Jahre alt ist, denn sie ist groß, durfte sich in einer glücklichen Kindheit entwickeln, und jetzt ist sie dummerweise einem Fischer ins Netz gegangen und auf meinem Teller gelandet. »Entschuldige bitte, aber du schmeckst gut.« Selbstgespräche sind ein Phänomen einsamer Menschen. Verstohlen sehe ich mich um, ob mich jemand beobachtet, weil ich eventuell laut gesprochen habe, ohne es zu merken. Eigentlich habe ich nie das Gefühl quälender Einsamkeit. Ich war es nur gewohnt, Lorenzo an meiner Seite zu haben und plappern zu können, wann immer ich will.

Mein Kopf plappert unaufhörlich, ständig formuliert er in mir etwas, Gegenwart, Vergangenheit, er visualisiert, steht nie still. Selbst nachts träume ich bunt. Dann muss am Morgen das Geträumte verarbeitet werden, schon wieder in Bunt. Ich kann keine Türe zuschlagen und etwas gut sein lassen! Es martert mich manchmal, und wenn ich nicht aufpasse, verfalle ich in Selbstvorwürfe. Was ich alles versäumt habe, was ich falsch gemacht habe, wo ich nicht fürsorglich genug war. Aber jeder Mensch hat seine Zeit! Es steht nicht auf unserer Stirn geschrieben, wann sie abläuft. Sie ist bestimmt. Im besten Fall hat man sie genutzt. Hat die eigene Bestimmung herausgefunden, demütig daran gearbeitet. Es kommt so viel Gutes auf einen zu, wenn man auf dem richtigen Weg ist. Ein Weg mag klein oder auch riesengroß sein, das ist egal. Wichtig dabei ist, dass man ihn annimmt und jeden Tag dankbar ist. Meine Bestimmung war nicht, die große, erfolgreiche, von der Welt beklatschte Clownin zu sein, aber ich hatte ihn an der Seite. Ich durfte ihm zuarbeiten, ihn in seiner Entwicklung unterstützen, gemeinsam mit ihm jeden Tag lernen und habe dabei selbst eine große Entwicklung machen dürfen.

Jetzt liegen goldgelbe Kartoffeln mit Butter, Karotten, eine Forelle und ein Glas Wein in meinem Magen, und der depperte Autor ist immer noch nicht hier.
Bevor ich wütend werde, verdrücke ich jetzt noch ein Tiramisu mit einem Espresso.

24

Der Auftritt

Im Freien ist es winterlich milde, und ich bleibe einen Moment stehen, lasse die Sonne auf mein Gesicht scheinen, tanke die Kraft, die von ihr ausgeht, um mich mental auf die kommende Stunde einzustellen. Eilige Menschen laufen vorbei, deren Stimmen mich einfangen und in den Pool einer Zirkusfamilie ziehen, der ich ab heute, wenn auch nur für kurze Zeit, angehöre. Ein schönes und beruhigendes Gefühl.

Ich betrete leise unser Wohngefährt. Erst entdecke ich Lorenzo nicht gleich, da er nicht wie vermutet vor dem Schminkspiegel sitzt. Er liegt auf dem Bett. Ich gehe vorsichtig zu ihm, um zu sehen, ob er schläft oder bereits meditiert. Jedoch schlägt er die Augen auf: »Mir isch ganz komisch, i hänn mi nochamal ibergäbbe, mir isch so äbis vo koddere, un es Bein tut ma weh.« Ich erschrecke und mache mir Vorwürfe, ihn so lange allein gelassen zu haben. »Warum häsch mi ned ohglüdet, i hän äs Handi dobi ko«, frag ich meinen armen Mann. »Ich suche auf der Stelle den für die Artisten zuständigen Arzt, der soll dich untersuchen.« Wie nicht anders zu erwarten erhebt Lorenzo Einspruch. Er wolle jetzt keine Pferde scheu machen, ich soll mich nicht immer gleich so aufregen, wer weiß, vielleicht hat er die Muscheln gestern nicht gut vertragen. Das Bein und die Leiste täten ihm halt schon weh, aber es wäre erträglich, und machen kann man da jetzt eh nichts. Er verspricht mir hoch und heilig, sofort im Tessin zu Federico zu gehen. Jetzt will er mit mir meditieren, er hätte nur auf mich gewartet.

Nein, irgendwas gefällt mir an ihm absolut nicht. Käsig ist er im Gesicht. Ich hole Rescue-Tropfen.

»Mund auf und Zunge hoch«, sag ich zu ihm und schütte ihm zehn Tropfen unter die Zunge. Vielleicht ein bisschen zu viele, aber der Kerl muss fit werden. »So, und nun zeigst du mir, wo genau es dir wehtut«, dabei hole ich das Schmerzmassageöl aus Marleens Hexenküche. Während ich mich massierend vom Fuß aufwärtsbewege, stelle ich in der Leiste ankommend fest, dass es ihm so schlecht nicht gehen kann. Solange es beult im Höschen, ist alles in Ordnung. Sichtlich wird sein Teint auch rosiger, und ich bin zuversichtlich, dass ich die Mimose bis zum Auftritt wieder hinkriege.

Ich stelle die Meditationsmusik an, massiere vorsichtig weiter, komme in seinen Nacken und Schulterbereich und atme gleichmäßig und ruhig ein und aus, bis Lorenzo in meinen Rhythmus fällt.

Ich stelle fest, dass sich sein ganzer Körper entspannt und er im Modus ist, gute Energie zu empfangen. Ganz vorsichtig löse ich mich von ihm und setze mich selbst im Yogasitz neben ihn aufs Bett und schließe die Augen.

Eine Zeit lang verweilen wir so, jeder ganz bei sich und doch vereint. Kostbare Minuten, die nur uns gehören, jedoch schlagartig zu Ende sind.

Als ob er einen Fausthieb in die Magengrube bekommen hätte, reißt es Lorenzo hoch, und wie in einer Fontäne spuckt er eruptionsartig sein Innerstes nach außen.

Er schafft es nicht mehr bis zur Toilette, während er sich entschuldigend erneut erbricht. Ich drücke ihm unseren Putzeimer in die Hand und wische notdürftig alles auf, bis er plötzlich erstaunlich munter sagt: »So, jetzt is de Schiissdreck ussa.« Wir müssen beide lachen, und er tut mir so leid. Sauschwindlig sei es ihm, sagt er, indem er sich erneut ins Bett zurücklegt, aber er fühle sich jetzt viel besser.

Ein paar Minuten später fragt er mich, wie spät es sei. Ich schaue auf die Uhr. 19.20 Uhr. Er denkt kurz nach. »Valerie, jetzt schlägt deine große Stunde«, sagt er zu mir in einem Ton, der keine Widerrede zulässt. »So, wie ich beieinander bin, kann ich nicht auftreten. Du wirst dich jetzt fertig machen, und um 20.35 Uhr wirst du für mich und für dich den größten Triumph unseres Lebens hereinholen. Du kennst unsere Nummer besser als ich. Jeden Atemzug, jeden Schritt von mir hast du begleitet und oftmals von deiner Perspektive aus verbessert. Keine Sau wird merken, dass es nicht ich bin, der da spielt, sondern du. Krempel die Hosen im Bund zweimal um, und dann gehst du ins große Rund und lässt dich bejubeln, dass dir Hören und Sehen vergeht. Du holst mir den verdammten Goldenen Clown!«

Jedes Argument, sofort einen Arzt zu holen oder halt den Auftritt abzusagen, prallt gegen eine Wand. Ich soll jetzt keine Zeit verlieren, mich sofort schminken und anziehen. »Mach es einfach, basta, du kannst es«, feuert Lorenzo mich an.

Fast meine ich, wenn er diese Kraft aufbringt, mich derart harsch und bestimmend zum Auftritt zu zwingen, dann kann er auch selbst auftreten. Als ich dies äußere, wird er richtig sauer. Wirft mir an den Kopf, feige zu sein, sagt, ich stünde gleich doppelt in der Verpflichtung, als Clown und als Ehefrau. Er habe schlimme Schmerzen in der Leiste und müsse sich jetzt darauf konzentrieren, um sie erträglich zu machen. Falls ich auch nur den geringsten Zweifel daran hätte, solle ich mich zum Teufel scheren. Mir stockt der Atem, so hat er noch nie mit mir gesprochen, ich muss an die frische Luft und kurz nachdenken.

Eine Minute später kehre ich zurück und sage; »Okay, ich mache es! Dir ist bewusst, dass es ein Betrug ist, falls ich die Trophäe gewinnen sollte. Du musst mir versprechen, dass es niemals an die Öffentlichkeit dringt. Und außerdem versprichst du mir, dass wir nach meinem Auftritt entweder sofort ins Krankenhaus fahren oder zum Zirkusarzt gehen. Ansonsten kannst du es vergessen. Und du entschuldigst dich jetzt bei mir für deinen letzten Satz, sonst bin ich weg, und du kannst alleine ins Tessin zurückfahren.« Er breitet die Arme aus, und unter Tränen umarmen wir uns. »Es tut mir so leid, verzeih mir, ich bin verzweifelt, ich hatte mich so auf diesen Abend gefreut, und ich liebe dich zutiefst. Ich weiß einfach, dass du großartig sein wirst, und wir werden uns für den Rest unseres Lebens köstlich darüber amüsieren, so einen Coup gelandet zu haben.« Er spuckt mir dreimal über die linke Schulter und schubst mich Richtung Schminkspiegel. »Nun mach dich fertig, ich versuche ein wenig zu schlafen. Sei so gut wie nie zuvor, meine geliebte Clownin.« Er wirft mir noch eine Kusshand zu und schließt die Augen.

Pünktlich um 20.15 Uhr verlasse ich unser Vehikel als Clown Lorenzo. Er selbst schläft tief und fest, ganz still lag er die vergangene Dreiviertelstunde, während ich mich verwandelte. Hin und wieder hörte ich ein leises Schnarchen, das seine tiefen Atemzüge begleitete. Mit den Requisiten in der Hand laufe ich in den eigentlich zu großen Hosen über den Platz, hinein ins Zirkusgebäude. Ganz ruhig liegt der Platz da, kein Mensch ist zu sehen. Alle scheinen im Zelt zu sein. Mir bleiben noch einige Minuten, um mich abseits hinterm Vorhang auf meinen Auftritt zu konzentrieren.

Wie absurd, denke ich plötzlich, ich brauche gar nicht nervös zu sein. Mir kann ja eigentlich gar nichts passieren, denn jeder Fehler, der eventuell passiert, den habe ja nicht ich gemacht! Ich kann also total loslassen. Ich bin bei mir, ganz ich selbst, und ich bin gut! Valerie, genieße es einfach!

Der schwere samtene Vorhang, hinter dem alle Geräusche in der Arena dumpf klingen, wird beidseitig zur Seite geschoben, die Abgangsmusik des Orchesters für die Trapezakrobatentruppe erklingt. Schweißüberströmt rennen sie durch den Abgang, der Vorhang fällt, wird erneut aufgerissen, donnernder Applaus und Bravorufe ertönen aus dem Publikum, die Truppe dreht sich um und rennt zurück in die Manege. Das wiederholt sich noch zweimal, bis der Conférencier auftritt, seine Späßchen mit dem Publikum macht und zeitgleich die Kulissen für den Auftritt des Clowns Lorenzo aufgebaut werden.

Der Vorhang fällt wieder. Ich höre und sehe nichts mehr. Bin mir unsicher, ob ich jetzt auftreten soll. Eine Stimme hinter mir sagt nach einigen Sekunden: »Allez, bonne chance«, und jemand tippt mir sacht auf die Schulter.

Der linke Teil des Vorhangs öffnet sich gerade so weit, dass der blond gelockte Lausbub hindurchschlüpfen kann. Ganz still ist es. Er schaut sich um, bleibt stehen, ist erstaunt, beginnt vorsichtig, ein fröhliches Lied zu pfeifen. Jetzt erkennt ihn das Publikum und beginnt zu klatschen. Immer mehr Menschen klatschen ihm zu, bis die Arena angefüllt ist von Begeisterung. Diesen Moment nutzt er, um im Haus zu verschwinden. Das Band setzt sich in Bewegung, und in den kommenden zehn Minuten wird er sein Leben durchlaufen.

Ich bin hoch konzentriert. Der Beginn ist immer schwierig. Ich muss das Publikum in den Bann ziehen, spüre die Schwingungen der Erregung und hoffnungsfroher Erwartung. Ich lasse sie zappeln, bis die erste Reaktion kommt. Die Balance halten zwischen Schrecken und Erlösung ist das Spiel, das ein Clown spielt. Das Publikum in die eigene Spielfreude mit hineinziehen ist die Kunst, dann atmet es mit, durchlebt mit dir die Phasen deines Auftritts, und es liebt dich, wenn du etwas gut machst, und leidet mit bei jedem Missgeschick. Wenn du sie auf deiner Seite hast, kannst du alles machen. Dir wird verziehen, wenn etwas nicht klappt, und sie freuen sich mit dir, wenn dir etwas beim zweiten Mal gelingt. Das zeigt ihnen, dass auch ein Clown nicht unfehlbar ist. Du spiegelst dich in

240

ihnen, und sie umarmen dich förmlich, sobald sie das Gefühl haben, du bist einer von ihnen.

All das gelingt mir gerade. Und noch mehr. Es schwappt eine Welle der Liebe zu mir, die mir Flügel verleiht. In diesem Moment fühle ich, wie ich mich von Lorenzo befreie und ganz Valerie bin. Ich habe mein eigenes Timing, meinen Humor, und es gefällt mir ungemein, einen Mann in verschiedenen Lebensphasen darzustellen. Die Jonglage gelingt mir besser als gedacht, das macht mich mutiger. Hin und wieder verlasse ich kurz das Konzept und baue eine Kleinigkeit ein, die mir gerade einfällt. Ich fühle mich so unendlich gut, ich könnte noch lange so weitermachen, jedoch es ist an der Zeit, dass auch ich meinen Hut nehme und abgehe.

Der Applaus, der danach wie eine Brandung über mich hereinbricht, beschert mir weiche Knie. Ich stehe einfach nur da, ich, der alte Mann, und kann mich nicht bewegen. 3800 Menschen klatschen, schreien Bravo, Bravissimo, trommeln, stampfen mit den Füßen, können gar nicht genug bekommen. Ich habe mich nicht mehr im Griff, Tränen des Glücks laufen mir übers Gesicht, ich beklatsche das Publikum, verbeuge mich zigmal, bis ich sanft, aber bestimmt hinter den Vorhang gezogen werde.

Unsere Kulisse wird bereits wieder auf den Handwagen gelegt und abgezogen. Erschüttert von diesem offensichtlichen Erfolg, stehe ich unschlüssig im Vorraum. Um mich herum tobt das Artistenleben, und ich stehe im Weg. Ich muss gehen, jetzt ist es vorbei. Jetzt sind andere dran.

Langsam setze ich einen Fuß vor den anderen, schneller und schneller, bis ich schlussendlich über den leeren Hof renne, die Türe unseres Wohnmobils aufreiße und schreie: »Ich hab's geschafft!«

Die Wartezeit hier am See, so fühle ich plötzlich, tut mir nicht mehr gut. Nach wie vor muss ich mich davor hüten, ohne Beschäftigung zu sein. Ich beginne jeden Tag mit einem Plan, der auch regelmäßige Ruhezeiten beinhaltet. Jedoch auf jemanden oder etwas zu warten, ist gefährlich für mich, denn unweigerlich beginnt mein Gehirn zu rattern und spult Bilder ab, vor denen ich mich fürchte, und ich kann es dann nicht stoppen. Es hilft mir nicht, mich nun auf die hübschen Segelboote auf dem Zürichsee zu konzentrieren, der Folterknecht in meinem Kopf hat mich bereits gefangen genommen und lässt mich, wie schon Hunderte von Malen, erneut den schlimmsten Moment, der gleichzeitig der schönste meines Lebens war, durchleben.

Ich sehe ihn dort liegen. Die Augen aufgerissen, erstarrt im Schrecken, fast nackt, und er ist tot.

Ich weiß es, noch bevor ich seine Haut berühre. Ich weiß es, noch bevor ich verzweifelt seinen Puls suche, mich zu seinem offenen Mund hinabbeuge, noch bevor ich versuche, seinen Herzschlag zu hören. Mein Mann ist tot. Er liegt da und ist tot! Gestorben, während ich mir meinen größten Triumph erspielt habe. Mein Beschützer, meine Stütze, mein geliebtes Gegenüber, mein Glück. Ich halte ihn und wiege ihn in meiner Umarmung, küsse seine bereits kühl werdende Stirn. Ich streichle seine Wangen, flüstere ihm ins Ohr. »Was machst du da, schlag die Augen auf, bitte, was tust du mir an?« Ich wische meine Tränen, die unaufhörlich auf sein Gesicht fallen, von ihm ab. Hier darf er nicht liegen bleiben, ich versuche ihn aufzurichten, ihn ins Bett zu legen. Er ist so schwer.

Ich muss den Arzt suchen! Renne raus auf den Platz. Kein mir bekanntes Gesicht ist zu erblicken, ich rufe »ajuta me, ajuta me«. Niemand reagiert. Alle sind im Zirkuszelt. Hans-Ruedi ist irgendwo da drin. Ich kann ihn nicht ausfindig machen, ohne die Vorstellung zu stören. Aber das geht nicht, ich bin ja immer

noch ER. Wozu auch, es ist zu spät! Oder doch nicht?, schießt es
mir durch den Kopf. Man muss ihn wiederbeleben, keine Zeit
verlieren. Ich muss ins Hospital fahren, dort sind Sanitäter. Ich
muss fahren, kann ihn nicht beatmen. Ich renne zurück zum Ve-
hikel. Stöpsel Strom und Wasser ab, lasse alles achtlos liegen und
fahre los. Weiß nicht, wohin ich fahren soll, die Schranke geht
von selbst auf, kein Pförtner ist zu sehen. Ziellos rase ich durch
die Straßen mit diesem langen und schweren Gefährt und ihm im
Bett, mit offenem Mund und offenen Augen. »Hilfe, lieber Gott,
hilf mir!« Plötzlich ein Schild am Straßenrand, Hospital! Danke,
ihr da oben, danke.
Ein paar Kurven später stehe ich davor, bremse! Ambulanz, steht
da geschrieben. Es geht jedoch auf einen Parkplatz. Ich fahre rein,
halte an. Ich muss ihn reintragen! Nein, ich muss ihm vorher die
Augen und den Mund schließen, sonst denkt ja jeder sofort, er ist
tot. Ich muss ihm etwas Warmes anziehen, er friert ja sonst und
wird krank. Oh Gott, oh Gott, ich habe zu viel Zeit vergeudet.
Ich schreie in sein Kissen hinein, aber er wacht nicht auf! Er ist
immer noch tot. Ich schlage mir auf die Brust, fest, schlage auf
meine Herzgegend, aber selbst dieser Schmerz ist nichts, er kann
den Verlust nicht ersetzen.

25

Die Heimkehr

Darauf war ich nicht vorbereitet. Wie soll man das begreifen? Wie soll ich den Tod begreifen?

Wenn jemand wirklich alt ist, dann ja. Dann stellt man sich darauf ein. Aber doch nicht er! Wie kann er sich einfach so davonmachen? Das passt doch gar nicht zu seinem Charakter! Er ist doch ein anständiger Mensch! Er hat mich noch nie im Stich gelassen. Warum jetzt? Jetzt geht das doch nicht! Was soll ich denn jetzt machen? Das ist nicht echt, nicht wirklich. Das ist überwirklich. Das kann ich nicht überleben.

Was soll ich auf diesem Parkplatz hier? Hier wird mir auch nicht mehr geholfen. Ich muss weg, ganz schnell weg. Ich muss nach Hause, muss ihn in unser Bett legen. Ich fahre jetzt, bevor mich jemand davon abhalten kann. Jetzt ist es halb zehn. Ich werde zu Hause sein, bevor die Sonne aufgeht, dann sind wir sicher, und dann kann ich nachdenken. Nicht jetzt, jetzt muss ich fahren.

Ich gehe hinter zu Lorenzo. Ich muss ihm die Augen schließen. Ich erschrecke so vor seinem entsetzten Blick. Schon wieder schießen mir die Tränen in die Augen und verschleiern mir die Sicht. Nie mehr werde ich in diese warmen Augen blicken können. Ich umschlinge seinen Kopf, küsse ihn und verschließe auch so seinen Mund. Kein Laut wird je wieder herausdringen. Dann packe ich alle Kissen aus dem Bett fest um seinen Körper, decke ihn zu und stopfe seine Bettdecke so gut es geht unter ihn, rolle meine zusammen und lege sie um ihn herum. Er sieht zufrieden aus, wie er so in unserem Liebesnest liegt. Jetzt fahre ich los und bringe ihn sicher heim.

Ich muss auf die Autobahn, dort nach Frankreich einreisen. Man wird mein Gefährt auf Monitoren beobachten, aber so den Betrachtern nichts auffällig erscheint, wird man mich ziehen lassen. Mit einem Mal wird mir bewusst, wie ich aussehe. Ein alter Mann mit schütterem Haar fährt diesen Wohnwagen. Sobald ich die Grenze hinter mir habe, werde ich bei nächster Gelegenheit halten und die Perücke abnehmen. Es gibt Altersgrenzen für das Fahren von Bussen in Frankreich, ebenso in Italien und in der Schweiz.

Ein Handy klingelt, es ist Lorenzos. Jemand wird gemerkt haben, dass unser Wohnmobil nicht mehr dasteht. Vielleicht ist es Hans-Ruedi, der uns in der Pause besuchen wollte und uns nun sucht.

Nachdem es aufhört zu klingeln, fängt meines an und hört und hört nicht auf. Ich kann nicht rangehen, kann mit niemandem sprechen. Was soll ich auch sagen? Irgendwann wird es Ruhe geben. Ich werde beide ausschalten, morgen oder übermorgen oder eben dann, wenn ich reden kann, stelle ich es wieder an. Jetzt muss es schweigen, damit ich fahren kann. Mein Blick fällt auf die Tankuhr. In spätestens 200 Kilometern muss ich tanken. Vielleicht finde ich eine Tankstelle, die nachts nicht besetzt ist, wo man mit Karte am Automaten bezahlt. Auch da gibt es Monitore, aber was wird man schon groß sehen, eine im Gesicht etwas verschmierte Frau, die tankt? Ich muss darüber lachen, warum, warum muss ich lachen? Dann weine ich wieder. Kann man so viele Tränen haben? Ich drücke aufs Gaspedal. Die Lichter der entgegenkommenden Autos blenden mich und rasen vorbei. Alles ist wie immer. Aber nichts ist mehr wie gewohnt für mich. Muss nicht die Welt stehen bleiben? Muss nicht alles aufhören und innehalten, wenn Lorenzo gegangen ist?

Ich brauche Zeit. Zeit, um mich allein von ihm zu verabschieden. Ich muss zu Hause sein, bevor das Dorf aufwacht. Bevor Federico mit dem Hund seine Morgenrunde dreht und Claudia bei den Hühnern Eier holt.

Lorenzo werde ich im Wagen lassen. Er ist zu schwer für mich, ich kann ihn nicht ins Haus tragen. Was sage ich nur zu den beiden? Was erkläre ich ihnen? Dass ich genervt war, weil er zickig war? Sauer, weil er meine Ratschläge konterkariert hat? Dass ich nicht genau hingesehen habe? Dass ich an seinem Tod die Schuld trage, weil es mir wichtiger war, in der Manege zu stehen? Weil ich insgeheim scharf darauf war, dort zu stehen anstatt seiner? Dass ich es mir niemals verzeihen werde, ihn nicht sofort zum Arzt gezwungen zu haben? Soll ich ihnen erklären, dass ich 3800 Menschen betrogen habe, indem ich mich als Lorenzo ausgab? Wie soll ich mich jemals dafür entschuldigen? Ich fahre und fahre und fahre. Hin und wieder schreie ich. Es lindert nichts. Hinzu kommt Angst. Ich habe Angst, gegen einen Brückenpfeiler zu fahren, meine Hände kleben am Steuer, und ich sehe die Abstände zu anderen Autos nicht mehr richtig. Ich muss etwas trinken, aber ich kann nicht, ich muss fahren. Ich muss ihn heil nach Hause bringen. Heil, was für ein Unfug! Doch, heil! Unversehrt!

An der Tankstelle ziehe ich im Automaten eine große Flasche Cola, mache Pipi auf einem Grünstreifen neben der Zapfsäule. Zahle mit Karte das Benzin, niemand ist da, der mich ansprechen könnte, ich steige wieder ein, trinke gierig die halbe Flasche aus und fahre weiter. Ein klein wenig geht es mir besser. Der Zucker vertreibt den schalen Geschmack im Mund. Mir ist, als stinke ich aus dem Mund wie ein verfaulter Kehrichteimer. Betrügerin, Mörderin, vielleicht wird man mich verdächtigen, ihn umgebracht zu haben, damit ich seinen Erfolg einheimse. Wieso ist Lorenzo gestorben? Woran? Sein Herz war doch gut. Über Herzschmerzen hat er nie geklagt. Sein Blutdruck war immer eher niedrig als zu hoch. Unsere Werte nach der letzten Blutuntersuchung waren richtig gut. Es hatte sich gelohnt, keinen Alkohol zu trinken, die Leberwerte waren die eines Babys. Also woran, verdammt noch mal, ist er gestorben? Warum wollte er mich verlassen? War er meiner überdrüssig und hat sich einfach aus dem Staub gemacht? Wut macht sich in mir breit, Wut und unendliche Unsicherheit. Mein Kopf glüht. Ich muss aufhören zu denken. Ich muss fahren.

Und ich fahre! Fahre weiter, bis zur Schweizer Grenze. Kein Mensch hat sich für mich in Italien interessiert. Die Autobahn bis Mailand und daran vorbei war fast menschenleer. Aber hier, an der Schweizer Grenze, da will der Zöllner, dass ich anhalte. Unfassbar, obwohl ich ein Tessiner Kennzeichen habe. Sichtlich ist ihm langweilig, da um diese Zeit eh keiner über die Grenze will. Er schaut kurz in meinen Pass und winkt mich weiter. Ich fahre los und sehe im Rückspiegel, wie er es sich doch anders überlegt hat. Er pfeift auf seinem Pfiffli, der Depp. Ich bleibe stehen, und mir rutscht das Herz in die Hose. Was mache ich, wenn er ins Wohnmobil reinschauen will? Er kommt an mein Fenster. Ich kurbel es hinunter. »Was hänn Sie gmacht in Italien? Wo kömmet Sie her?«, fragt er mich einigermaßen freundlich.

Ich antworte wahrheitsgemäß, dass ich aus Monte Carlo komme vom Festival und dass ich Clownin bin. »Ah ha«, sagt er, »i hänn mir scho so äbis dacht, so wia Sie ussäh, so clownig feschmiert ineme Gsicht.« Er fängt doch tatsächlich mit mir ein Gespräch an, will wissen, wie das so ist, bei so einem Festival. Er hätte es im Fernsehen schon ein paarmal gesehen. Ja, dann wäre ich ja berühmt, mutmaßt er. Ob ich ein Autogramm für ihn hätte, das wäre ja absolut toll. Und er lacht fröhlich darüber, dass ihm so etwas mitten in der Nacht passiert. Im Handschuhfach liegen Karten von Lorenzo, die unterschrieben sind. Ich gebe ihm eine und hoffe, er lässt mich danach fahren. »Hoi, des isch ja da Wahnsinn«, ruft er beim Anblick des Autogramms aus, »de Lorenzo! I hänn immer dacht, des isch a Mann, hoi, des isch ja sauglatt.« Er lacht erneut auf, mir schießen schon wieder die Tränen in die Augen und ich sage nur leise, »bitte, bitte, sagen Sie das niemandem weiter, das ist ein großes Geheimnis«! Er legt den Finger auf die geschlossenen Lippen, nickt und meint, »vasproche! Nur über meine Leiche«!

Als ich noch bei Dunkelheit eine gute Stunde später in den Hof unseres Hauses einfahre, liegt alles noch ganz still da. Ich steige aus und knicke in den Beinen ein. Sie zittern, so wie mein ganzer Körper zittert. Vor Erschöpfung, vor Kälte und vor der Tatsache, dass ich nun alleine ins Haus gehen muss.

Ich schließe auf, gehe hinein und sperre die Türe zu, drehe den Schlüssel um. Dann nehme ich die angebrochene Rotweinflasche und schenke mir randvoll ein großes Glas ein. Damit setze ich mich an den Küchentisch. Trinke, starre vor mich hin, trinke es in wenigen Minuten leer. Ich muss mich hinlegen. Schlafen, einfach nur schlafen, bis ich von alleine aufwache und nachdenken kann.

Bleischwer erwache ich aus einem Traum, den ich bereits nicht mehr fassen kann, so schnell verschwindet er wieder. Ganz langsam komme ich an die Oberfläche. Viel lieber würde ich dorthin zurückkehren, jedoch es ist zu spät. Mein Bewusstsein nimmt bereits wahr. Ich spüre, dass ich sanft gestreichelt werde. Ich bewege mich nicht und lasse es geschehen. Es tut mir gut, wer immer es macht. Ich fühle mich so unendlich erschöpft und möchte nicht der Realität begegnen. Ein wenig Zeit brauche ich noch für mich. Es dauert noch, bevor ich sprechen kann. Ich liege gerade so geborgen, bin zugedeckt, und mir ist nicht mehr so kalt. Es muss Claudia sein, die da vor mir kniet. Ich rieche ihren Atem. Sie ist liebevoll, das gibt mir Hoffnung. Sie scheint mir nicht böse zu sein. Wenn ich jetzt aufwache, brauche ich Liebe, keinen Hass, damit ich reden kann. Und

Geduld. Sie streichelt mir unablässig weiter über den Kopf, die Wangen und meine Hand. Ich möchte ihr meine Dankbarkeit zeigen, schlage die Augen auf und schaue sie an. Claudia fragt nichts, sagt keinen Ton. Mir schießen sofort erneut die Tränen in die Augen. Wir umarmen uns stumm.

»Federico ist bei Lorenzo. Bist du die ganze Strecke allein gefahren? Magst du mir sagen, was passiert ist?« Ich nicke und bitte sie, uns einen Kaffee zu kochen und Federico zu holen. Ich erzähle den beiden alles. Beschreibe unsere Fahrt nach Monte Carlo, den schönen Abend am Meer, das Muschelessen, dass Lorenzo wohl seine Schmerzen in Bein und Leiste heruntergespielt hat, um mich nicht zu beunruhigen. Beschreibe unser Miteinander in der letzten Zeit. Mir schien es, als ob wir noch nie so sehr im Gleichklang waren wie in den vergangenen Monaten. Warum also hat er mich gerade jetzt verlassen? Ich erkenne keinen Sinn dahinter. Wir hatten es so gut und waren dabei, uns auf die kommenden entspannten Jahre einzustellen. Wir hatten uns so auf unser gemütliches Zuhause gefreut. Nicht immer unterwegs sein zu müssen.

Medizinisch gesehen, meint Federico, kommen einige Gründe für seinen Tod in Betracht. Um jedoch sicherzugehen, würde er gerne Lorenzos Erbrochenes analysieren, und er möchte ihn gründlich untersuchen. Hinzu kommt, dass schnellstens ein Totenschein ausgestellt werden muss. Dazu müsste er ihn mitnehmen. Ob ich damit einverstanden wäre?

Viel Zeit bleibt mir nicht mehr. Ich muss mich wieder in den Griff bekommen. Auch nach zweieinhalb Jahren gibt es Phasen, in denen ich das Gefühl habe, dass ein glühendes Schwert in mich dringt. Die Zeit heilt alle Wunden, heißt es. Das macht mich wütend. Ich will nicht verkrusten. Ich will offen für den Schmerz bleiben, denn er steht für das tiefe Gefühl, das ich für Lorenzo empfinde, aber ich will auch weiterleben und fröhlich sein und gut mit mir sein. Ich werde nun meine Erinnerungen zu Ende denken.

Federico fuhr also das Vehikel nach Luino in seine Praxis. Der Grenzübergang am See ist nicht besetzt, man wird so gut wie nie kontrolliert. Claudia packte mich in ihren kleinen Wagen und fuhr eine Stunde später hinterher. Alles schien so endgültig. Ich musste mich um nichts kümmern. Nur mein Einverständnis geben. Ich saß völlig phlegmatisch auf dem Beifahrersitz.

In Luino bestand Claudia darauf, mit mir zu frühstücken, bevor wir in die Praxis gingen. Als Federico eine Nachricht auf Claudias Handy schickte, dass wir kommen sollten, brachen wir auf. Eine Muschelvergiftung schloss er absolut aus. Viel eher und auch plausibler wäre, dass Lorenzo an einer Embolie gestorben sei. Eine Thrombose, die langsam vom Fuß aufwärts über die Leiste zum Herzen gewandert ist. Sowohl die Schmerzen wie auch die plötzliche starke Übelkeit passten in dieses Bild. Ich müsse nun entscheiden, ob ich eine Autopsie veranlassen möchte oder ob er den Totenschein ausstellen und »Plötzlicher Herztod« als Diagnose reinschreiben sollte. »Es macht ihn doch nicht wieder lebendig, wenn du ihn aufschneidest«!, sagte ich mit erstickter Stimme.

Als gegen Mittag ein dunkler Wagen vor der Praxis anhielt und zwei Bestatter ausstiegen, um Lorenzo abzuholen, hatte ich mich bereits von ihm verabschiedet. Ich unterschrieb die Einverständniserklärung für eine Feuerbestattung und eine Aushändigung der Urne an mich für eine Überführung in die Schweiz. Man versprach Diskretion sowohl auf italienischer Seite wie den Ver-

merk mit einer Bitte um dieselbe bei der Tessiner Behörde. Kein Anschlag auf der Tafel bei der Gemeinde.

Bis heute bin ich erstaunt, dass kein Geschwätz aufkam. Vielleicht liegt es daran, dass sich eigentlich niemand in unserer Gegend jemals für Lorenzos Nachnamen interessierte. Er hieß ja nicht so wie seine Großeltern. Man nennt sich beim Vornamen und sagt eher noch, aus welchem Dorf man ist. Wenn ich beim Einkaufen von jemandem angesprochen wurde, »Tutto bene, Valerie?«, und ich antwortete, »Si, grazie, tutto bene«, war man zufrieden, denn sehr viel mehr hatte man früher auch nicht von uns erfahren. Wir waren, bei allem Respekt, den man für uns aufbrachte, als kauzige Einsiedler verschrien. Besonders Lorenzo, der sich sowieso in den letzten Jahren kaum mehr im Dorf blicken ließ. Also erwiderten auch Claudia und Federico auf Fragen nach ihm höchstens, dass Lorenzo sich aus dem öffentlichen Leben zurückgezogen hätte, und man wisse ja, wie er sei, und zudem seien wir sehr vorsichtig und wollten uns nicht der Gefahr einer Ansteckung aussetzen. Die Pandemie legte auch das Tessin für lange Zeit lahm. Somit kam uns dieses Virus, bei allem Schrecken, den es verbreitete, gerade recht.

Ich wende meinen Blick zum See, bemerke, wie die Nachmittagsfähre sich auf der gegenüberliegenden Seite auf den Weg macht. Nun bin ich aber gespannt, ob darauf der Autor in seinem Wagen sitzt oder ob er um den halben See gefahren ist.

26

Zurück in den Bergen

Bereits am Abend beschließe ich, unsere beiden Handys anzumachen. Ein Konzert von Ding-Ding-Ding erfüllt die Küche. Ich selektiere und lese nur einige der vielen Nachrichten von Hans-Ruedi. Er hatte sowohl in der Nacht als auch heute während des gesamten Tages viele Male versucht, uns zu erreichen. Ich muss ihn zurückrufen. Er geht sofort ans Telefon. »Kannst du kommen? Hast du Zeit?«, kann ich ihn nur leise fragen, bevor meine Stimme versagt. »Ich versuche, morgen Mittag hier loszukommen, eigentlich läuft mein Vertrag noch bis Ende der Woche, mir wird schon was einfallen«, antwortet er knapp und fügt noch hinzu: »Ich bringe etwas mit, es wird euch freuen.« Dann hängt er ein.

Ich begleite Claudia und Federico hinüber zu ihrem Haus, sie meinen, es ist für mich besser, heute nicht allein zu sein und bei ihnen im Gästezimmer zu schlafen.

Es hat angefangen zu schneien, in unserem Haus ist es kalt, und ich müsste den Ofen einheizen. Bei ihnen darf ich mich einfach auf das gemütliche Sofa legen, bekomme zu essen, darf reden, wenn ich will, und ebenso schweigen, werde in den Arm genommen. Momentan gibt es keinen Trost. Wie auch? Aber ich kann meinen Gefühlen freien Raum geben, denn sie bleiben hier bei ihnen.

Irgendwann zwischen Lachen, Weinen und purer Verzweiflung bin ich so erschöpft, dass ich nur noch ins Bett gehen kann. Ich spüre mich nicht mehr, bin ausgebrannt, kein noch so gutes

Wort erreicht mich, ich will schlafen und gleichzeitig durchs Zimmer tigern, ich will reden und habe keine Stimme mehr, habe Hunger und kriege keinen Bissen hinunter. Federico schiebt mir etwas in den Mund. Ich schlucke es brav hinunter und trinke gierig das Wasser. Ich werde zugedeckt, jemand hält meine Hand und bleibt an meinem Bett sitzen, so komme ich zur Ruhe und schlafe ein.

Als ich erwache, ist es taghell. Ich bin gerührt, weil Claudia mich bewacht. Sie sitzt in einem Sessel gegenüber. Auf ihrem Schoß liegt eine Schüssel mit Pellkartoffeln. Geschnippeltes Gemüse liegt auf einem Holzbrett. »Ich koche uns eine kräftige Minestrone, die wird uns allen guttun, guten Morgen, meine Liebe«, sagt sie fröhlich und steht auf. Das ist Normalität, Alltag denke ich. Fast bin ich beleidigt, wie strukturiert sie einen Tag beginnt. »Für mich gibt es keinen guten Morgen mehr, das ist vorüber, für lange Zeit, falls es überhaupt jemals wieder einen geben wird«, möchte ich ihr hinterherschreien. »Ich habe deine Eltern angerufen und gesagt, dass ihr schon wieder zurück seid, Valerie. Damit sie sich keine Sorgen machen, habe ich ihnen nichts weiter erzählt. Deine Eltern haben gesagt, Lorenzo wäre so fantastisch gewesen, auch erfreulich anders, so gut wie eigentlich noch nie, und ich soll ihm ausrichten, dass er wirklich auf dem Zenit seiner Schaffenskraft sei und sie sehr stolz sind«, ruft Claudia aus der Küche. Kurz muss ich lächeln und wünsche mir nichts sehnlicher, als ihm diesen Triumph schenken zu können. Was hätten wir für einen Spaß gehabt, gemeinsam diesen Erfolg zu feiern. »Ah, und Valerie, Hans-Ruedi hat auf deinem Handy eine Nachricht hinterlassen, dass er sich in einem Leihwagen auf den Weg gemacht hat und am späten Abend gedenkt hier zu sein«, plaudert sie in völlig normalem Ton weiter.

Ich muss dringend ins Bad gehen und mich frisch machen, neue Kleidung anziehen und ein bisschen allein sein. Ich möchte in unser Haus. Also stehe ich auf, bedanke mich für all die Fürsorge, versichere Claudia, sie müsse sich keine Sorgen machen, ich käme in Kürze zurück. Dann frage ich nach Federico. Er sei auf der Gemeinde, zumindest die müsste man informieren und um absolute Diskretion bitten. Es gäbe ja mit Sicherheit einige Formalitäten zu regeln, wo es seine Unterschrift benötigen würde. »Besser, sie wissen es gleich und man macht sie zu Komplizen«, meint meine Freundin.

***

Genau vier Wochen später schließen in Europa die ersten Grenzen. Zwei weitere Wochen später wird über die meisten Länder der totale Lockdown verhängt. Seit Beginn des Jahres tritt das vermutlich aus China eingeschleppte Virus mit dem Namen Corona in immer mehr Ländern auf und tötet Menschen. Die Krankenhäuser mit den viel zu kleinen Intensivstationen sind restlos überfordert. Grauenhafte Bilder von auf den Straßen aufgebahrten Leichen erschüttern mein noch sehr wackeliges Gemüt.

Ich danke dem lieben Gott, mir nicht auf diese grausame Weise Lorenzo genommen zu haben, und mache mir unendliche Sorgen um meine alten Eltern, die ich vorher nicht mehr besuchen konnte. Mit einem Mal erschüttert neben meiner ganz persönlichen Trauer die ganze Welt und stürzt sie in ein unendliches Leid. Hans-Ruedi, dessen Rückflug nach Amerika gecancelt wurde und er auch keinen zeitlich absehbaren in Aussicht gestellt bekam, schaffte es gerade noch, in sein Schweizer Elternhaus zu kommen, bevor Ausgangssperre verhängt wurde. Somit konnten wir viel telefonieren. Federico konnte als Arzt noch eine Zeit lang nach Italien in seine Praxis fahren und holte beim Bestattungsinstitut Lorenzos Urne ab. Es ging so unkompliziert, man war sicherlich einfach nur froh, sie nicht ewig lagern zu müssen.

Plötzlich hatten wir alle in unserer kleinen Wohngemeinschaft viel Zeit. Zwischen unseren beiden Häusern bewegten wir uns völlig unbeobachtet. Zu Beginn kaufte ausschließlich Federico im großen Lebensmittelgeschäft unten im Tal ein, und als sich für Hans-Ruedi die Gelegenheit einer fingierten Geschäftsreise ergab, zog er zu mir in unser Haus ein. Er brachte mir den GOLDENEN CLOWN mit. Ich hatte ihn tatsächlich gewonnen. Unsere plötzliche Abreise hatte die Jury zwar erschüttert, aber die Leistung war nicht zu ignorieren. Ein längeres Telefonat mit dem Vorsitzenden der Jury, dem ich die bittere Pille verpasste, dass sich Lorenzo bereits am Tag zuvor nicht gut gefühlt habe und unter Schmerzen aufgetreten sei, er jedoch unbedingt nach Hause wollte, um sich dort auszukurieren, ließ die gesamte Jury den Ärger vergessen. Nun versuchte man, einen Zeitpunkt zu finden, an dem Lorenzo in aller Öffentlichkeit der Preis überreicht werden könnte. Man stellte sich ein anderes Festival vor, wo er seine Farewell-Nummer erneut spielen sollte und die Presse reichlich Interviews bekäme. Doch auch hier hat die Pandemie alles vereitelt. Bis auf Weiteres sind alle Festivals eingestellt. Letztendlich gab Hans-Ruedis Überredungskunst den Ausschlag, ihm die Trophäe postalisch zu übersenden und den Auftritt zu verschieben. So steht jetzt der Goldene Clown neben Lorenzos Asche auf dem Kamin.

Ich sehe ihn! Mit wehendem Sommermantel, lässig über die Schultern gehängt, es könnte ja regnen, stürzt er in den Garten der Küsnachter Badeanstalt. Er schiebt die dunkle Sonnenbrille über die Stirn aufs wirre Haar und blickt sich um. Eine Weile lass ich ihn noch zappeln. Er soll ruhig denken, wir wären gegangen. In der Tat meine ich, trotz der Entfernung, eine kleine Panik auszumachen. Ich kann Körpersprache deuten, ich bin Clownin. Fast könnte ich ein bisschen Mitleid mit ihm empfinden! Aber er hat Pech, ich habe kein Mitleid. Ich bin eine schwarze Witwe, das weiß er nur noch nicht. Bevor er sich abwendet, um sich beim Kiosk nach uns zu erkundigen, winke ich ihm. Mit meiner weißen Serviette. Kurz ist er irritiert. Ich winke erneut. Er macht sich auf den Weg über den Rasen zu mir an den See.

»Gruezi, da sind Sie ja endlich, hatten Sie eine gute Anreise?«, frage ich mit freundlicher Stimme. Er stottert kurz etwas über eine Serie von Missgeschicken, manchmal sei da wohl der Teufel im Spiel. Er müsse sich noch kurz die Hände waschen gehen, wäre dann aber gleich zurück und würde für den Rest des Nachmittags zu unserer Verfügung stehen. Auf welchem Stuhl dürfe er seinen Mantel ablegen, fragt er, um die Peinlichkeit der Situation zu überbrücken.

»Nehmen Sie den gegenüber von mir«, antworte ich. Er nickt, er würde verstehen, Lorenzo in unserer Mitte mit Blick auf den See! Ich nicke zurück, und er verschwindet.

Ich bin ganz ruhig, sitze fest mit beiden Backen auf dem Stuhl, geerdet, die Füße parallel, sie stehen fest auf dem Boden. Das ist die richtige Ausgangsposition. So kann ich ihm in die Augen sehen. Er muss sich weitgehendst wohlfühlen, damit er die Chance ergreifen kann.

Der Kellner kommt und fragt, ob mein Gast wohl noch etwas essen möchte. »Bleiben Sie einen Moment, mein Gast kommt sofort wieder«, gebe ich zur Antwort.

Zurück am Tisch bestellt der Autor ein Mineralwasser, einen Cappuccino und ein Salamisandwich, beteuert erneut, wie unangenehm ihm seine Verspätung sei. Während er ein kleines Notizbuch mit Kugelschreiber aus seinem Mantel nestelt, fragt er beiläufig, ob und wann mein Gatte, der wunderbare Lorenzo, käme. Er hoffe doch sehr, ihn nicht vergrämt zu haben. Ich antworte, bald käme er, und nein, nein, er sei nicht vergrämt. Noch kurz müsse er mit mir vorliebnehmen, jedoch könne ich ihm jede seiner Fragen beantworten, beruhige ich ihn.

Nach wenigen Minuten kommt seine Bestellung. Ich schaue ihm stumm zu, wie er das Sandwich verdrückt, hin und wieder einen verstohlenen Blick über den Liegeplatz wirft, als ob er dort Lorenzo selig schlummernd in einem der Liegestühle vermutet. Schließlich bricht es aus ihm heraus, er könne ja schon einmal mir, so ich es erlaube, ein paar Fragen stellen, die Zeit könne man ja gut nutzen. Ich ermuntere ihn dazu. Sage, ja, prima, fragen Sie!

»Wann und wo haben Sie sich kennengelernt?« Wie einfallsreich, denke ich mir. Jetzt jedoch habe ich ihn in den Klauen. Ich werde beim A wie Anfang beginnen und ihm den ganzen Stoff liefern, bis ich bei T wie Tod angekommen bin. Dann jedoch werde ich ihn belügen müssen.

Alles ist in meinem Kopf abgespeichert, hundertmal durchlebt. Ich habe gelacht, geweint, getrauert, ich hatte in den beiden Jahren der Pandemie genug Zeit. Und ich hatte bis auf Claudia und Federico nur mich. Manchmal nahm mir die Erinnerung den Atem, und ich dachte, ich schaffe es nicht, heil durchzukommen, aber ich bin stark. Etwas konnte ich bewahren, das mich stets vor dem Untergang rettet: meinen Humor und meine kindliche Naivität.

Nun schütte ich mein Füllhorn aus, alles liegt vor des Autors Feder. Seine Zwischenfragen beantworte ich präzise, versuche, ihn nicht zu langweilen. Komme immer auf den Punkt, zumindest auf den Punkt, der mir wichtig ist. Es ist Lorenzos letztes

Interview, die Verabschiedung aus seinem Beruf, sein Rückzug.
Es soll eine Hommage an diesen wunderbaren Künstler sein. Der
Autor hat sich anzustrengen. Irgendwann bin ich am Ende. Ich
verstumme. Registriere Bewunderung und auch Betroffenheit
bei meinem Gegenüber. Wir schauen uns an. Nach einer Weile
klappt er sein Notizbuch zu und steckt den Kugelschreiber ein.
Dann sagt er sehr ruhig: »Ich nehme an, Lorenzo wird nicht mehr
kommen!« »Ja«, sage ich, »das ist richtig.«
»Mmh«, meint er dann, »schade, ich hatte mich sehr auf ihn und
seine Erzählungen gefreut.«
Ich reiche ihm die Hand zum Abschied und lächle ihn freundlich
an. »Glauben Sie mir, es macht keinen Unterschied«!

Epilog

Es ist früher Sommer 2021. Wieder liegt ein Winter mit Umgangsverboten und Reisebeschränkungen hinter uns. Jetzt stellen sich Lockerungen ein, und unter bestimmten Voraussetzungen kann man reisen. Große Impfkampagnen erlauben Geimpften, über Grenzen zu fahren. So hat Federico meine Eltern für eine Zeit aus Deutschland zu mir geholt. Hans-Ruedi, dessen Beruf quasi von einem Tag auf den anderen überflüssig war, hat seine Zelte in Amerika abgebrochen und alles in Containern verpacken lassen und über den Ozean geschickt. Er wollte in seine Heimat zurück, mit fast siebzig Jahren hält ihn in den USA nichts mehr. Geld hat er genug verdient, er muss nicht mehr arbeiten. Sein Elternhaus möchte er renovieren, allzu lange stand es leer, war ungenutzt.

Vielleicht, so fantasieren wir beide, machen wir nach der Pandemie eine kleine Kinder-Wanderclownschule auf. Bieten in Schulen Kurse an, treten mit Kindern in Altersheimen auf, überall da, wo Naivität noch einen Stellenwert hat. Aber das liegt noch in weiter Ferne.

Heute ist ein besonderer Tag. Wir haben uns alle fein angezogen. Haben eine kleine Kutsche mit einem winterdicken Friesen vornedran organisiert und sie mit Blumen und Gräsern geschmückt. Unsere Gruppe besteht aus meinen Eltern, Hans-Ruedi, Federico, Claudia und mir. Wir haben einen Picknickkorb mit gutem Wein und selbst gebackenem Brot, Käse und einer dicken Salami, Oliven, getrockneten Tomaten und einigen Äpfeln vom vergangenen Jahr auf den Kutschbock geladen. Unser Kutscher ist ein junger Bursch, der in der dritten Generation das kleine Fuhrwerkunternehmen hobby-

mäßig weiterführt. Claudia kennt ihn, weil er als Kind Block-
flöte bei ihr gelernt hat. Wir haben ihm gesagt, wir machen ein
Familienüberraschungspicknick, und er muss Stillschweigen
bewahren, weil wir eigentlich zu viele sind. So sitzen in der
Kutsche nur meine Eltern und der Kutscher. Meine Mutter
hält auf ihrem Schoß einen mit Rosenblüten gefüllten Korb. In
der Mitte liegt Lorenzo, eingebettet in einer bereits geöffneten
Urne. Wir anderen gehen gemütlich hinter der Kutsche her.
Tauschen Erinnerungen aus, reden, lachen, und manchmal wischen wir auch eine Träne weg. Wir sind guten Mutes, Lorenzos
letzten Weg zu begleiten. Unser Ziel ist die alte Alm, wo wir so
viel Zeit verbrachten und an die wir so viele wunderbare Erinnerungen haben. Längst gibt es dort keine Ziegenherde mehr,
und es wird kein Käse mehr gemacht, aber die Alm wird noch
danach riechen. Wir werden da oben gemeinsam mit Lorenzo
essen und trinken, er wird gedanklich an unserer Seite sein.
Am Nachmittag, wenn der Wind Richtung Tal weht, werden
wir den Champagner öffnen, die Gläser füllen, uns dem Tal
zuwenden und abwechselnd mit unseren Händen in die Urne
fassen. Der Wind wird Lorenzos Asche nehmen und sie weg-
tragen. Er wird hoffentlich weit fliegen, so wie er es immer
getan hat. Offen für das Unbekannte, gierig auf Neues und
doch die Sicherheit geborgener Hände hinter sich. Es wird ihm
gefallen. Aus seiner Asche wird Neues sprießen.
Von uns für alle Zeiten geliebt, hat er so seinen Frieden.

Danksagung
Man könnte ja meinen, dass es für mich ein Leichtes war, einen Verlag zu finden, weit gefehlt! Es war eine lange Reise, auf die ich mich mit meinem halb fertig geschriebenen Skript und einem Exposé begeben habe. Nur, wenn ich von einer Sache überzeugt bin und mein Ruderboot bestiegen habe, kann der Wellengang noch so heftig sein, ich nehme die Ruder in die Hand und rudere ans andere Ufer.

Doch dann plötzlich schickte mich die Tage zuvor verstorbene, wunderbare Schriftstellerin Barbara Noack auf ihre Beerdigung und schubste mich geradezu in die Arme ihres Verlegers Michael Fleissner, dessen Vater das Buch zur Mini-ZDF-Serie »Drei sind einer zuviel« aus dem Jahr 1975 verlegte.

Keine vier Tage später saß ich im lichtdurchfluteten, gemütlichen Büro der Verlagschefin Sissi Klauser vom Langen Müller Verlag, an ihrer Seite Sabine Sternagel, und erzählte den Inhalt meines zukünftigen Buches. Mein Hund Gustav machte es sich für die nächsten aufregenden zwei Stunden im Sonnenlicht des Fensters bequem und benahm sich so anständig wie noch nie. Ich danke Ihnen beiden von Herzen für das Vertrauen und die Bestärkung, auf einem guten Weg zu sein. Mit den Sätzen von Sissi Klauser im Ohr durfte und konnte ich meiner Fantasie folgen. »Bei uns hat der Autor das letzte Wort. Ich habe nicht Literaturgeschichte studiert, aber bei mir muss ein Stoff ehrlich sein und mich tief berühren. Genau das tut Amaryllis.«

Ingola Lammers, die bereits drei Sachbücher von mir lektorierte und eine Vertraute von mir ist, habe ich früh in meinen Stoff eingebunden, um eine erste Meinung zu hören. Danke, liebe Ingola, dass Du mich auch in nicht ganz einfachen Momenten bestärkt hast, weiterzuschreiben. Auch wenn ich hin und wieder so einiges schwer verteidigen oder ein Kapitel gar streichen musste, Deine Meinung ist mir wertvoll. Ich danke Dir, lieber Dankwart Bette, und Dir, lieber Ulf, dass Ihr mich auf Eurem Balkon im Hochsommer 2021 trotz sengender Hitze meine Geschichte habt erzählen lassen und den letzten Satz beigesteuert habt.

In die Hohe Kunst der Verwandlung hat mich der von mir geschätzte Maskenbildner Birger Laube eingeweiht. Dir und Deinem Mann Christian Augustin danke ich, Du knüpfst die besten Perücken und Haarteile, die ich kenne. Danke Dir, liebe Barbara Fleischmann, für Deinen Einsatz auf dem Weg zum richtigen Verlag und Deine Zuversicht, dass Amaryllis ein lesenswerter Roman wird.

Entschuldigung
… sage ich für meinen schamlosen Diebstahl bei meinen Freunden, die mir durch ihre Persönlichkeit und ihr Leben die Vorlagen für meine Protagonisten geliefert haben, ohne auch nur eine Ahnung davon zu haben.

Posthum bedanke ich mich bei:
Meinen Eltern Gerlinde und Eberhardt Speidel, meiner Großmutter Emilie, Herrn und Frau Gumrum, Mischa Lampert und Christine von Graigher, Dimitri und seiner Familie und Gino.

Liebevoll entschuldige und bedanke ich mich bei:
Kristina Nel-Förnbacher und Helmut Förnbacher, bei Eugen und Dorothea Hilti und Oupe, bei Carola von Herder und meinem Fahrlehrer Fonsi.

Mein besonderer Dank geht an:
Tina Speidel, von Beruf Clownin,
Du bist in mein Leben geschneit, schicksalhaft, man kann nicht vom Zufall sprechen, zum richtigen Zeitpunkt. Wir sind nicht verwandt, und doch! Du hast mir Deine Clownwelt, Dein Handwerk, Deine Passion, Deine Enttäuschungen und vieles

263

mehr eröffnet, ohne die vielen Gespräche hätte ich Valerie und Lorenzo in ihrer Profession nicht so beschreiben können.

Und:
Ich bedanke mich bei meiner roten Geburtsblume Amaryllis und ihren vielen Nachfolgerinnen, deren Schrumpeln, Sich-Häuten und Neuerblühen ich jedes Jahr voller Erstaunen betrachte und sie als Metapher für mein Leben sehe. Eine Metamorphose!

Und:
Nicht zu vergessen, danke ich Tante Wicki Pedia und Onkel Guugl.

Falls Sie, liebe Leserinnen und Leser, den Roman noch vor sich haben, wünsche ich Ihnen damit viel Freude, und diejenigen, die bereits die lange Reise hinter sich haben, kennen nun die Clownin in mir.

Im Januar 2024
Ihre Jutta Speidel